笔 记 杂 文

嬉笑谐侃　绵里藏针

笔记杂文 ◎ 陆春祥 著

新世说

ZHEJIANG UNIVERSITY PRESS
浙江大学出版社

"枕流"杂文可"漱石"

◎徐迅雷

　　陆布衣的杂文是比较好玩的。若干年前,我与陆春祥等四人联手在某报开出"举手发言"的专栏,皆以"布衣"为名,前头一字不同,以示区别,于是陆春祥成了"陆布衣",我则取了"凡布衣",我们这是"和而不同";我也至今还在用这个笔名,"用并满意着"。陆布衣陆春祥的杂文集子出到第四本了,这些杂文看看书名就知道好玩:《用肚皮思考》、《鱼找自行车》、《41℃胡话》,再就是这里的《新世说》。我最欣赏的是那本人民文学出版社出版的实验杂文《41℃胡话》,那里是篇篇形体求异;而最新结集的这本笔记杂文《新世说》,则是全书结构出新。《世说新语》的结构模式用于杂文集,这是初见,有意思的。

　　陆布衣写杂文出集子,向来爱创新出新。他说他很多年前就打算采用《世说新语》的结构模式推出一本杂文集。学者余世存在《非常道》一书中已率先用上了,于是类似的书本连着出了不少,销路似乎都不坏,看来读者挺喜欢;其实脑筋灵光的陆布衣想在他们前头,而且《非常道》这些书类似读书卡片,叙而不议,段而不篇,离杂文有点远的。所以这本《新世说》之"新"之"说",名副其实;而且亦庄亦谐,绵里藏针,这针当然是中医里的银针。

　　因了"蓄意求新",陆布衣的杂文就从"枕石漱流"的常态跳离,成就了"枕流漱石"的意象,而且是"枕流"杂文可"漱石"。《世说新语·排调第二十五》:"孙子荆年少时欲隐。语王武子'当枕石漱流',误曰'漱石枕流'。王曰:'流可枕、石可漱乎?'孙曰:'所以枕流,欲洗其耳;所以漱石,欲砺其齿。'"小小的"乾坤颠倒",就成就了有口皆碑的语词,看似神妙天成,而陆布衣的杂文常有这样的形态。今日来看"枕流漱石",远非"隐逸风流"了;从枕流洗耳,到漱石砺齿,不正是杂文人所最需要的吗?而且,好的杂文本身就是读者的砺齿之石。

陆布衣这个集子里的多数杂文,在原初发表时我就读过,从篇名到内涵都印象深刻,譬如《范长江是小品演员?》、《墓碑上取款》、《发现了一个找钱网站》、《名著是这样"译"成的?》、《被中介了的名人》、《雍正赐我两眼镜》,等等,这些篇什读来饶有兴味,作者的深切感受就深切地切入读者心中。陆布衣的杂文从来不故作高深,这就是一种公民写作。或许,当初所取的"布衣"笔名,也佐证了公民写作的姿态、百姓表达的风格。杂文作为一种公民写作,它说出的是真话,它追求的是真理。这让我想起哈佛大学的校训:"以柏拉图为友,以亚里士多德为友,更要以真理为友。"而总统哲学家哈维尔则说:"假如社会的支柱是在谎言中生活,那么在真话中生活必然是对它最根本的威胁。"好的杂文,就"在真话中生活",就"生活在真话中",担承了那天赋之责。

这些年来,我认为杂文的收成并不坏,因为有大批像陆布衣这样的杂文人在孜孜以求中"手写我心",说着真话;只是今日资讯已发达得让人焦虑,许多好杂文成了掩映在花木之下的石头不为人所知罢了。获第三届鲁迅文学奖的杂文大家鄢烈山先生说:"我不赞成袭用匕首投枪这类暴力喻体,以为用治病救人的银针手术刀比杂文更合适。"我很赞同鄢先生的这一说法。可以想见的是,杂文不作为量少的"匕首投枪"而作为量大的"银针手术刀"出现,收成就不会太薄。鄢烈山先生这样答记者"现在杂文式微,它的前景在哪里"的问题:"杂文式微了吗?全国现在据说有十多种杂文刊物,吉林的《杂文选刊》每期发行二十多万册。杂文网站也不少。有些短信笑话其实也是杂文的一种,即讽刺小品。今后可能有两种样式的杂文比现在繁荣:一是嬉笑怒骂的杂文体时评;二是余光中、董桥那种知识性、文学性强而心态从容的杂文。"我同样也不赞成"杂文式微论",更反对一种奇怪的"杂文大小年"论,杂文发展挺正常的。除了鄢先生所说的这两种样式的杂文之外,如今还有一种网文式杂文已然兴起。而陆布衣的许多杂文,兼有了时评、网文和狭义杂文之所长,无论是"实验文体"也好,还是"新世说"也好,都以奇葩的姿态繁荣了这个园地。

过去在《杂文报》上较多地看到陆布衣的这类杂文,遗憾的是近来少了,其中似乎隐藏着这样一个问题:恰恰是《杂文报》刊登有杂文味的杂文越来越少,好看好玩的杂文影踪难觅,版面类别尽管很多,但篇章却不再是杂文而是时评,"杂文报"成了"时评报"。我这个"凡布衣"与陆布衣一样,在时评之外也常常写些很杂的杂文,但偏偏是"杂文"上不了《杂文报》,刊出的多为时评;还好,像《杂文选刊》这样的杂志还能意识清晰地坚守着杂文、呵护着作者——这里的"杂文"当然是"大杂文"的概念。不久前我给《杂文报》编辑发了个电子邮件,就一句话,"《杂文报》应该专门开设一个杂文版",就是希望《杂文报》能够一定程度上回归杂文,尽管有位编辑在编者按语里提到了我的这个"很杂文"的建议,但想一下子有大的改观看来也不大可能。

杂文远离了生活、只是去贴近新闻,确是待解的问题。真正的杂文家应该是敏感之人,善于在生活感受中发现阵地和真谛。本书中的"布衣杂文"《发现了一个找钱网站》、《范长江是小品演员?》等,就来源于生活,这些篇章那么鲜活,这与现在一窝蜂式的时评确有很大不同。生活本来就是杂文写作的源泉,只是现在作者们越来越"没生活"、"不生活"了。一位从空军飞行员"改行"过来的杂文家,最近说到自己早年首篇杂文的诞生过程,蛮让我感慨的。作者那时压根儿就不晓得什么是"杂文",而那素材恰恰是来自生活的绝佳杂文题材:五四青年节,作者所在部队与城里纺织厂女工联欢,政委在冗长的讲话之后宣布舞会纪律:"男的和男的跳,女的和女的跳",于是舞会变成了彻头彻尾的精神折磨,大家都盼着快点结束……许多好的杂文,不是杂文家"写"出来的,而是非杂文家从心里流出来的,今日许多署名为"佚名"的绝佳网文就是这样产生的,所以我们这些已经被冠以杂文家名头的人得努力,否则可能就是"长江后浪推前浪,前浪死在沙滩上"。

说到今日网友跟贴评论式的网文,我以为可把90多年前的杂文短章《杀》视为"鼻祖"。只有24个字的《杀》,刊于1912年5月20日上海的《民权报》:"熊希龄卖国,杀!唐绍仪愚民,杀!袁世凯专横,杀!章炳麟阿权,杀!"作者是年仅23岁的戴天仇。戴天仇后来以戴季陶之名为世人所知,有许多犀利杂文面世。这个24字之评论,甚像今日网友之跟贴,可谓网文网语之先祖。它简洁明了,热血沸腾,排炮连击,气势如山,充满胆气骨气之张力,饱含舍我其谁之气概。现已不大可能在平面媒体上看到这样的匕首式杂文了,杂文报刊大约也难以刊出这样的"投枪"了。好在今日网络阵地比较巨大,从正统的杂文到好玩的网文,是一种流变嬗变;真正的杂文无论怎么变,它的精髓是不会变的,那就是风骨挺拔、识见独到、文采粲然。我观陆布衣之杂文,就是在变与不变中追求着。

当然,陆布衣杂文中有的观点,我也不甚同意,比如《讨厌厚报时代》。我与陆布衣同在报社干活,同样"厚报天天读"。陆布衣说:"我每天必须要看的报纸论版数算至少在300版以上,多的时候甚至超过500版。痛苦啊。"其实我们这是"工作看报",看的是多份报纸;而一般读者哪里可能看这么多同质的报纸呢,他们通常只拥有一份"厚报",多几版并不痛苦,他们属于"生活看报",若有版面不喜欢看就不看,不见得会讨厌厚报;所以,一个"工作看报"的人"讨厌厚报"之感受,对于广大"生活看报"者来说,就太"狭义"了。于是我想,杂文家需要多一点换位之思、为他之想。我这样说不是想批评杂文家陆布衣同志,而是要引出哲人维特根斯坦的话:"世界不是事物的总和,而是事实的总和。"作为认知意义的"事物"总是有限的,它不是整个世界,杂文也不例外。

是为序。

目录
CONTENTS

规箴

术解

任诞

BIJIZAWENXINSHISHUO

【笔记杂文】

新世说

陆春祥　著

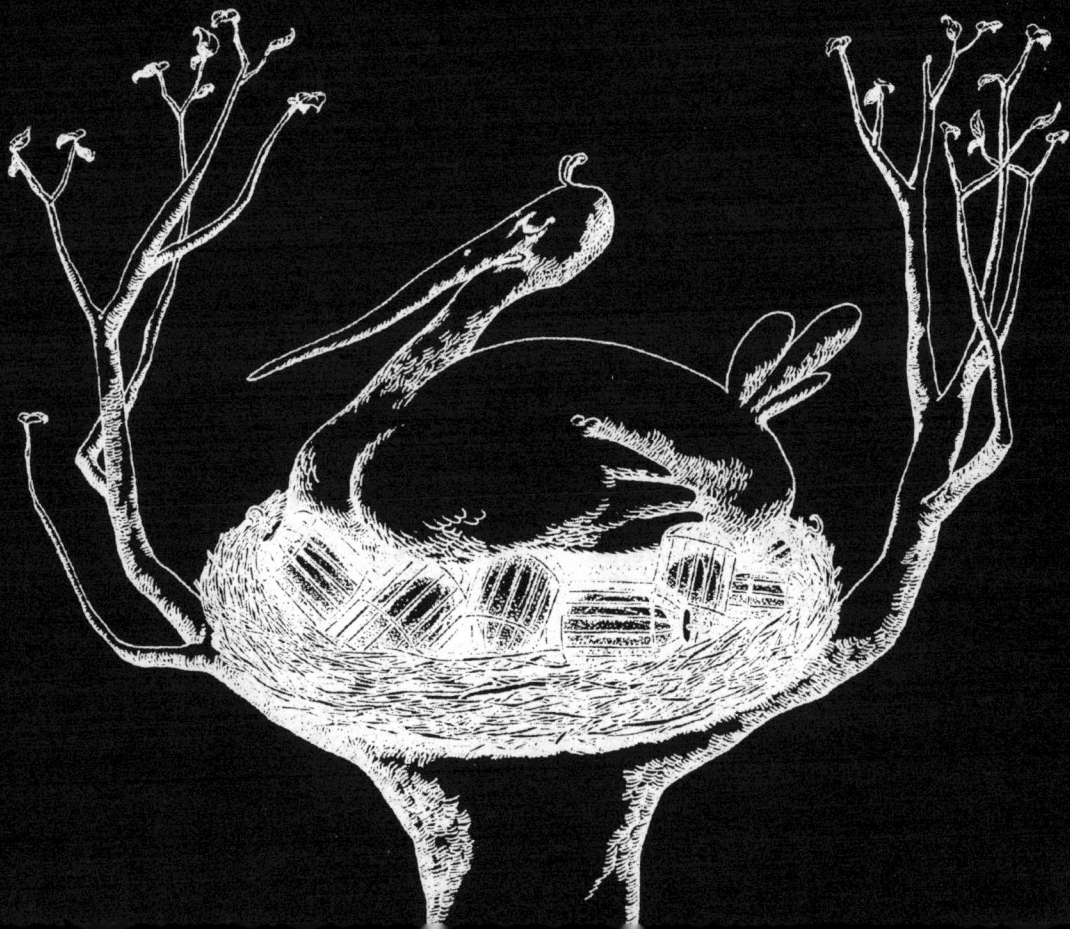

识鉴

识是认知，鉴是甄别，识鉴即是对人或动物的识别评论。本章所论，从古到今，从中到外，有实指，有虚代，非传却是一种调侃，非记却是一种判断，不管怎样苦恼，不管怎样绝望，一定要保持表现优美的方向。主观客观，任尔品评。

BIJIZAWEN:XINSHISHUO

对不起孔子

我不姓孔,却一直尊孔。听人说,半部《论语》治天下,我就越发迷信他老人家了。一万多字的《论语》,研究研究还不简单吗?治不了天下,还治不了本省本市本县本乡本村?再不济也可治家呀!但很不幸,几十岁的人了,我已属于"再不济"这一类,可怕的是,我连家也没治好,人家出有车,食有鱼,衣锦绣,我呢,只是温饱,正在吃力地向小康努力。唉!真对不起孔老人家啊!

细细检点,还有一大串对不起夫子的事呢。子不语的有四类:怪、力、乱、神。可我偏偏喜欢怪异和暴力。这不,我读报纸看电视,总是喜欢看那些血淋淋的细节和镜头,某犯杀人如切菜,从东到西,从南到北,一路杀将过来,手段如何了得,我却津津有味于每个切菜的细节,怎样切?切哪里?全然不顾被切者之惨状。某地的小煤矿又出事了,这个时候,我关注的是血淋淋的数字,几个人在下面?死亡的人是否又是几十上百?至于各级领导一路奔将过来,组成一个又一个的临时指挥部,忙忙碌碌,很像《南征北战》电影里要总攻的样子,这些镜头我并不感动;还有,紧接着事故的是发布一道又一道的整改令;再是新闻披露,查来查去,噢,又是一家老早就被要求停产整顿的,这一些我更加不关心。我还特别喜欢各地怪异的新闻,说某地的动物多长了一条腿,某地的植物结了个大大的怪果,某地的河水会倒流,这些都令人兴奋,大千世界,无奇不有,尽管后来的新闻一再强调说是被污染和地质变异的结果。我仍然不倦地搜集怪

异,准备到时候出一本《现代怪异集》,一定卖钱。

再有。子曰:食不语,寝不言。小的时候,可以果腹的东西少,如果在吃饭的时候嚷嚷不专心,饭就被人抢完了,而且还总结出抢饭的诀窍:一碗浅,两碗满;读书的时候住校,值周老师管得紧,谁要在睡觉的时候说上一句话,就要被叫起来罚站,夏天不要紧,数九寒天谁吃得消,久而久之,大家都做得如孔夫子要求的那样了。后来情况骤变,单说食不语,已经被我彻底改变。现在吃饭那个闹啊,场面大,甚至一摆几百桌,熙熙攘攘,不说不行,还得高声说;就是在包厢,也是觥筹交错,推杯换盏,这一切总不能在无声中进行吧,否则,关系还怎么融洽?革命工作还怎么开展?

又有。子曰:君子讷于言而敏于行。意思是说君子要说话迟顿,做事敏捷。而我恰恰相反,我是做事迟顿,说话敏捷。原先我不是这样的,后来我一直在体会、在观察,说比做总要容易出成绩吧,事实也是如此,于是我下定决心练习说,怎样说?如何说?说到什么程度?说什么人家爱听,说什么人家不爱听?幸好,我不口吃,不用像苏格拉底那样,嘴巴里含一块小石子练习说话,另外,我毕竟还算聪明,加上身边有不少说成功的榜样,不久我就敏于言了。这样真的带来了很多好处,我可以说你行,也可以说你不行,全看我的心情了,你不是敏于行吗?那你就一直行吧,革命工作只是分工不同而已嘛,我来说,我来评判,对不起喽,这是我的职责。现在我毫不夸张地说,不要稿子,也不用准备,在任何场合,我都可以一二三四从国外到国内从理论到实践口若悬河两小时。

子不语,子不行,别人不语的照语,不行的照行,我却是很惶恐的了。

2005年8月8日

王母娘娘是酋长？

　　我记事起就知道的王母娘娘，并不是天上的至高女神，而是青海湖以西游牧部落的女酋长。

　　这不是我的信口开河，新华网昨天的消息是这样说的：一些学者、专家多年的研究和实地考察发现，距今3000—5000多年前，存在过一个牧业国度——西王母国。古国当时的"国都"就在青海湖西畔的青海省海西蒙古族藏族自治州天峻县一带。天峻县西南20公里处，一座独立的小山西侧有一口深十几米的山洞，这是西王母古国女首领的居所，已命名为西王母石室。接下去还有言之凿凿的什么碳14测定等等，总之，不得不让人信服。

　　我还是感到有些费解。这些年来，科技发达使得考古也发达，时不时有最新考古成果公布，有些还很"振奋人心"，但"振奋"过后往往让人笑话。前段时间，长沙考证出了马王堆辛追夫人105或107代的后人，又是考据消息，又是对比图像，虽然破绽很多，但一些懵里懵懂的人还说真像。不久就有人得意了，说这是一个成功的旅游策划。前两天又有一则考古洗冤的证明：项羽并没有火烧阿房宫，司马迁"烧秦宫室，火三月不灭"、杜牧"楚人一炬，可怜焦土"统统是胡说！

　　我非常敬仰考古人员的探索精神，他们就是通过蛛丝马迹为我们续上久已断线的文明，许多考古成就都是这种精神的结晶。然而，有些让人眼花缭乱的"考古成果"却不得不让人多长个心眼，有些"成果"不仅没有必要考证，也真的搅乱了真正考古的混水。科技是把双刃剑,利欲熏心的人就会用"考古"来昧良心干活。去年日本有一个著名的"考古学家"被揭穿,他已经骗了人们五十多年了;有报道说,在景德镇,有人做"明清"的陶瓷已经很有水平,反正像我这样的人是辨不出的,也没有办法辨出来。

由此还想到许多这一类差不多的事。比如有人就为"夜郎国"属地、"武大郎"的家乡不惜大动干戈,口水仗打了好几年也不肯停;有人会考古出什么曹雪芹喝的酒、蒲松龄家的菜,至于他们当时穷困潦倒饭也吃不上那并没有关系;还有什么传了千年百代的祖传秘方,那真是"我家的表叔数也数不清"。我有时不禁感叹万分,俺们的"考古"水平真是发达,俺们的"考古"工作者真是爱岗敬业,他们为我们考出了这么多的"人类文明",可敬可敬!

风凉话这么说说虽不能解决问题,但还是忍不住要说。随意弄出那么多的考古成就,虽然动机各不相同,原因也多种多样,但有一条却是最主要的,就是利益的驱动使然。对少数人来说,为了利益也就顾不了那么多了。

其实,王母娘娘是神仙还是酋长这种考古并不重要,我宁愿让王母娘娘留在天上,以使我们那份美好的诗意永存。

贺商州要建平凹文艺苑

读《新闻晨报》商州丹凤要建"贾平凹文学艺术苑"报道,大喜,平凹贫困之故乡终于找到富裕的捷径了。为平凹故乡喜,为平凹喜。

这是个占地300亩,需投资7000万的庞大系统工程,将坐落在贾平凹的老家——丹凤县棣花镇贾塬村,其北面紧挨平凹的老宅。当地宣传部门的人说,光设计费就用去县财政20多万元。可以肯定地说,这种大投入的眼光是超前的,是几十年不落后的,也一定是走在世界前列的!

一贺名称创意无限。报道的一个细节我特别注意:贾平凹觉得"贾平凹文学艺术苑"这个项目的名称有些不妥,"太突出个人,应该突出整个商洛土生作家群,而且有些太长,听起来不美气",同时,他还说,司马迁、鲁迅这些大人物都没有建什么文学艺术苑,是否可以改为"贾平凹故居"或"贾平凹故里",但思索了一会又觉得不合适,因为故居和故里都是为已去世的人修建的。我说,平凹先生真是太书生气了!市场经济讲的就是名人效应,俺们普通人吃饭做事都要紧跟名人的,你看看电视上,名人那个累啊,一会儿补钙,一会儿补肾,一会儿还要补肝,甚至帮人"不孕不育"。对您的故乡来说,你就是十全大补哪。大人物都没有建文艺苑?这有什么关系,他们不是不想建,而是那时没条件建。司马迁建什么文艺苑啊,总不能偌大的馆里就放一本《史记》吧!"故居"、"故里"什么的也不要紧,现在不是讲创新嘛,什么东西都可以一试的,活着人叫"故居"也无大碍,况且,"故"也可以

作"老"、"过去"解释,"故居"就是"曾经住过的老地方",有啥不行?

二贺规划设计气魄。300亩的文艺苑是个什么概念?我想一定很NB的。因为我住的小区只有150亩大,却建了五六十栋房子,有四五千人住着。大家一定担心苑太大,其实也是瞎操心。大有什么不好,大了宽敞。平凹有五十多了吧,那可以分婴儿馆、少年馆、青年馆、壮年馆什么的,还可以分散文馆、小说馆、书法馆,还有他的作品被译成外文,英文、法文、德文,至少几十种外文吧,加上别人研究评论他作品成果的,拍成影视的,被报刊网站转载的,那一定是蔚为大观。甚至可以将一些影响极大的作品专门设馆,比如《废都》馆、《秦腔》馆、《高老庄》馆、《浮躁》馆,等等。还可以对这些小说进行真人秀,像绍兴不是搞了个鲁镇吗?对鲁迅笔下的场景、人物来个全复原,据说蛮赚钱的。这么说吧,这也是个系统工程,我相信平凹有着开发不尽的资源,煮炒煎烹炸,只要你想得到,什么都可做,更为有利的是,平凹是个大活人啊,作品每年都在不断地生产着,300亩实在不大。

三贺艺苑钱景无量。一些媒体抓住"贫困县斥资7000万修建贾平凹故居"大做文章,这是很短视的,只知其一,不知其二。我觉得县里的人说的很对,丹凤县一年的财政只有3000万,这和投资7000万元是两个概念,也就是说,建平凹文艺苑可以招商引资啊。我前面说了,贾平凹是个无尽的宝藏,商人投资客一定会感兴趣的,这是个前所未有的创意。当地的旅游局长说,去年,丹凤县旅游的人次达到6万多,今年有望达到8万,而这些游客中,有40%是冲着贾平凹而来的。打个比方吧,这简直就是股市上的绩优股,有着巨大的升值潜力。我在这里提个醒,有投资意向的赶紧和平凹故乡的有关部门联系,到时别越炒越火,挑起外商的兴致,那可就没咱的份喽,不信啊,走着瞧!

陆子至今无缘见过平凹,也未曾到过丹凤,只是仰慕,值此"贾平凹文学艺术苑规划评审会"在西安召开之际,特撰文表示热烈而诚挚的祝贺。

2005年6月27日

被中介了的名人

前两天看了一本书，总算解了我多年的疑惑。这个疑惑是，少数不怎么有名的企业，主要领导人的办公室里，或者是公司的最显眼处，往往悬挂着和某某领导人的合影。当时还想，这家的主人大概有些背景，不然不会如此张扬吧，而那些人也往往以此炫耀。这本书是袁瑞良先生的《晚年叶飞》。

袁是原副委员长叶飞的秘书，想来这个情节应该是绝对可靠的。他在书里说，每年的国庆节，北京都要举行国庆招待会，这种招待会一般有国防部办的，也有侨务部门办的，邀请海外华侨和归国侨眷代表出席。一般情况下，国家领导人都出席。有些个体户通过关系弄个请帖，是很容易的，那些发请帖的人，一般都有些机动的权力，照顾照顾老乡之类的人，易如反掌。于是，领到了请帖就取得了出席证，进出就不成问题了。再请现场拍照的记者帮忙（当然是有报酬的）。到宴会时，他就端着酒杯，记者跟在后面，领导在这种情况下不好拒绝，于是，这边酒杯一碰，那边相就照好了。这些个照片就是这么个来历。有了这些照片，他就可以吹嘘和谁谁关系不错，酒杯都碰在一起了，谁还不相信呢？名人就是这样被利用起来的。

难怪有些人常常神通广大地称，他在北京或部里有什么什么关系，和谁谁关系很好，原来是有中介的。袁还说，单位和个体老板这样做是要付出成本的。当时，北京流传着中介收费标准的说法，也就是说有些人专门从事此类中介活动,什么级领导收什么钱,什么级领导出席活动收多少钱,有些领导人根本不知道,此类活动相当一部分也是完全的市场行为了,只是他们本人不知道被利用的价值而已。

　　这被利用的领导尽管是极少数的,但我知道了也是骨鲠在喉。现如今是名人越来越值钱,前不久,有媒体说温州某商标事务所以萨达姆那张著名的囚犯照片为蓝本,设计了形似萨达姆的商标并申请注册,与法国著名的"老人头"形象非常接近。他们说,如果注

册成功,该商标的出让价将是2500万美元。真是什么来钱开发什么,只要有名就行,管它香名臭名,可以打擦边球,可以踩法律线,什么国际形象,什么商界的诚信,都可以轻抛脑后。

现在流行"细节决定成败",但更有人讲"关系决定一切",后一句话恰恰是市场经济相当发达的美国人著的一本书的书名,他们也深知"关系"的厉害,这种书在中国不畅销才怪。将很是花了些成本的合影弄到,自然是要好好利用一番的,放大裱好,或者千方百计找个场合悬挂,有的还要东也挂西也挂,恨不得一路挂过去。因为他明白得很,有了照片就像有了护身符,而且,有了照片,心态也完全不一样了。是虚荣心吗?我看有点像,这种虚荣心在过了某一极点后,必然会导致倦怠和厌烦,因为其根源在于自信心的缺乏。

脑子里忽然映射出迅翁《阿Q正传》里的某个情节:阿Q对人炫耀说他和赵太爷是本家,赵太爷知道后把他训得狗血喷头,并愈看愈生气,"你敢胡说!我怎么会有你这样的本家?你姓赵么?"阿Q不开口,想往后退了,赵太爷跳过去,给了他一个嘴巴,"你怎么会姓赵!——你那里配姓赵"!这个阿Q,真该掌嘴,姓什么不好啊,干吗要姓未庄名人的姓呢?

2005年7月11日

我的最高理想

　　近些年来，我的最高理想一直不断在变。从陶渊明的"采菊东篱下，悠然见南山"，到孟浩然的"开轩面场圃，把酒话桑麻"，再到马克思设想的"早上钓鱼，下午种田，晚上看哲学"，奢望"春眠不觉晓"，既欣赏"明月松间照，清泉石上流"，又向往"大漠孤烟直，长河落日圆"，最好独坐"无人野渡"呆看"舟自横"，但万变不离其宗，同志们都看出来了，这是在追求"心远地自偏"哪，用时下比较流行的词概括就是：休闲。

　　把"休闲"当作俺的最高理想，不是矫情，请不要笑话。你又不是《休闲》杂志的主编，居然将休闲当作理想，还是最高？什么时候不好休闲啊？难道你现在没有休闲吗？是的，这的确是个问题，"休闲"两个字是简单的，休闲却不简单。而且，既然是最高理想，那肯定是有待努力才能实现的。

　　最初看到渔夫在沙滩上晒太阳享受的故事有些不以为然，那渔夫也真是，一点崇高理想也没有，别人都趁大好时光捕鱼，而他却嘲笑别人的眼浅，捕鱼——赚钱——享受，省却了过程，结果不是一样吗？罗素也曾经说过一个类似的故事。说有个人到那不勒斯旅行，当他看到大街上十二个乞丐躺在那里晒太阳时，他想布施一个意大利里拉给其中最懒的人，有十一个乞丐一下子跃起乞讨，于是他把那个里拉给了第十二个乞丐。笑话归笑话，但那渔夫和第十二个乞丐倒是有些出乎常人的超然。

　　我看到电视上(其实生活中更多)某些人(一般都是有身份地位的)挥动高尔夫球杆的姿势很是潇洒,有许多其实是做做样子的,但你不能排斥他们的确是在休闲,虽然有人不屑地说那是伪休闲,想想也有道理,因为他们中的许多人球杆上挥掉的是纳税人的钱。还有许多飞来飞去的"候鸟式"休闲,也惬意得很。

　　有幸到欧洲的几个国家转了转,感受最深的就是他们的休闲。商店早上9点才开门,晚上一般7点不到就打烊,双休日大部分店大

门紧闭,碰上什么节日,则许多人都早早地作了鸟兽散,而那些景点或者度假的地方则往往是人满为患。他们怕钱多吗?肯定不是的,我们有些人的富裕程度可能要超过他们中的某些人,区别就在观念。我们中的许多人就是那个存了一辈子钱才住进房子的中国式老太太,而他们则是那个不管三七二十一先住上房子再慢慢还钱的外国老太太。

如此说来,我们只需游手好闲就能饱食终日了?这样说其实是忘记了以下的事实:有研究表明,一个人所赚得的钱通常就是他所消费的,此所谓我们老祖宗说的"量入为出",而他在消费的同时,又为别人提供了就业的机会。而且,凯恩斯老早就有他的"赤字预算理论",400年前的陆楫则明目张胆地推崇奢华的生活方式,他认为节俭仅对家庭和个人有利,从全社会考虑是有害的。

还有一个事实也不容抹杀,那就是先前的休闲仅是富人的权利,或者说,极少数人的休闲是建立在多数人劳动的基础上的,且那些富人往往把钱用在炫耀上,我们知道那是奢侈,而文明不断发展的结果是,广大的劳动者也有了比较多的闲暇,把钱放在一个东西的使用上,他们有充分的时间去领略美好的景物与事物,这是真正的休闲。两者有质的不同。

这样来看我的最高理想就不奇怪了,不就是想要一种能够把自己解放出来的比较放松的惬意的生活方式吗?但要完全实现这个理想,却是难事。幸福的休闲生活,一半靠外部环境,还有一半就要靠自己了,靠自己的调节,靠自己的领悟,钱多可休闲,钱少也可休闲,身体可休闲,心境更可休闲,那种60岁以前用生命换一切,60岁以后用一切换生命的做法,实在不划算!

再申明一句,我的最高理想,其实和我们要努力去实现的共产主义目标是一致的,共产主义,不就是让大家享有充分的休闲吗?

2005年7月4日

胡巧玲讨钱

　　俗话说,炒股炒成了股东,炒房炒成了房东,打官司也会打成律师的。我没有调查过哪些律师因为打官司而成为律师,但在法律工作者的队伍中,一定不缺少因为打官司而"爱"上这个职业的。说这个话是源于"政府文件为下岗女工而改"的新闻。

　　11月5日《报刊文摘》的一则消息说,今年28岁的原重庆万友宾馆领班胡巧玲,在原宾馆被征用后只领到了6558元的补偿,但她随即发现工作了十年的单位并没有按原先的承诺替她缴养老保险。协调无果,顽强的她于是买来《劳动法》仔细研读,并请律师向重庆仲裁委员会提起仲裁。然而,仲裁委员会告诉她,她和宾馆的劳动争议不归他们管。她随后又向重庆市渝中区法院提起诉讼,同样被驳回。她又向重庆市一中院提起上诉,同样被驳回,并告诉她说这是终审判决。

　　因为事件的复杂,我必须比较详细地边阐述边评论。那么毛病到底出在哪里呢?胡巧玲和律师分析后认为,所有判决的依据都是渝劳社办的〔2001〕79号文件:对劳动者与用人单位都没有交纳或用人单位没有足额交纳养老保险金,劳动者要求补缴的申诉不属于司法管辖的范畴,仲裁委员会不予受理;对劳动者要求用人单位交纳欠缴的养老保险金,仲裁委员会不予受理。毫无疑问,就是这个政府文件剥夺了公民司法救济的权利。于是,胡巧玲和律师向重庆市法制办递交了要求撤销不合法规定中的有关条款。然而,重庆市政府过了5个多月也没有答复。接下来也是相当的艰难:胡和律师先向重庆市一中院状告重庆市人民政府不履行法定职责,被驳回后再向重庆市高院状告重庆市政府不履行答复的法定义务,同样不受理。驳回的理由都是"文件具有普遍约束力,系抽象行政行为,对该行为不能提起诉讼"。

　　接下来事情似乎有了转机:重庆市法制办曾口头答复她说,79号文件有关条文确实有不妥之处,应该撤销,但由于种种原因,法制办是无权撤销的,希望她谅解。事情到这个份上了,胡巧玲和律师都上了劲。他们又上书国务院,请求国务院责令重庆市政府撤销文件。皇天不负有心人,前不久,79号文件中不合理的部分终于被废止。随即,重庆市高院向下级各法院下达了《关于养老保险争议受理问题的通知》。

　　如前述,我们的新闻报道将这件事是当作正面消息来报道的,但这样的报道读后却有许多的感慨。一个下岗女工,为了自身的权益,竟然是如此的艰难。而这个时候的胡巧玲,似乎已不完全是在争自己的养老保险了,她更感觉到自己肩上的一种责任或者说使命。完全可以这样理解,现今有许多久拖不决的官司一直得不到审结,一方面是双方的证据难以采信,另一方面就是原告上诉的韧劲。而且这个原告往往是弱势的一方,他必须举证出对他有利的证据,而采集证据又是多么的艰难。原告的不屈不挠,有时已经不是为了上诉的本身,一句话,为了尊严,为了权利。为了这些,他们会皓首穷经,久病成良医,他们成律师的可能性于是就极大了。

　　现在的社会,人们对法律的重视就像对房产、教育、健康一样,尤其是对法的需求,是十分的饥渴。但作为普通百姓,他们没有那么多的精力来掌握和运用这些法,因为用来保护大众的法有我们许许多多的执法人员在执行,法是保护我们的。同样,普通公民必须全部掌握法律既不现实也没有必要,并不是只有掌握了全部的法律自己的权益才会得到保护的,知法守法和全部掌握其实是两个不同的概念。但胡巧玲事件恰恰露出了某些漏洞,如果不这样死命争取,重庆那个79号文件不合法部分会撤销吗?起码不会为胡巧玲撤销。

　　从重庆市的例子也可以看出,有三种现象在许多地方还表现得很明显:第一,我们的有关文件出台后有多少是和相关的法律法规抵触的?实事求是讲,一点没有错误的东西世界上根本就不存在,何况事物不断变化发展,但文件的出台应该是极其慎重的,起着法规作用的条律起码本身不能违法,"下位法"不能违背"上位法",这应当不是高要求,这也是公民合法权益得到保障的基本前提。第二,这些相悖的条文是否一定要等到事情闹得不可开交的时候才引起重视?民主法制的不断完善需要付出各种代价,但不能让普通百姓的官司打得如此的无所适从!重庆法制办明明知道条文的不合法性,为什么不能立即改正,是没有权力还是其他原因?为什么一定要等到国务院的督促?实在令人费解。第三,为什么法院依据的都是同一个文件?往好里说,这是遵守法制,往坏里想,则有理由认为重庆各级法院审理这个案子的有关法官是不动脑筋。因为有了这样一个规定,于是就名正言顺地判决,而很少去想一想那个文件是否合理合法。

　　现在还不能乐观,因为胡巧玲的最初目标还没有实现,她的养老保险(当然还有像胡一样的许多普通劳动者)能不能补缴也是个未知数,官司还得继续打下去。不过,打完官司,我倒有一个想法:胡还年轻,有了这次马拉松式的讨钱实践,凭着胡的韧劲和机灵劲,如果去做律师,一定是很有希望的。

　　　　　　　　　　　　　　　　　　　　　　2003年11月20日

朱军不必太在意

　　我尊敬的央视主持朱军同志这几天心里一直不太好受,因为他在春节联欢晚会上犯了一个小小的低级错误。这位英俊小生在晚会零点钟声敲响前误将"猴年"说成了"羊年"。连日来各大网站的论坛上,网友们纷纷议论这个错误并对朱军表示了"遗憾"。朱军说,这个错误发生后他心里很不好受,连庆功宴都没有参加就回家了。

　　布衣也深深感到遗憾,要是不说"羊年"该有多好啊。观众也许不能谅解,明明是猴年嘛,难道他还没过够羊年?虽如此,还是要劝朱军同志一句:月有阴晴圆缺,此事古难全。这点小错和你连续主持八届"春晚"的成绩相比,实在可以忽略不计。在这种大型的直播现场,不出差错是不正常的,出了差错,布衣反而感觉到了一个真实的朱军。

　　当昨天的媒体在议论这件事时,几乎是千篇一律的标题"指猴为羊,朱军认错",布衣深不以为然。对这样的事一味地说他错,指责他的不小心,有的不仅充满了火药味,还不乏幸灾乐祸,实在是少了点宽容和理解。我常看一些电视中的谈话类节目,不时为谈话双方的精彩对话击掌,继而惊叹:他们的口才是那么的好,他们的话题是那么的紧凑,好像都是白岩松和水均益。看后一回味,噢,节目原来都是录制的。就是名嘴白岩松,也有人讥刺为"肉喇叭",不奇怪。近些年,一些电视剧往往在播完一集后拉片尾时,将一些拍

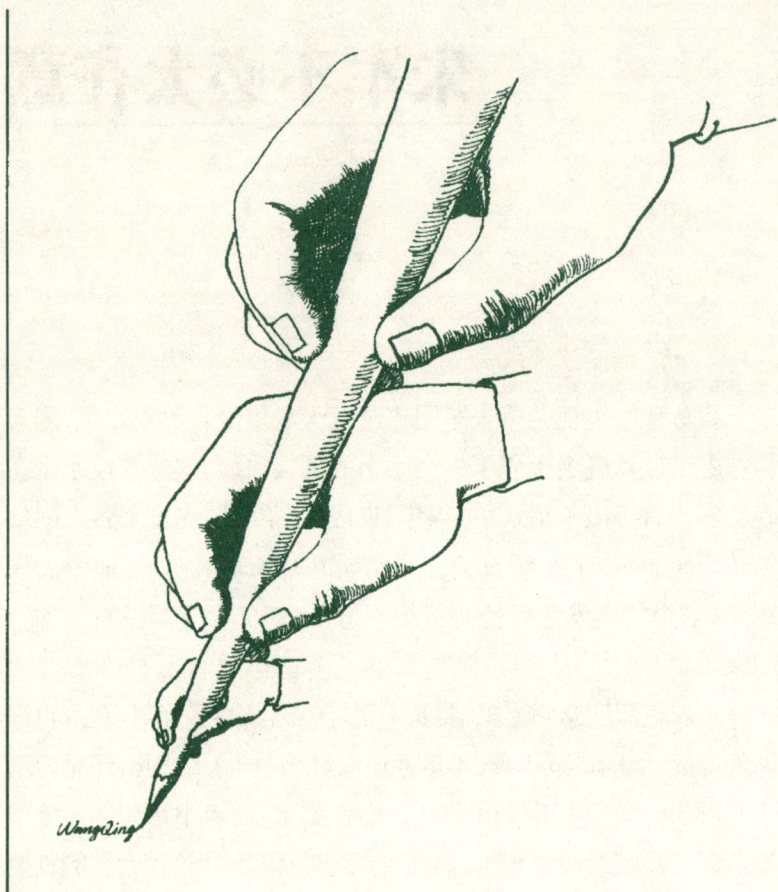

砸了的镜头快速拉出,我很喜欢这样的场景,因为它真实。生活有时并不需要装饰遮掩。

话语表达的优劣是掂量主持人好坏的试金石,但并不是说一个主持人说得比唱得好听就一定受观众欢迎,生活的丰富多彩注定需要个性化的主持人,朱军用他的主持实践已经赢得了广大的观众,布衣作为观众的一员,并不在乎他一次小小的差错。"羊"说成"猴",没什么大不了的,改过来就是了。

2004年1月31日

祝贺牛哥上套

"牛哥"是著名相声演员牛群的亲切称呼,"上套"是牛群同志最近做上了安全套的广告。据了解,给牛哥上套的是北京某公司叫做Badman品牌的安全套。在北京的许多药店、超市,穿着马甲,笑眯眯着,一副心满意足样子的牛哥,整天举着安全套在"套"别人。

为啥不祝贺别人上套而要祝贺牛哥上套?简单来说有两个理由。

其一,牛哥上套是一种十分高尚并值得许多人学习的行为。北京那家公司与牛哥签的协议是在牛哥宣布捐210万人民币给中华慈善总会,以支持五子牛特殊教育项目,同时牛哥出任Badman的形象代言人后开始的。也就是说,牛哥是彻底地在为蒙城人民服务。此前牛哥裸捐消息见诸媒体后,还有许多不同意见,认为牛哥是在做秀,可布衣是十分坚定地赞同牛哥这种为蒙城人民献身的精神的。

其二,牛哥上套的行动证明,只要将老百姓的事情放在心上,这个官是做得好的。当牛哥正式出任蒙城的副县长时,也曾有不少人在担心,说牛哥当官凭的全是名气,等到名气一过,也是普通得很。布衣认为这种担心完全多余,也是对牛群同志的不信任。现在有少数官,和牛哥比起来,境界真是相差十万八千里,整天就是想自己或者跟自己有关的那点破事,只思索取,不问自己对人民贡献了多少。

能够用名气为老百姓产生效益,这种人是少了不是多了。安全套广告有什么难为情的,总比名气蛮大,一毛不拔,不仅一毛不拔还大量偷漏税或变着法子坑老百姓的人来得高尚。

为老百姓着想,只要在法律允许的范围内,就是做老鼠药的代言人,布衣也举双手赞成。

2003年2月11日

极地起大鹏

　　对待金钱,一万个人有一万种态度,但我在看了巴菲特的真实故事后感到,能够不断创造金钱或者制造财富的人,其实对待金钱只有一种态度,那就是只注重赚钱的过程,而对如何使用金钱却是淡得很。

　　股神巴菲特,一位极富传奇色彩的股市投资奇才,他的公司在40年前是一家濒临破产的纺织厂,在巴的精心运作下,公司净资产从1964年的2288.7万美元,增长到2001年底的1620亿美元,公司股价也从每股7美元一度上涨到9万美元。

　　先说这位全球排名第二的富翁日常生活:他的衣服是旧的,钱包是旧的(有一只用了20多年的破旧钱包拍卖了21万美元捐给慈善机构),汽车也是旧的,1958年以来,他就住在一栋旧房子里,一般在钱包里只放1000美元。而我们的新贵是什么样的生活呢,有许多也是节俭得很,但还是比较少的,一般说来,有钱了,就不会再和"旧"字搭介,小老板坐几百万的车很普遍。前天有一则消息说,广东一老板为儿子办婚礼花了几百万,还请了名歌星助兴,场面大得惊人。

　　再看他的办公场地:总部租借的办公面积只有半个网球场那么大,办公室地上只是铺着油毡地板和废旧地毯,有人把公司入口处描绘成"一扇看上去似乎背后藏有一个扫帚柜的木制大门"。这就更有对比性了。我们的观念是,那怕是一间很小的公司,最好也要有自己的办公楼,气派豪华,富丽堂皇,这才是有钱的象征,要是像

巴菲特,那简直是衣锦夜行。私家公司还好,公家的就不得了,较着劲比档次,难怪国务院总是三令五申警告缓建楼堂馆所。

还得说一说巴菲特的总部。这简直令人难以置信:他的总部1995年通过企业收购接收了11000名新雇员,但总部的工作人员只从11个人增加到12个;1998年总部有12.8个人(聘用了一名新会计师,每周工作4天);到了2000年,总部增加到了13.8人。是不是说人少就少干事呢?以2000年为例,他们处理了与8个企业收购活动有关的全部细节,编制了大量的纳税申报表(材料厚达4896页),等等,等等。我们一般的管理层再怎么精简也到不了巴氏的程度,但近乎天方夜谭的是他们做到了。这时就会傻想,没有了那些七大姑八大姨式的环节,政令是不是会更畅达呢?

穷是极地,极地起大鹏。那么,有了金钱为什么就不能好好地把持呢?从上面对巴氏的描述中可以悟出,他重视的是如何创造,而一般人只是攫取。创造会带来乐趣,但不在金钱本身,弱水三千我只取一瓢饮;攫取也会带来乐趣,无穷无尽永不满足,可境界要狭隘得多。

2004年5月

为郑和鸣笛一分钟

　　600年前的7月11日,明成祖一个空前英明的决定,使得郑和开启了一个属于中国人的大航海时代。200余艘船,2万余水手,亚非的30多个国家留下了郑和们远洋的足迹。600年后的7月11日上午9时,中国首个航海日,中国籍民用船舶和由中国航运公司经营管理的非中国籍船舶,鸣笛一分钟,为600年前的郑和,为那个时代的所有和平使者。

　　然而,600年前的郑和并不是一直在我们的记忆深处。历史总是那么惊人的相似。郑和下西洋比哥伦布发现新大陆早87年,比麦哲伦到达菲律宾早116年。而在西人眼里,哥伦布和麦哲伦是多么的了不起啊,不说无与伦比也是举世无双的,但这也是后来的事。哥伦布首次航海归来的确是受到了热情的款待,但第二次航海归来就受到了冷遇,第三次航海归来则被戴上了脚镣,等到第四次航海归来已是奄奄一息。在失去了费迪南国王的信任后,这位前总督在贫困和绝望中离开了人世,而且他永远也不会意识到自己发现了一个新大陆。1405年到1433年间,郑和庞大的宝船队七下西洋,其中前六次都是辉煌之极,而第七次却是境遇大为不同,连历史记载都草草了事,郑和是在返回的船队里还是已经客死在印度古里,似乎没有确切的记载。壮举渐渐被淹没,几百年来,只在沿海的民间和东南亚流传着一些他航海的传说。直至梁启超为其呐喊正名。因为郑和毕竟开启了一个时代。

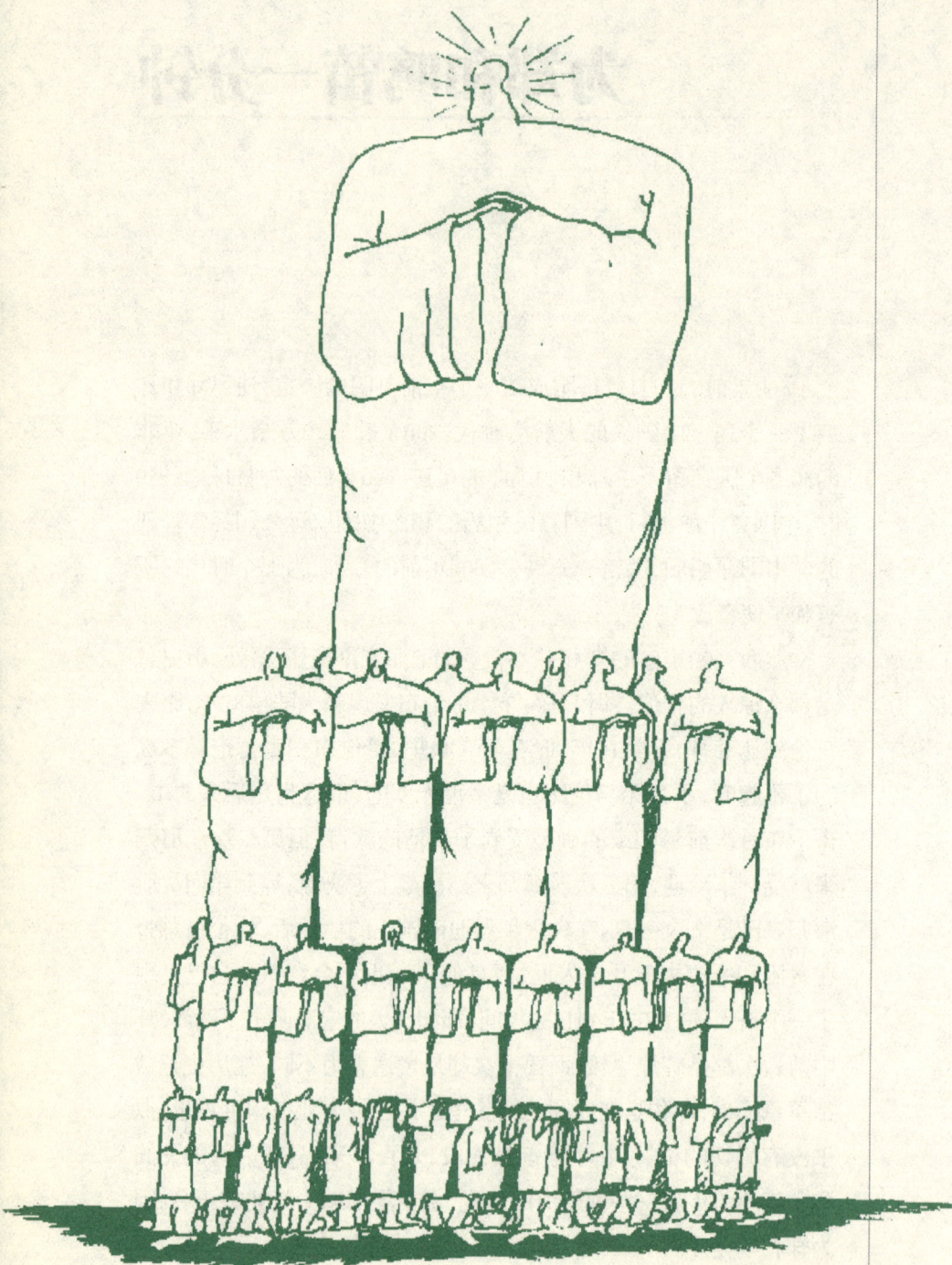

关于郑和的精神有许多的阐述,开拓创新,自强不息,等等,等等。然而我更关注他的影响力,与邻为善,睦邻邦交,和平共处,共同发展,这是全世界人民的共同追求。于是,七次数十年,在"洪涛接天,巨浪如山"的茫茫大海中力挽狂澜的实践是多么的了不起啊,中华民族甚至全人类的航海史上,都会将"郑和"两字浓墨重彩。这也就是我们为什么600年后仍然要为他鸣笛一分钟的理由吧。

叉开去。1922年8月,在生命不息、研究不止的电话发明者贝尔下葬的那一天,全北美大陆的电话都停止使用一分钟。如果说当时使用电话的人还是少数,那么,到了1931年10月21日,留声机和白炽灯的发明者爱迪生举行葬礼那一天,停电一分钟就达到了高潮。爱迪生逝世后,许多人建议,全世界象征性地熄灯一分钟以示哀悼,虽然不是全世界哀悼,但6点59分,好莱坞和丹佛熄灯,7点59分,美国东部地区停电一分钟,8点59分,芝加哥的有轨电车及高架地铁停止运行,从密西西比河流域到墨西哥湾陷入了一片黑暗,9点59分,纽约自由女神手中的火炬熄灭。这个为爱迪生而熄灯的一分钟,并不是有意识地要让人们回到煤油灯和煤气灯时代,而是受益者的一种集体思念,一种创造了不凡的价值让人们自觉自发的思念,这样的思念是划时代的。

郑和,贝尔,爱迪生,还有许多为人类作出杰出贡献的所有伟人都值得我们尊敬。鸣笛一分钟,熄灯一分钟,只是一种形式,在我们的心中,郑和及其他杰出者都是永恒的,不朽的。

2005年7月12日

介于聪明和愚笨之间的狐狸

——动物哲学解读之一

有一个犹太故事一直没有机会说它，人到中年的时候，才觉得它是那么的有意思。故事的大概是：葡萄园的篱笆上有一个小洞，狐狸身体太胖，钻不进去。它就绝食三天，身体变瘦，钻进去吃了个饱。吃完了，身体又发胖了，钻不出来，它又绝食三天，身体变瘦，才得出来。这只狐狸是笨还是聪明呢？

一句两句真是说不清。

说它聪明的理由大概认为狐狸本来给人的第一直觉就是狡猾，在汉语的语义里，有时候，狡猾就是聪明啊，不聪明那还叫狡猾？它有这个需求，它想吃那园子里诱人的葡萄，馋涎的津液逼得它想出了聪明的办法去实施这个既果腹又解馋的计划。好在有一个小洞，如果没有这个条件，那整个计划就无法实现。但以现有的条件，只怕是进不去的，必须要想法子，从给出的条件看，要实施这个计划，只有两个方法，要么把洞搞大，然后很轻松地进入园子，但也许是铁蒺藜的篱笆，狐狸的肉牙肯定斗不过，既然斗不过，只有想另外的办法，把自己变小，变小就是改变自己，如果改变自己能够达到目的，为什么不试一试呢？从这个角度讲，狐狸的确够聪明的，因为它终于进去了，尽管它付出了比较大的代价，饿了三天，味道肯定不好，没有点毅力是做不成这样的大事的。也许在狐狸心目中，和人斗智，并且成功，其乐无穷。

　　说它笨也有足够的理由。狐狸虽然聪明，但考虑问题毕竟不太周全，很有些驼鸟政策，只管把自己的头埋在沙里，就认为别人看不到屁股了。但残酷的现实完全不是这样，也就是说，事情决没有这么简单。你看，它付出了代价进去了，也许还兴高采烈，终于可以饱餐一顿了。于是我们可以设想，花了大代价进得园去的狐狸，极有可能像孙猴子进了王母娘娘的蟠桃园，肆无忌惮，摘一个，咬一口，咬一口，摘一个，因为园子里有许许多多颗葡萄啊，能不动心吗?这个时候，别人劝要担心噢，不要吃得太多噢，都是没用的，就

像那个捡金子的，不到太阳升起，不到捡到背不动，他是不会歇手的。这下好了，狐狸终于把自己的肚子哺得饱饱的，但恶果也要它自己尝了，又胖了，出不去了！幸亏它还聪明，但早知这样，何必当初呢？因为在葡萄园里，要将自己饿三天，没有一定的意志更是不行的。面对这么多诱惑，痛苦不堪啊！

有一种观点说，最聪明的还是那个庄园主人，他只将篱笆开个小洞，或者是别的什么原因造成了这么一个小洞，但他深信，没有缺点的篱笆是没有的，篱笆有些小缺点不算什么，因为这样的小缺点并不会使他的庄园受到什么损失，他算准了，就是那爱吃葡萄的狐狸，要想从这个小洞里吃到他的葡萄，一定要付出不菲的代价，而且，有这么一次被折磨的经历，聪明的狐狸一定不会犯二茬罪，从而让自己吃二遍苦的。

一个又一个的贪官进去了，几百万，上千万，甚至几个亿，最终又吐出来了，然而和葡萄园里的那只狐狸相比，那些贪官实在没有它聪明，因为狐狸毕竟自己出来了，虽然饿了三天，不，应该是六天，权当买了个教训。但吃了那么多国家的葡萄，即使减了肥，但极有可能送掉老命的。

2006年3月27日

纪念旅鸽标本"玛莎"

——动物哲学解读之二

　　1914年9月11日,世界上最后一只29岁的名叫"玛莎"的雌性旅鸽在美国俄亥俄州的辛辛纳提动物园中以俘虏的身份死去。它死的当日,美国所有的媒体都报道了这一死讯。前些天,我在央视的科技频道《天堂里的动物:旅鸽》中看到了"玛莎",它立在一根树枝上,长长的嘴,尖尖的尾巴,展翅欲飞,但它永远告别了蓝天白云。再也不能动、不能叫、不能吃东西的"玛莎"睁着圆圆的眼睛,以一种忧伤、冷漠和鄙夷的目光注视着人类,令我不忍卒看。

　　我是很迟才认识旅鸽的。前年在读法国戴维斯·西蒙的《消失的动物——美丽生灵的凄凉挽歌》时才知道,一百多年前,旅鸽像巨幅丝绸幕帘覆盖了北美的天空。西蒙描写道:凤凰般美丽的羽毛,长长的尖尾,诗意般地翘起,最繁盛的时候北美的旅鸽超过了50亿只,是目前所知道的聚群最大的鸟。据1870年人们在美国俄亥俄河畔的辛辛纳提记录,一群迁移中的鸽阵长510公里,宽1.6公里,数目不低于2亿只,其所到之处,遮天蔽日,蔚为壮观。

　　鸽丁兴旺的旅鸽家族在不到50年间就踪影不见了,到底是什么原因呢?美国人满怀忏悔地为"玛莎"立的纪念碑上的一行字也许可以作注脚:"旅鸽,是因为人类的贪婪和自私而灭绝的。"对于那些美国初期的移民来说,在那片大地上,所有的资源都是丰富而又用之不竭的。即使用棍棒向天空挥动几下,就能打掉好几只旅

鸽。当然,用猎枪捕杀几百只甚至几千只旅鸽更是不在话下了。那时,每天都有数百万只旅鸽被火车送到大城市。直到1860年为止,随着人们对森林的大面积开垦和狩猎的普遍进行,谁也没有注意到旅鸽的数目在逐渐减少。人们想尽各种方法屠杀旅鸽,枪杀、炮轰、火烧、放毒、网捕、炸药……人们还经常为了取乐而猎杀旅鸽,一个射击俱乐部一周就射杀5万只,有人一天便射杀500只。被捕杀的旅鸽不仅供人类自己食用,还用来喂猪。这种令人发指的杀戮过程一直持续了半个世纪。

　　等到所有的人都开始关注旅鸽时,旅鸽的命运注定要告别人类了。美国政府甚至发出悬赏,谁要是找到一只旅鸽,可以得到奖金1500美元。保罗·马丁《透过镜头·导论》中也写到"玛莎":有些照片足以改变一个人的生活,萨尔托雷就永远难以忘记"玛莎"在1913年留下的形象。"我记得自己是怎样地一边注视着它一边想,却想不过来:怎么,这怎么可能就是最后一只了?从前可曾有过千百万只旅鸽啊。直到今天我仍然思索那个形象。事实是,它引导我走上了保护野生动物的道路。它令我运用摄影努力抢救地球,为那些面临种族灭绝之灾、但却没有发言权的物种讲话。"

　　科学家告诉我们,在没有长期的外界危害下,一个物种一般在30亿年中消失,新的物种便会出现,取而代之;而已消失的物种将需要1000万年才能恢复,也就是说,我们这一辈人造成物种大量灭绝后,我们的子孙后代都不会再拥有它们。甚至,自然界自身的更新可能无法使那些已消失的物种再生。

　　"玛莎"注定要在美国的国家博物馆里长久地供人们瞻仰。我在这里纪念它,只有一个意思,那就是人类究竟能在多大程度上保证物种们的生存呢?因为我知道,因人类的贪婪和自私而灭绝的物种决不只是旅鸽一种。

2006年4月9日

马拉车抑或车拉马

——动物哲学解读之三

　　阳光和煦照人，老家门口的空地上，一张桌子，几杯清茶，我和两个将要高考的及一个已经高考过的青年学生在东一句西一句有一句没一句地扯谈。忽然间，我想到了列夫·托尔斯泰的一个有趣话题：一辆马车从山坡上滑下来，到底是马拉着车呢，还是车推着马呢？于是大家开始讨论。

　　一个意见认为是马拉着车。理由主要有三点：一是马始终是马车前进方向的代表。只要缰绳还在马夫手里，只要马仍然套着缰绳，那个马一定会尽心尽职，不管是上坡还是下坡，都会一如既往地跑下去。二是用力少也是用力。不管怎么说，那个马还是一直在跑的，如果不是被缰绳套着，它就会飞驰下坡，速度要快得多，正是因为有拉着车的责任，所以速度就慢下来了。三是一个比方。就像爱斯基摩人的雪撬狗一样，最前面那只跑得飞快的领头狗，它并不拉车，只是一股劲地疯跑，因为它平时比后面那些狗吃得好，所以体力也壮，而拉车的主力正是后面那些疯狂地追赶着前面那只头狗的群狗，那些群狗因为平时吃得比头狗差，嫉妒得很，于是在奔跑中拼命地想咬前面那只头狗，当然咬不到，这只是爱斯基摩人的机巧而已，这一追一咬，动力就产生了。你能说前面的头狗没有功劳？下坡时的马就很像那只头狗，你能说不是马拉车？

　　另一个意见认为是车拉着马。理由主要有两点：一是车本身产生的动力在推着马。马车有两个或四个轮子,要是四个的话,产生的动力会更大更均匀,特别是在下坡中的速度,那一定是最大的,这个时候,绝对是车推着马,如果有现场录像的话,你一定会发现那根缰绳是松的,这就表明马没有用力。二也是一个比方。汽车在下坡时,一般都不用踩油门,而速度却会加快,这就表明,是车本身下坡的冲劲在推动着车,也就是说,是车拉着人和车,而不是人踩着油门拉着车,这个原理也适用于车拉马。

第三个发表意见的是我。我综合并糅合了前两种的说法,主要观点是既是马拉着车,也是车推着马,你中有我,我中有你,就像是一种共生共力现象。前面两个就说了,你这个观点是老奸巨滑,什么也没说。我说不是这样的,尽管我知道我什么也不知道,还是打了个比方:你看那满墙壁的爬山虎,如果没有高高的墙壁,它能爬得那么高吗?肯定不能,要爬也只能在地上爬而已。专家说了,大约有90%以上的植物种类存在着这种现象,兰花的种子比灰尘还小,不含养料,一旦缺乏真菌的感染,它就无法获得发芽和生长所需的营养;珩鸟从鳄鱼牙中啄取水蛭,为鳄鱼们提供口腔卫生服务,它

自己也因此得到了所需要的食物。专家还告诉我们，在自然界中，没有一种动物(包括人类在内)，可以离开那些生活在肠道中帮助消化食物并产生维生素的有益菌，这些有益菌和我们唇齿相依。因此的因此，那个托尔斯泰想表达的可能就是我这个意思。

最后一个发表意见的是陆地同学，他只说了两句话。一句是，真要分，还是分得清楚的，请教一下物理学家就可以了，只有他们拿出了具体的实验数据才可以确定；第二句是，我们讨论这个问题有什么意思吗?我认为一点意思也没有。

大家很浓的兴致于是被他无情地浇灭。想想也是，这么温暖的阳光下，说点什么不好啊，比如讨论讨论如何如何赚钱，如何如何进行人生的奋斗，比如搓搓麻将，玩玩扑克，剥剥瓜子。不过我还是很纳闷，一向发散思维积极的陆地同学怎么会对马拉车抑或车拉马的话题提不起兴趣呢?是不是今年六月要高考的缘故?极有可能!

2006年2月5日

疲惫的猴子

——动物哲学解读之四

　　那天有家媒体报道了猴子愤怒撕咬耍猴人的消息,还有大大的场面激烈的图片,大意是说某猴子受不了耍猴人的虐待而不听现场指挥,反击耍猴人。我看得出媒体的立场是为猴子的觉醒叫好,也寓意着人们要善待动物。但我还是有些疑惑,那猴子为什么有这么大的胆子,难道是孙猴子?虽然图片上看上去蛮真实的。

　　疑惑是有原因的。此前我看过一篇关于某只猛虎怎样被驯服的文章,印象很深。那猛虎开始也是极度的桀傲,一点也不乖,但驯兽师用的办法很简单,就是不断地饿它,开始几天,猛虎还撑得牢,但第四天头上就开始一点点退步,一直到彻底服软,再也没有雄风,虽然样子上还是威风凛凛,可骨子里却对驯兽师的指令言听计从。连猛虎都这么听话,那猴子又是什么东西呢?胆子这么大,竟敢撕咬耍猴人?

　　好在街上经常可以看到耍猴的场景。这一次,我是仔仔细细地抱着考察的心态看这场猴戏的。

　　在一个没有警察和城管的空地上,耍猴人拉开了场子,叫叫嚷嚷,不一会就吸引了不少过路人的围观。表演的节目和我小时候看到的猴戏差不了多少,有猴子打球、接飞刀等,虽然怪模怪样,但笨拙中却显示出猴子的手艺很是熟练,不断惹人发笑。演着,演着,那耍猴人开始无目的地逗猴子,突然,耍猴人用鞭子狠狠地抽了抽猴

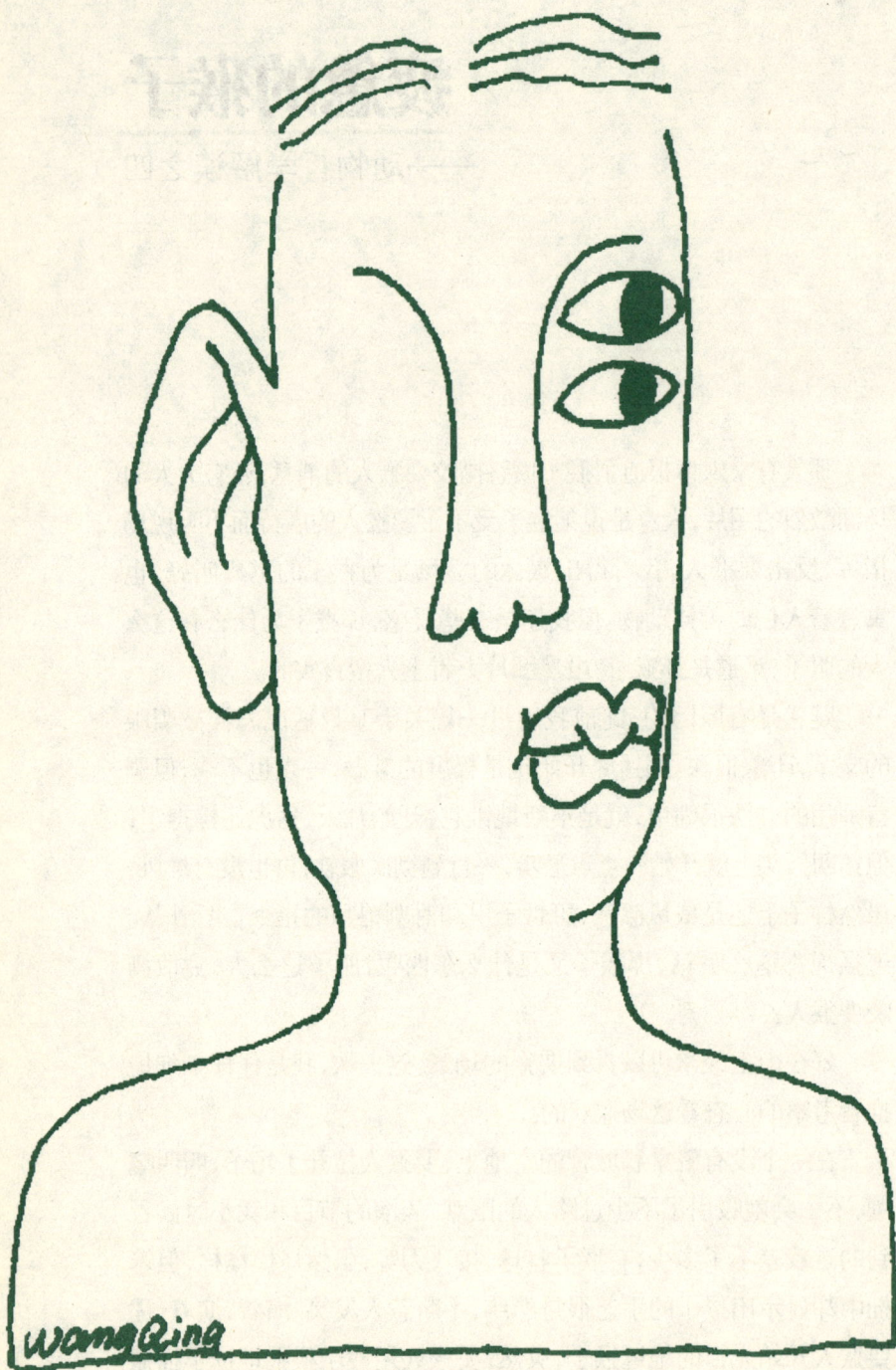

wangQing

子,猴子于是拿起刚才玩过的刀来反刺耍猴人,差一点刺着,耍猴人于是异常愤怒,开始猛抽反抗的猴子,并破口大骂猴子,猴子则灵活地顺手拣起半块砖头砸向耍猴人,又被避开了。随着耍猴人的鞭子不断地抽向猴子,围观的看客都会大声地谴责,孩子们则难过地捂上了双眼,但当猴子拿着金箍棒将耍猴人追得四处抱头逃窜时,看客则会为猴子大声叫好:打打打,打他个龟儿子!作为对猴子的奖励,有人还不断地往里面扔钱。

等到人群开始四散,我特意和耍猴人套了套近乎。今天是怎么回事呢,是猴子不高兴表演而追你打你吗?那自称来自河南新野的耍猴人笑了:打猴子其实是假戏真做,你看鞭子打得山响,其实打不到猴子的身上,你想想,如果是真打猴子的话,那我每天要演好几场,还不把猴子给打坏了?我靠什么吃饭哪?观众有了情绪才证明我的演出是成功的。这时,我忽然想到的是,那家媒体的记者可能就是在猴子打耍猴人的时候路过拍到的镜头,他把这个场面当成了一个偶发事件,认为猴子不堪压迫而奋起反抗,激动人心,这当然是好题材,急着回去发稿去了。可惜的是,孙猴子已成了国人永远的记忆了。

对于我了解的真相(我不知道这算不算事实的真相),我又有些疑惑起来了,猴子是怎么样才学会和耍猴人配合得这么默契的呢?是驯兽人对待猛虎的方法吗?很有可能的。和人相比,猴子毕竟是弱势的一方,但每次表演都要那么逼真,还有一种可能就是,弱势的猴子和耍猴人心灵上的互通,大家都不容易,自己的表演能帮耍猴人挣些银子,虽然很疲惫,虽然很无聊,也是件挺开心的事啊。可我有些担心的是,那些看客知道了假戏真做的真相后,还会那么积极地往里面扔钱吗?

2006年5月6日

规箴

　　有时对于刻板的事、出格的事，我们会按捺不住地加以嘲笑、捉弄，因为我们已经感到僵硬姿态事件的滑稽性。不经意的玩笑，洗练的机智，可以一扫闷闷不乐的气氛。认认真真地忠告在我，听一听抑或听不听全由你，随便，随便。

"大家都来割眼皮"?

范长江是小品演员?

盘点失败

一个人的对

"掉裤子"事件

"董事长的思想放光芒"

是非"人乳宴"

耄耋老太"处女公证"

新生"三大件"

丑女求职千次

乡长超生六胎

盲目乐观的"非典"预测

三个很有趣的观点

"大家都来割眼皮"?

　　左一刀,右一刀,上一刀,下一刀,里一刀,外一刀,一副让人心动的眼皮就诞生了。自从造出了"中国第一美女"之后,男同胞也不甘落后,许多人争着要做"中国第一美男",于是,千金散尽为美容,整形美容业空前火爆。刚刚有消息说,一些热心的同志已经在筹建"中国整容协会"了。

　　整容业为什么会出现如此形势大好的局面?这绝不是空穴来风,而是有强大的"理论依据"的。专家放言,美容消费已经成为继住房、汽车、旅游之后的第四大消费热点。这怎么能不让人心动?理论之树常青,在这样的极具市场意识理论的指导下,那些非常爱美的人或者比较爱美的人,还有那些没有条件成为美的人或者那些压根儿不往美里想的人,统统做起了美梦。"丑小鸭"想变成"白天鹅","白天鹅"则想百尺竿头。找工作四处碰壁,男大学生就筹钱要整"陆毅"一样的脸;某区中小学新学期开学报到,不少同学都变漂亮了:原来的单眼皮变成了双眼皮,脸上那颗碍人的痣不见了,塌塌的鼻子一下子挺了许多,一打听,都说是用"压岁钱"埋的整容单;而有报纸就这样报道:部分男性喜欢动鼻子动眼,越来越多的男性涉足整形美容。

　　中国是这样,外国就更不要说了。最近频频有消息讲,韩国那边厢20至30来岁的未婚女性有15%曾接受过整容,韩国有全球独一无二的"整容一条街"。而美国不少男性纷纷用整容来对付经济的

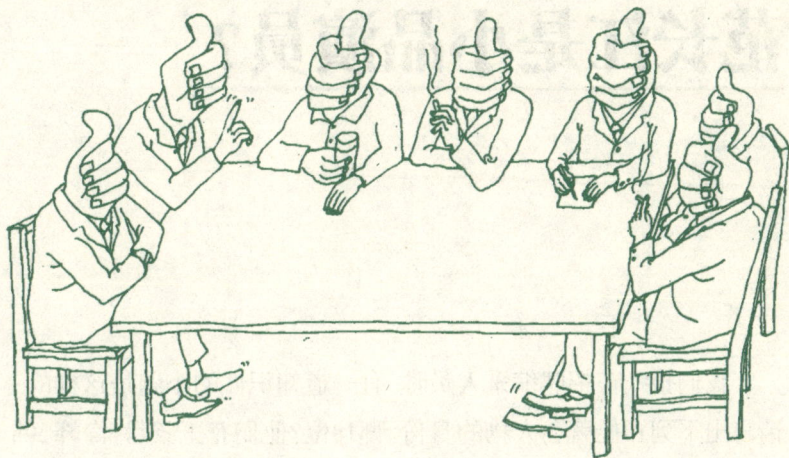

不景气：他们认为，一个突出的下巴有助于事业发展，而最受欢迎的下巴样板便是道格拉斯和施瓦辛格的。整容医生也是这么表示的，突出的下巴在华尔街和其他地方均被视为身份的象征，2003年，在美国进行的整容术就达到690万例以上。拉美人则更有趣，整容如同生病去医院一样自然，用于整容手术费用人均高达8000美元。乖乖！

按理说，整容出现如火如荼的大好形势，我不该这么冷嘲热讽，但我确实有些担忧。我曾听一个雕塑家这样介绍雕塑的常识：雕人的眼睛和鼻子最难，眼睛总是由小往大里改，鼻子则由大往小里修。是的，如果眼睛一下开得太大，则无法修改，而鼻子开始弄得太小，同样无法增大。各位老少爷们及那些要割或者将割的女同胞们，说这个基本原理的意思已经很明白了，那就是，整容的劲风一阵阵地刮，很容易让人昏头，美丽虽然无罪，但必须谨慎下刀，毕竟我们的肉身是很难修改的啊。

2004年3月22日

范长江是小品演员？

　　我们报纸在招聘编采人员时，有一道知识性的小题是这样的：请写出下列18位著名人物的身份。哪18位？他们有王蒙、许海峰、韩美林、贝聿铭、马寅初、袁隆平、白岩松、袁世海、刘永好、马三立、范长江、何厚铧、柏杨、安南、霍金、戴安娜、斯皮尔伯格、沙龙。

　　从几百人的报名者中选出百来位参加笔试，这些人基本都是本科以上的且有相当多是新闻专业的毕业生，甚至还有为数不少的研究生。笔者仔细查阅了这道题目的答题情况，因长久没有碰到这样"令人兴奋"的事情，于是就想比较详细地列举考生答这道题目的有关答案。

　　综合地说，这道题满分的几乎没有，答对在16个以上的也很少。值得注意的是两点：一是除戴安娜和斯皮尔伯格外，其他所有人物的答案都五花八门；二是戴氏和斯氏答案的准确率极高，而且都有修饰语："已故的"、"好莱坞"。

　　笑话在后面。韩美林较多的有6种：工人、美容师、商人、女人、足球教练、舞者；刘永好较多的有5种：官员、作家、外交官、诗人、运动员；袁世海有5种：书法家、作家、男人、裁判、经济学家；马寅初有3种：革命先烈、戏剧作家、经济学家；沙龙有4种：一种集会名称、以色列前总理、巴勒斯坦总统、政府组织；安南有3种：安理会秘书长、前安理会秘书长、联合国主席。搞笑的还有：范长江是小品演员；贝聿铭是足球教练；柏杨是滑冰运动员；何厚铧是香港特区行政长官；

马三立是著名的教育家。

答案搞笑，但我们几个判卷子的人却笑不出来。怎么会这样？我们不约而同地想到一个问题：现在的学生究竟在关心什么？虽然说一个人的知识面是有限的，其中的某个题答错了并不表示什么，但这至少是一种缺陷，一种忽视不得的缺陷。

首先，应该反思快餐式的新闻教育。新闻专业为媒体培养了大量的人才，但问题也似乎越来越多。新闻系的学生普遍很快适应工作，然而后劲明显不足，这几乎已成共识。主要原因是学生平时吃的都是快餐。相比其他专业学生，中文底子不厚，专业知识更欠缺。在媒体市场日益细分的前提下，一些单位甚至更喜欢录用中文、财经、法律、IT等专业的学生，新闻专业的优势正在不断地失去。更需

注意的是,一些院校见新闻专业吃香,就不顾自身力量,仓促上马招生,但经验和理论都丰富的专任教师毕竟不多,这就不可避免地在质量上打了折扣。这也是近年新闻专业学生滞销的一个重要原因。虽然说新闻是要靠"悟"出来的,但实在离不开"教"。如果这种情况一直得不到质的改观,我甚至怀疑今后还有没有设"新闻专业"这个必要,什么专业的学生不好从事新闻呢?评论学考试得优秀的学生说不定连编后都写不好。这跟学医的、学化学的成了作家是一个道理。

其次,学生的知识结构存在较多的问题。从答题看,他们明显关心网络明星之类的人和事,这是好事,也是坏事。好事是我们的社会正迅猛发展,知识重点也正在改变,应该关注;坏事是,将民族的、传统的一概丢弃,是非常不明智的。我不知现在还有多少新闻系的学生背得出多少唐诗宋词,但一定是不乐观的,为什么?因为在他们的文章或标题中极少能体验到大漠孤烟、长河落日那种意境。他们会为张国荣跳楼而痛哭流涕,会为虚拟世界里的游戏而夜以继日,吃的是肯德基,追逐的是流行文化,但不关心安南,不关注中东,不在乎中国的杂交水稻,不在乎中国的人口问题,甚至管他是范长江还是潘长江。

第三,媒体也有脱不了的干系。媒体的跟风、炒作一直影响着受众,他们整天被这些东西浸着染着,以至于口耳相传,一些少不更事缺乏自控力、判别力的青少年,往往就会不辨方向,有的甚至造成悲剧,这方面的例子举不胜举。

为了一道小小的填空题而大放厥词,甚至对整个的新闻教育有微词,这也是迫不得已的事,希望新闻院校的老师不要怪我多嘴,因为新闻专业的学生将范长江弄成小品演员毕竟不是什么光彩的事。

2003年5月15日

盘点失败

岁末年初，除了街上打折促销的热闹外，当数各类评选了。你评年度经济人物，我选最佳新闻，你开会表彰先进，我红包奖励模范，还有联欢会、联谊会、茶话会、恳谈会。目的只有一个，主题也是一样，领导说些高兴的话，勉励一番，然后将红包、奖状、奖杯、荣誉证书一一发放，皆大欢喜。然而至今为止，布衣还没有听说过哪个地方哪个单位以盘点失败作议题的。

为啥不盘点失败？难道没有失败？这是不可能的，也是违背客观规律的。稍微盘点一下，就会发现很多的失败。比如，那些方案为啥一变再变？那些道路为啥一修再修？那些事故为啥一发再发？那些房子大火为啥一烧再烧？那些官司为啥执行了再执行？那些骗子为啥得逞了再得逞？那些人为啥违规了再违规？这样问下去，大到国计民生，小到衣食住行，几天也问不完，只要有人愿意听。

忽然记起前年浙江省文科高考状元，那个义乌女孩介绍的经验，她将平时考试的错题全部摘录在一个本子上，日积月累，这本被称作"失败录"的东西帮了她大忙，因为聪明人很少掉进同类型的陷阱里。

失败是客观存在的，也是不以人的意志为转移的。有了失败，关键是怎样盘点。积极的态度是，像那状元女孩，时时警惕，步步警觉，此即常人谓失败乃成功之母；主观上积极客观上消极的态度是，像模像样地总结，逐字逐句地分析，下决心整改，但往往一边整改，一边出事故，就如那些再怎么禁也禁不了的常要压死人的小煤窑。

有句老话讲，人若能从70岁往回过，世上将减少一半蠢人。假如真能往回过，大部分人（当然不排除顽固不化者）一定会大大地成功，因为他会走好使他失败的、为数不多的那几招臭棋。

2003年12月31日

一个人的对

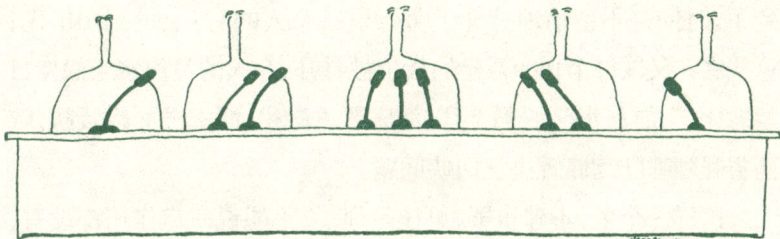

一个人应该是绝对的少数,一个人的对而不是错,说白了就是真理往往掌握在少数人手中。从现实情况看,一个人的对大致有两种情况,一种是强权下的一个人的对,那就是领导最后拍板,对就是对,不对也对;另一种情况就是标题要表达的,在弱势情况下,一个人的对,没有一种精神,没有一种品质,怕是坚持不了的。

前段时间关于怒江建13级梯级电站的事炒得沸沸扬扬,我也写了篇《筑坝的咏叹》表示异议,但终究人微言轻,何况也不是一个人的对。前两天看了赵诚的《长河孤旅——黄万里九十年人生沧桑》,为这位著名的水利专家从黄河实际出发坚决反对修建三门峡大坝而折服,一个人的对,有时要付出多大的代价啊。修三门峡大坝,许多专家对苏联专家的规划交口称赞,只有黄万里反对,他当面对周恩来总理说:"你们说'圣人出,黄河清',我说黄河不能清。黄河清,不是功,而是罪。"他认为有了坝就可以省掉当时每年二千万的防汛费是不正确的,认为水土保持会使黄河水变清是歪曲客观规律的,相反,出库的清水将产生可怕的急剧冲刷,"有坝万事足,无泥一河清"的设计思想会造成严重后果。

　　可惜的是,我们有许多事情往往都是让结果来验证的,也就是说,如果按黄万里的意见,三门峡大坝不建,黄万里一个人的对就不能很好地显示出来。据黄万里讲,只有他一人根本反对修建大坝,并指出此坝修建后将淤没田地,造成城市惨状。争辩七天无效后他退而提出:若一定要修此坝,则建议勿堵塞六个排水洞,以便将来可以设闸排沙。但施工时,苏联专家还是坚持原设计把六个底孔堵死了。时间毫不留情地验证了黄万里一个人的对:上世纪70年代,这些底孔又以每个1000万元的代价被打开;今天的黄河水土保持日益恶化,下游河水已所剩无几,河床严重淤积,西安已面临威胁,陕西省强烈呼吁彻底解决三门峡问题。

　　这样一个坝,不建也罢,可还是建了,不能说一点作用都没有,但利和弊总要考虑透彻啊。三门峡大坝是在困难时期修的,建大坝用的水泥是用两袋小麦换一袋、钢筋是一吨猪肉换一吨从国外运来的,40亿元(还不包括改建)当时可以救多少人的命啊!

　　一个人的对是很难坚持的,有时不要说坚持,就是说几句真话都不容易。梁思成在谈党对科学的领导时说党是能领导的,党可以从政治思想、计划等方面领导,但不要管得太具体了,如盖房架几根柱子也要去问毛主席怎么行?这是很一般的道理,但当时没有多少人敢这么放言。

　　忽然想到了"不可行性研究"。现在都重视"可行性研究",计划书、报告书往往一大堆,专家会、论证会往往开了又开,百年大计嘛,从上到下都不马虎。因此,类似三门峡大坝之类的事情今天已经很少了,但并不是没有,因为多数人对的习惯思维还存在,"不可行性研究"远没有引起人们的重视。

　　有的时候,判断一个人的道德价值,并不在于他做了多少事,而在于他什么事没有做。一个人的对侧重的就是后一点。

2005年2月23日

"掉裤子"事件

　　裤子不是从高高的楼上掉下来，就算是从楼上掉下也没有关系，一般不会砸坏人的。掉裤子之所以成为事件，肯定有值得一说的地方。河南的李先生近日就成了"掉裤事件"的受害人，他的遭遇有些让人哭笑不得。

　　《河南商报》昨日的报道说，身为某企业老总的李先生，经过几个月的努力，终于与加拿大魁北克省一移民公司谈妥了在中国设立办事处的事情，李作为办事处的首席代表。去年8月的一天，该公司老总韩小姐从加拿大带有关文件到郑州，紧急约见李先生。当李赶到宾馆大厅与韩握手时，"不幸"的事情发生了：李的裤子突然掉下，韩小姐赶紧背过脸去，李手忙脚乱地把脱节的皮带扣与皮带装好，提上了裤子，进入宾馆继续谈判。谁想，紧要关头，李的裤子又一次掉下。后来的结果是：韩小姐认为李"连自己的生活都料理不好是不能做总代理的"。自然，可年获利百万元的委托协议泡了汤。事件发生后，李先生持购皮带的发票和购货单到郑州某大商场，要求赔付因出售不合格皮带所造成的损失20余万元。但一直到现在，李先生的索赔都无结果。

　　单从事件本身看，李的索赔对象应该是明确无误的。那商场出售了不合格的皮带，自然应该赔偿；那生产皮带的产家生产了不合格的皮带，也应该赔偿。商场和企业都有连带的责任。但问题是，李先生花了600多元钱买的皮带，按照《消法》规定，厂家不是故意生

产、商家不是故意销售伪劣产品,只能一赔二。相比李先生受到的损
失(经济上有年百万利润),真是天壤之别。如果1200多元钱能够消
弥李先生的"心头之痛",那也就罢了,问题还在后面,即李先生在谈
判时所受到的名义上、形象上的损失,他的人格尊严被深深地刺伤。

　　虽然《消法》也规定有精神损失,但目前我们能见到的最高赔偿还没有超过10万元。这句话的意思是说,李先生虽然有精神损失,但他受到的损失程度不太能鉴别得出来,换句话说,不傻呆到一定程度,你是得不到数目可观的精神赔偿的。我想,这个事件的法律空白点也就在这里。一般的损失都是故意的,或者说过失都是有预见的,如生产了伪劣的啤酒瓶,这个瓶子突然爆炸,又炸伤了边上的人;又如明知是假劣食品,却偷偷生产并销售,吃坏了肚子甚至吃死了人,等等,这些都是"冤有头,债有主的",一个也跑不了。而事件中所涉及的商家和厂家,却是没有预见的直接行为,既不是故意,也就没有过失,按照《民法通则》的有关条款,在双方都无过失前提下发生的危害,应该按公平合理的原则处理,也就是说,双方应该协商解决。这样一来,李先生要求赔20万的损失,无疑是狮子开大口,商场和厂家都不会认账的。

　　以上是我对李先生诉诸法律后的简单推测,如果不出什么意外,基本上也就这个样子。我说李先生注定要为这次难堪付出代价,还有一个举证难的因素,你能够证明我这根皮带的带和扣一定是在这个时候闹的矛盾吗?你的尊严或者人格可以用什么样的标准来量化?这样的官司不经数年肯定是没有结果的。

　　不过我倒是个乐观主义者。我建议李先生一定要去打这场官司,不要去管官司的输赢。说不定打了官司会有另一种喜剧性的结局:法庭说请李先生举证精神上所受到的损失,然后又请出为李先生举证的重要证人韩小姐,如果韩小姐肯为李先生这场官司举证(我相信她一定有这样的风格和同情心),官司打完后,韩小姐对李先生说:不是你的错,是皮带的错,你是皮带的受害者,我仍然和你签委托协议。

　　但愿官司能朝我设想的方向进展,但愿韩小姐能在网上看到我这篇文章。题外话。

2003年3月27日

"董事长的思想放光芒"

　　这个标题，一看就知道是仿句，我就是唱着这样的歌曲长大的。正因为有深厚的感情，于是当有人戏说歌词时，就有些愤怒了。

　　据《楚天都市报》昨日报道，湖北某化工公司将《学习雷锋好榜样》中的一句歌词改为"董事长的思想放光芒"，报道还说，在该公司，职工高唱"革命歌曲"颂扬领导已"蔚然成风"。比如，《社会主义好》改成了"鲜总好，鲜总好，鲜总是我们的好领导"（这家公司的老总大概姓鲜）；《大海航行靠舵手》改成了"大海航行靠舵手，某化发展靠董事长"；《五星红旗迎风飘扬》则改成"某化大旗高高飘扬，某化品牌多么响亮，歌唱我们亲爱的鲜总，带领我们走向辉煌"。该公司一名职工说，歌词是公司管理人员改的，并经总经理审核过。

　　唱这种改编过的歌曲感觉，一定是别样有滋味。如果不是硬性规定，我想没有多少人会拿自己的感情开玩笑。因此我更关心的是那个公司的老总为什么会"好这一口"。细细想来，大约有两方面原因：一是这个老总非常关注企业文化，他想以企业文化凝聚人心并带动企业的发展，而且套用现成名曲，通俗易记；二是这个老总骨子里浸淫着一种挥之不去的个人崇拜情结。在他看来，企业搞得好，是我个人的功劳，没有我的领导，你们什么事也干不成，我给你们发工资，我给你们发奖金，总之，我就是你们的救世主。在这样的思维支配下，加上头脑里丰厚的个人崇拜土壤，只要稍微有一丁点火花的引擦，这种崇拜就会爆发出来，有时甚至会达到一种极致，篡改革命歌曲用以歌颂自己就是典型的例子。

如此改编革命歌曲不仅仅是不严肃的事，因此不能就事论事，还应该对产生这种现象的社会环境作一些追问。比如现在揭露出来的一些贪官污吏，有相当多也是喜欢搞这种个人崇拜的，而且往往独断专行，说一不二，还有那些喜欢吹捧拍马的不良之徒也在推波助澜，如前所述，一个事件之所以会产生，必须是所有的因素都具备，缺一不可。

再说得重些，要求职工传唱"董事长的思想放光芒"的董事长，连有没有思想都让人怀疑，更不要说"思想放光芒"了。

2004年3月12日

是非"人乳宴"

　　一个多月前,四川一男子声称要推出108道"人乳宴",后来不了了之。不想前天长沙一餐馆却率先推出全国第一桌"人乳宴",虽然只有"人乳鲍鱼"、"奶汤鲈鱼"两道菜,虽然服务员不断请食客品尝,但大多数食客只是举着筷子犹豫不决。据说提供乳汁的都是一批正处于哺乳期的妇女,每天的挤奶量从三四两到七八两不等。这些提供乳汁的妇女被餐馆方面称为"营养师"。

　　在布衣的印象中,关于人乳的事情有三件比较有记忆:一是沂蒙山区的妇女用乳汁救八路军战士;二是四川大地主刘文彩专门找农妇为他供应人乳进行大补;三就是山西绛县法院原副院长姚晓红,他听说人乳可以治病,就命干警找人乳供他喝了一个月。例子无论正面反面,有一点是共通的,即人乳具有无法比拟的功能。也许正因为它有这样的功能,才有商人想开发"人乳宴"。从经济角度说,只要有市场,只要不违法,什么生意都可以做,只要他做得下去。

然而有些事情却没有想像得那样简单。前几年日本曾流行"黄金液",但此"黄金"不是彼"黄金",而是人尿的代称。据说人尿能治病,不过这道菜在日本终究也没有得到推广。原因其实不言自明,排泄物里的东西毕竟不是什么好东西,纵然再处理也还是人尿,何况还不是自己的,腻心不腻心啊?

"人乳宴"注定要引来许多的是非,它有没有市场,有多大的市场,布衣并不关心,布衣关心的是,在我们这个虽然衣食无忧(其实不完全这样)的年代,有些东西还是有些顾忌的,如果在吃喝上过分讲究,无疑是一种道德上的作死。

2003年1月27日

耄耋老太"处女公证"

　　媒体前几日报道了一位35岁的昆明女士因被人背后议论作风不好要做处女公证的事。过了一天，一位50岁的女士发表声明说，做处女公证，她才是昆明第一。这位女士做公证的动因和前面那位如出一辙。此事罢了也就罢了，不想昨日又出公证处女的大新闻。

　　这到底是怎么回事呢？《信息时报》的消息说，广东85岁终身未嫁的五保户曾老太在与邻居争吵时，被人骂为曾与人发生性关系并且打过胎，老太一气之下将邻居告上法庭。历经博罗县法院和惠州市法院的几年审理，今年5月15日，打赢官司的曾老太终于为自己讨回了清白。

　　处女问题，事关贞洁，几千年来一直受人关注。因此三位女性为着同样的原因做公证，也就不能笑笑而过了。究其原因，主要有两点：一是很无聊的社会舆论。有些人就是喜欢背后议论人，一天不讲都难过。公民个人选择生活方式是她的权利，她结不结婚，也是她的权利。只要她不违反法律，她就是自由的，法律并没有规定作为公民的她必须要结婚，也没规定她必须在哪个年龄段结婚。看到人家30多岁甚至50多岁直至80多岁未婚，就背后议论，说人作风不好，说轻点是不负责任，说重点是要负法律责任的。二是大家都有很重的带霉味的处女情结。虽然性观念逐渐开放，但事关名节，忽视不得的。如果没有这种情结，这些人根本不会这么议论，三位女士也就不会这么在乎了。

另外,专家告诉布衣,从医学的角度讲,有些女性一生下来就没有处女膜,有的处女膜在剧烈运动中会撕裂,但这并不说明她就不是处女,同时,处女膜完好也不能完全证明她没有性经历。前些时候,到处都有的"处女膜"不是行俏一时吗?

不要以为耄耋老太公证处女就失去意义了,假如老太碰到和陕西泾阳少女麻旦旦一样的麻烦,它的作用也是相当大的,拿出了处女证明,派出所也就不好再坚持说她是"处女嫖娼"了。这是题外话。

最后,布衣向广大的女性(也包括所有的男性)推荐并重温一句五四新女性的独立宣言:"我是我自己的。"

2003年5月20日

新生"三大件"

　　北京的消息说，这几天，一些收到录取通知书的新大学生正忙着为自己准备入学的"嫁妆"。他们的必备品里列入了"手机、电脑、录音笔"这三大件。

　　杭州的情况没有具体的调查结果，但估计这种"新生经济"一定是蛮红火的。且举两个高中新生的小例子印证。一个是布衣同学的儿子，今年重高考得比较理想，于是2000多元钱在一天里全部花光，钱倒不是乱用，都是有名堂的，什么名牌鞋子，什么MP3，总之，花得理直气壮。为什么?原先老爸老妈答应过的，考上重高奖励一趟旅游，这旅游不去了，花钱的支配权当然在他了。另一个是布衣的小子，也考上了比较理想的重高，我倒没答应他有什么奖励，可是他叔叔答应过他什么名牌鞋子、名牌衣服什么的，结果在挑鞋时，毫不犹豫地认准600多元的阿的达斯之类。我只得在一旁小心提醒:学校开过家长会了，不允许这么"腐败"的。小子竟然不屑一顾。

　　肯定还有许多比上述两高中新生花钱更爽快的，而且往往是家长们咧着嘴乐意这么花的。说艰苦奋斗，调子好像有些高，但至少要让这些学生晓得钱是怎么来的。是不是一定要花这些钱?大学里的基础设施现在都是不错的，有电脑教室，有校内网吧，非得要手提电脑吗?且不说到处都有的公用电话，许多大学宿舍内也都装有电话，手机非得要配吗?每天的短信飞来飞去，电话粥煲来煲去，既浪费钱又浪费时间。同样，穿上600多块的鞋，是能助跑快一点还是显阔?

关注一下贫困生这个现实,再看"三大件"之类的现象,布衣认为目前我们至少有两件事情要做:一是家长们不要在心甘情愿中纵容(包括我自己),尽管许多家庭能承受这样的消费;二是学校有明确的规定,提倡什么,反对什么,旗帜鲜明。

有人问:假如,学生通过勤工俭学赚钱购置"三大件"之类,你怎么看?布衣不赞成,也不反对。不过,如果是赚来的钱,布衣猜想那学生一定是非常非常珍惜的,也许他就不会这么痛快地花钱了。起码我那小子是这样。

2003年8月18日

丑女求职千次

求职千次,恐怕有点夸张,但布衣丝毫不怀疑新华社这条消息的权威性。

一个25岁的未婚女孩本该有着和大多数同龄人一样的梦想和生活,可老天不仅给了张静一副丑陋的容貌,还给了她一个不幸的家庭。她只是想凭双手来挣些微薄的生活费用,却因为相貌丑陋,去用人单位面试千次竟无一成功。

在布衣看来,数字不是最重要的,一千次,太多了,对一般人而言,哪怕一百次也够残酷了,除非自己跳槽。这样的经历,足以让人感到一种典型的社会歧视,因为每个公民都有被他人尊重的权利。

然而,张静并不是特例,只是非常非常的典型罢了。前两天,不少人都为陕西那位卖肉的北大才子惋惜,好像是大材小用了,好像是北大毕业的同志不应该是干卖肉活。但也有蛮多的不同意见,有人就干脆说,北大才子卖肉如果说是问题,那问题的本身正是他自己。布衣认为,不管怎么说,才子卖肉,且每天能卖五头猪,要比张静好多了。这位可怜的姑娘,人身上所有的缺点大约她都具备了,生了诸葛夫人的貌,却没有诸葛夫人的才,求职困难是正常的。

再然而,如果给张静换个出身,结果就可能不会这样。话题太敏感,不说。布衣想强调的是,求职固然跟性别、出身、相貌等有关,

但张静的遭遇恰恰再一次展现了社会公平缺憾的一面。许多单位拒绝张静的理由几乎如出一辙：容貌太差会影响生意。但这种理由并不充分，因为国外就有许多航空公司用的都是空嫂空妈，甚至空爷空奶。何况现在科技发达，做个"美人治（治疗）造（塑造）"之类的手术简直是小菜一碟。还有，现在有许多工作并不要求抛头露面。因此，对于弱势中的弱势，哪怕给她一次极差的机会也是应该的。

退一步，权且将张静当作残疾人，因为残疾人的按比例就业是有法可依的。当然，有关部门的关心是重要的前提。

还想烦一句：媒体的披露，极有可能使张静的命运有所改观，但布衣更关注另一些女张静男张静们。

2003年8月4日

乡长超生六胎

　　超生的新闻虽然有,但十分惊人的好像长久没有过了,但昨天有消息说,河北省永年县小龙马乡副乡长黄兆军,因违法生七胎而被永年县纪检监察部门开除党籍、开除公职。

　　沉醉于"不孝有三,无后为大"的副乡长为求生一个儿子,竟然超生六胎。布衣猜测这个乡长大人超生必须要经过这么两关:

　　其一,老婆怀胎的过程。这个过程长则十月,短则七八月,总之需要一个比较长的时间,在这个比较长的时间里,难道就没有人知道?村里人当然知道,知道有什么用呢?他兼着村里的支部书记。你想想,又是书记,又是乡长的,谁会说三道四?谁敢说三道四?

　　其二,躲过有关部门的监控。布衣非常同情乡镇的计生部门,为了对付超生,有点像打游击战的味道。敌进我退,敌退我进。但这个黄副乡长却如无人之境,大胆得很,居然一气生了七个。计生部门就不能监控副乡长吗?如果将其归咎于信息不灵,肯定无人相信,生一个,信息不灵还情有可原,但生了七个呀。难道他不给孩子上户口?难道他的孩子从来不出家门?一种可能是,这里的计生部门大约只管老百姓的。

　　以上两点可以归结到一点,即由于黄副乡长主观思想上的偏差,加上客观上的超生土壤,超生现象就不可避免产生了。而一些地方往往是这样对付超生的:生就生了,罚点钱吧。于是,有些老百姓就认为,只要交了罚款,就可以放心生了。利用农民落后的生育观念,将超生罚款当作新的经济增长点,这样的计划生育是会造成一个乡一场大水冲出几千"黑人"的。

布衣感到不解的是,将有关计生法律、法规丢之脑后或根本就漠视法律的人,竟然当了十多年的乡镇领导。还有,为什么一定要等到生了七胎才双开?

2003年6月17日

盲目乐观的"非典"预测

"非典"发生不久，一些灵光的媒体和一些思维比较活跃的人就开始弄一些诸如"非典"之后的快乐预测，一直到现在，只要读者关注，媒体仍然不厌其烦地向人们宣传着，可以说是连篇累牍。

我总结了一下，快乐预测大约分三方面：一是经济，二是生活，三是道德层面。几方面各有侧重，但总的来说都比较乐观。比如寄希望于"非典"之后人们的卫生习惯有个质的改变，能够自觉地锻炼身体，公款吃喝能够得到根本性的遏制，等等，等等，一切都是那么的美好。

之所以要泼冷水，是因为这些预测很好，但有些却显得很幼稚。说得不客气点，它其实是简单思维的产物。这种思维之所以还能够赢得一些人心，是因为我们被"非典"搞怕了，或者说以前有些东西太不如人意了，而要彻底改变面貌或彻底解决问题，正好借这次抗击"非典"之强劲东风。比如，一些地方先后都推出了重罚随地吐痰、乱倒垃圾的措施，按说政策老早就有了，这次人们关心的主要是金额，上海就对吐痰罚200元。和新加坡之类的国家比，200元罚款并不是很高，我关心的是怎样去执行这样的政策，一个上千万人口的城市，得有多少人去管？仅靠城管执法局的人吗？显然不行。而一项政策如果得不到有效的执行，那么无疑等于一纸空文。或者说，在这非常时期，我们派了很多的人去执行了，而且也卓有成效，那么"非典"一过去，这些人还要不要干其他工

作了?而一项被执行得很好的政策,一旦放松了,根据我的经验,反弹得可能更厉害。所以尽管是非常时期,有关政策的制定也仍然要考虑到以后的延续性。

如果说这种简单思维的初衷是为了做好工作,尚可理解,但有一些预测却是有必要现在提醒,免得扰乱人们的思维,干扰以后的工作。比如人们看到餐饮遭遇重创,便马上得出这样的结论:以后分餐制会大大流行,公款吃喝会大大减少。这又是一种可笑的预测。分餐制可能会流行,但公款吃喝绝不会因为"非典"而减少(要减少也只能是有效的制度制约),积几十年之经验,我敢保证。那些好喝一口的主儿才不怕呢?说得再彻底些,就是分餐制流行,他也要公款吃喝,只要他有这个权。

再如,在抗击"非典"中,各地有不少干部被免职,这是目前政令畅通无阻的重要前提或先决条件,群众无不拍手叫好。问题也在这里,"非典"之后,我们还要不要执行这样严的政策?那些干部还会不会因为一件事情执行不力而下台?如果不这样,那些在"非典"时期被罢官的岂不是太晦气了?政策一时紧一时松就会有失公允。其实,"非典"之后执行这样的用人政策也不难,因为有现成的法律法规摆在那儿,共产党做事怕就怕认真二字,万事只要认真,没有做不好的。

从某种程度说,大寄希望于"非典"之后,还因为是对目前的事无能为力的结果。比如,住在同一幢楼里,平日里老死不相往来,而因为这次被隔离,大家都成了好朋友,于是人们有理由相信,"非典"真是个好东西,不是"非典",大家能这么空前团结吗?于是大家也寄希望于以后我们的邻里关系会有根本性的好转。我不知道这样的推理是建立在什么样的基础上的。这种思维的后果非常可怕,做小事情也许无伤大雅,做大事情必定出大错。因为盲目乐观的苦果我们已经尝得够多了。

说归说,"非典"之后人们的有些习惯肯定会有所改变,这是不容置疑的,但如果目前都解决不了、解决时机也不成熟的东西,寄希望于"非典"之后一揽子解决,这样的想法未免让人笑话。倒是"非典"中暴露出来的一些问题,像建立健全公共卫生体系、政府如何在突发事件中从容不迫,等等,应该好好研究了。

2003年5月20日

三个很有趣的观点

最近看报读书,看到了三个很有趣的观点,是不是谬论,我也不太清楚,只是觉得蛮有嚼头。

第一个是报上看到的。说是最近德国一家媒体称,他们那里一些城市的下水道井盖屡遭盗窃,造成不少车毁人伤事件。称奇的是文章结尾,它说罪魁祸首是中国的繁荣,由于中国钢铁需求量大,导致德国废钢涨价,引诱德国人偷井盖卖钱。我们可以很省事地按照这篇文章的逻辑再推理:德国的经济连年衰退,是因为咱们没有大量买他们的车,要是我们多买他们的宝马和奔驰以及奥迪什么的,一定会大大拉动他们经济的几个点。是我们买不起吗?不是的,我们连飞机都是数架数架地买,买车小菜一碟。我判断该文的立论可能来自于新近进化研究新热潮中的"共生现象",这种现象最典型的是珩鸟从鳄鱼牙中啄取水蛭,既为鳄鱼提供了口腔服务,自己也因此得到了所需的食物,唇齿相依的,否则德国井盖被盗怎么会认为是中国繁荣带来的结果呢?

第二个是美国经济评论家费雪曼在一本叫《合股公司中国》的新书中顺便带到的:毛泽东鼓励生育的政策保证了今日中国经济增长享有充分的劳动力资源。若中国过早地推行节育政策,其人口数量和结构都可能不足以支撑今日的增长局面,劳动力也很可能缺乏这种局面所必需的品质。我不知道如何评价这样的观点,他提出总有他的理由,但我一看到这样的观点,就有一种本能的反应:

人家又在灌我们的汤了。近些年来,随着咱们国力的不断增长,有为数不少的什么什么人士在赞扬我们,说起来有根有据,听起来非常顺耳。我只关心"人均",连总理都说了,什么东西一"人均"就不行了,人多有什么好高兴的。刚刚看到的数字,说是今年我们的经济总量已经排名世界第六,但人均却是一百多名后。

第三个是叫罗宾·贝克和伊丽莎白·欧伦的两个美国人著的《婴儿战争》中提出的:单亲照料也有益处。挺有趣。我们的固有观点认为双亲照料才是最佳的系统运作，孩子一定要双亲照料，就是那些婚姻已经破裂的双亲，为了孩子，也会忍辱负重，勉强凑合，一直到老了离不动婚了也就不想分手了。但研究表明，双亲照料并不是物种成功演化的顶峰，对于大多数动物而言，如果双亲都留下来照料会产生不良后果，比如鸭子和黑熊，单亲抚养更有利于繁衍后代。然而，大多数的社会学家对于单亲家庭的研究并不是从繁衍后代的角度进行的，他们会专注于一些社会学的评价，比如说辍学率、犯罪率及其他的人格缺陷等。这大概就是为什么我们脑中双亲照料一定比单亲照料好的原因吧。事实上，现在的女性越来越独立，孩子也越来越独立，单亲家庭也越来越多，一点也不稀奇，单亲家庭中已经生长出或正在生长出许多各方面颇有建树的人物，对他们而言，单亲环境中的经历是他一生成功必不可少的重要因素之一。

三个有趣的观点，不论谬正，看起来也比较零散，但都涉及人，还涉及经济，这并不是说，经济好了，德国的井盖就不会被偷了，中国的劳动力就值钱了，全球的单亲家庭就变成双亲家庭了。经济好了，有一点我是相信的，单亲家庭如果有足够的经济保障，肯定不会有什么大的缺陷。

2006年1月9日

术解

世界有多奇妙，这个世界发生的事就有多奇妙。不怕做不到，只怕想不到。机智、怪异、创新，文的武的，实的虚的，花的木的，怎么来钱怎么做，怎么应付怎么做，不胜枚举，只是例举，只是。

墓碑上取款

这不是什么闲得无聊的游戏,而是一种无奈,一种十足无奈后产生的睿智。

这是怎样一种智慧呢?有消息说,美国最近出现了一种潮流,提款机不是装在银行里,而是装在死人的墓碑上,坟墓不再冷冰冰使人厌烦,而是成了能够取到钱的地方。那么它的始作俑者到底是出于什么样的动机呢?据说,第一个使用了提款机的人是美国蒙大拿州牧场主古德斯,这个千万富翁在他的墓碑上安装了内置提款机,并立下遗嘱,声明只有其儿孙们才能到他的墓前提取留给他们的钱。这样提钱其实是没有什么新意可言的,古德斯的创意就在于,他规定儿孙每周每人只能来此取一次钱,每次取钱的数目不能超过300美元,过期不取,此周钱款作废。

这个办法在社会上引起了很大的震动,现在许多美国老年富翁定墓碑提款机已经开始排队了。

简单地说,这些人无法忍受儿孙们的寡情,才会有如此对策。社会缺少家庭间温情的现实,使一些已经很习惯或者说适应这种社会的成员都不能忍受,他们不能忍受晚年物质生活的富裕而精神生活的贫乏,如果无儿无女倒也罢了,问题是儿孙成堆,却硬要遭此凄惨晚景,这在那些富人看来,实在是不公平。于是古氏就想到了要儿孙们到他的墓碑前来取款这个办法,这个办法我们不妨把它看作是一种制度。制定制度的目的,无非是为了更好地使一项措施得到更有效的落实,古氏制定这项措施比别的措施高明的地方在于,他不仅有制约力:你要用我的钱,必须乖乖地到墓地看我;更有吸引力:我不能多给你,一点一点地给,你就会一次一次地来看我。这就是我们常说的激励机制,有了这种机制,他的儿孙们就会不厌其烦地、风雨无阻地来看他。尽管他们是来取钱的,尽管他们在取钱的时候从心里骂这个老头想出这么个缺德的办法,但作为长眠在地下的取款机设置人来说,只要他们能来就足够了。人死如灯灭,你还能有更高的指望吗?

　　不能认为古氏想长久保持亲情而设置的墓碑提款机是独一无二的发明,其实,这种寡情现象世界各国到处都有,因而与之相对

应的智慧也时常出现。记不得是哪一个省了,总归这件堪与古氏智慧相比的中国山区妈妈的新闻也够让人心酸的。老人养了四个儿子,她担心四个儿子老来不养她,于是说她有一块祖传下来的金砖,这块金砖的价值足够让那四个儿子好好地养她一辈子了,如果他们想得到这块金砖的话。等到老人故去,她的儿子们却发现金砖其实是块很普通的砖头。我实在无法猜测她的儿子们发现真相时是一种什么样的表情,也懒得去想,因为跟主题没有太大的关系,我只佩服老太太的智慧,因为她用她的智慧保证了她的晚年生活,至于死后儿子们怎样待她已经不重要了,我死后哪管洪水滔天啊!那些儿子总不能自己给自己脸上抹黑吧,谁想落个不孝子孙的骂名呢?如果把它上升到理论层次,老太太的"金砖"计划其实也是一种制度,它也有一种制约,就如我们现在的公务员制度,你如果在任上不守规矩,贪赃枉法,那么退休以后的俸禄就不能享受。

虽然古氏考虑的是死后,老太太顾全的是现实,但我不认为两者是截然相反的,他们的智慧恰恰需要我们去探究问题的起因,而起因总是让人不那么乐观,即使是个别抑或是少数现象,也应该重视。在物质生活不断丰裕的今天或以后,古氏碰到的问题,我们也会碰到;老太太的"金砖"计划虽然发生在物质不丰裕的时候,但物质丰裕的时候也容易发生,巴尔扎克《高老头》中高老头晚年被两个女儿榨干血汗的事情我们身边未必没有。

就事论事说,墓碑提款机的出现只是一种技术上的进步,但这种进步无论如何不能满足人们的感情诉求。当同情别人成了学校课堂里课程的时候,当亲情友情需要用金钱来维系的时候,我们就很忧虑了,因为那些能在墓碑前装提款机的毕竟是少数富人,对于那些没有钱让子孙取的一般大众而言,还能有什么办法让他们的子孙心甘情愿地去"探望"呢?

2003年7月4日

发现了一个找钱网站

　　因为正在搞集中教育，要写一些材料，于是到网上搜索。接着就发现了"中原某某网"，首页跳动着的大字拽引着我的眼球：各类总结报告演讲稿心得体会应有尽有。浏览了最新文章列表，立即叹服，分类如此之细，操作性如此之强，容我慢慢道来。大类有：党员教育、入党申请、思想汇报、转正申请、发言稿子、演讲辞海、竞职演说、个人总结、岗位职责、工作总结、工作计划、调研报告、述职报告、交流材料、各类征文、"两个条例"、党团活动、事迹材料、合理建议、考察材料、求职自荐、会议讲话、典礼致词、婚庆致辞、庆贺致辞、开幕闭幕、新春致辞。可以说，以上这些大类，基本上囊括了我们目前的需求，只要加上自己或单位的实际情况，大的脑筋用不着动。

　　我猜想这个网站的负责人一定是从文海里跳出来的，或者说曾经深受文牍之苦，然后反其道用之，不然不会这么周全。比如竞职演讲就有招标办副主任竞争上岗演说、中医院门诊部主任竞职演说、用电管理部主任竞职演说，这些职位涉及银行科级干部、医院政工科长、通信公司营业员、财政所长、村居委会主任，等等，等等，只要你需要，几乎都找得出对应稿。最让我感兴趣的是它的升级版和经典模版，02、03、04直至05最新版，模块中的《再就业大会上讲话》、《信访稳定工作会议上的讲话》、《信息化与电子政务专题讲座上的讲话》、《全区食品安全大会上的讲话》等等可以让那些整日为文字所累的人省却多少事啊！

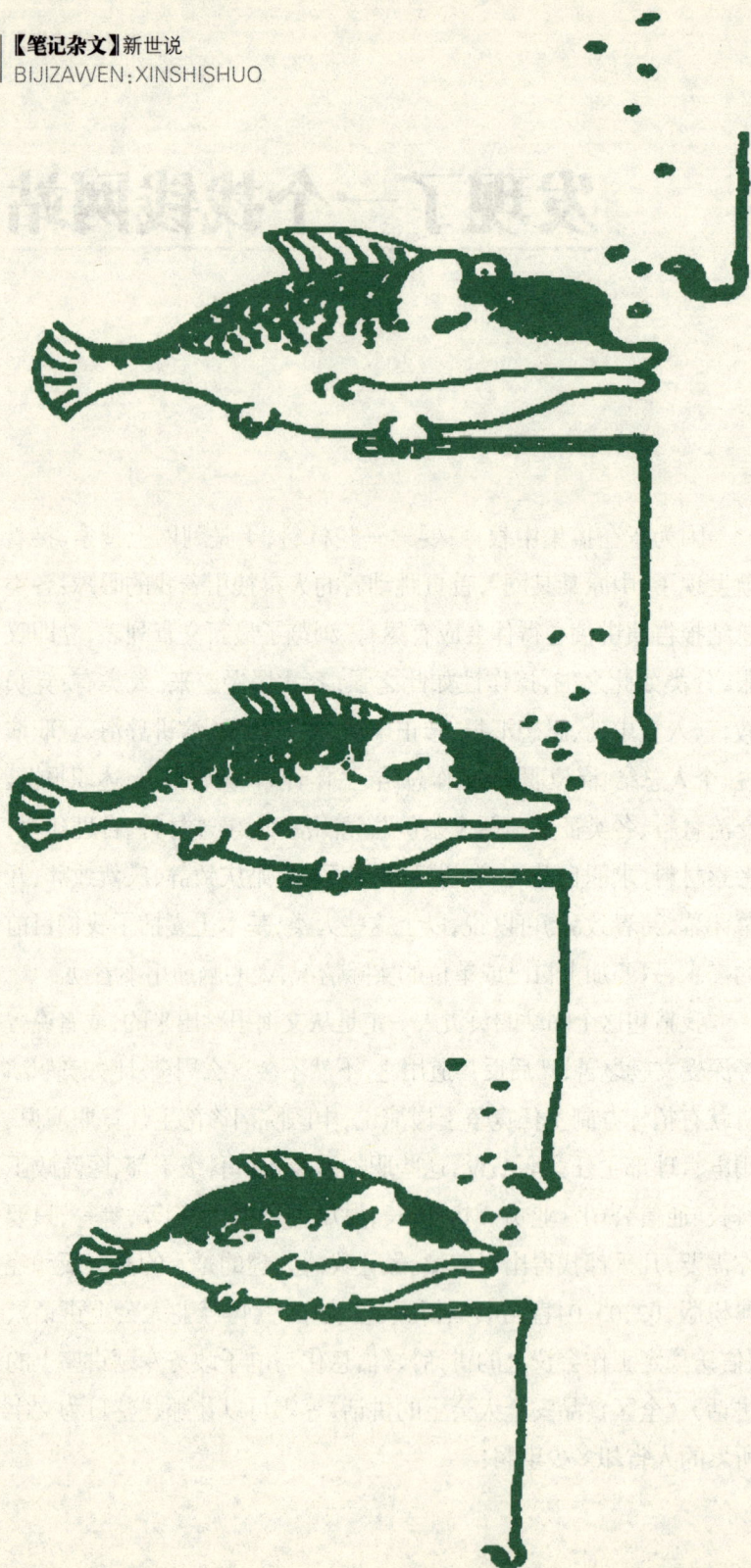

我现在可以这么揣测浙江的小品《汇报咏叹调》为什么能在"春晚"中过五关斩六将胜出的原由了,因为许多人对不到会场也想得出来的程式都深恶痛绝!实际上,这个题材是老而又老,"博士买驴,书卷三纸而不见驴"就惹恼过朱皇帝;毛泽东的《改造我们的学习》也批评过这类"中药铺"。但批归批,仍然不绝。

每年植树节的时候,我都想呼吁我们的资源紧缺,纸要耗掉多少木头。这么多的一二三四在这么多的白纸上游走,而且是上好的纸!不仅如此,还得要这么多的人去打印、复制,再由这么多的各级领导在各个不同的会议上去说。两个小时坐着念(有时还站着说),劳神费力啊。然而,恰恰正是因为这些,这个网站才有了生存的土壤,才会红火。我想进去看看,但必须注册交费:1年100元,2年180元,直至10年600元。

这绝对又是一个新的经济增长点,还有一个细节可以旁证:我点击了某个目前时行的专题中的某篇文章,发现它的点击量在5万以上。于是这样设想:这篇文章一定写得很好,是经典的模版,它一定会被印在各种纸张上被再三强调又指出着,或者在各个会场的麦克风声中被抑扬顿挫着。

我们中国人就这么智慧着,智慧下去?

2005年3月17日

鼻子推动花生

　　这个标题是仿"新闻推动进步"的。新闻推动进步,好理解,而鼻子和花生就有些费解了。虽然费解,但却是实实在在刚刚发生的趣事。

　　一个叫马克·麦克格万的英国艺术家,前两天为求得政府免去他在求学时代欠下的15000英磅债务,不惜用鼻子推动一枚落花生走过11公里远的路程。他走的路线是:从伦敦西南的史密斯学院至唐宁街10号。鼻子如何推动花生前进呢?他需要整个身子趴在地上,然后用鼻子将花生一点点地推动。而花生又是不规则的,前进的速度肯定快不了,麦克格万说,他原先计划每天完成1.2公里,但真正实施起来还是有些难度,因为走完这1.2公里,要花费整整8个小时。

　　用鼻子推动花生,整个过程一定是极有趣的。路两边看麦克格万热闹的人一定不少,如果用摄像机的慢镜头,你就会发现这其实并不是一件很简单的事,不是说做这样的事需要多大的技巧,而是说做这样的事需要一定的勇气,没有十足的勇气,鼻子推花生,推到一半,可能就会放弃。有的时候,勇气就是事业成功的精神支柱。

　　还得说说鼻子推动花生的动机。麦克格万的动机很明确,减免债务。而在英国,没有十分特别的理由,你别想减免一分钱,15000英磅,并不是个小数目,要想达到减免的目的,他就只好利用他的

特长,因为他的职业就是个艺术家。而对于艺术家来说,正好将这样的活动当作一次行为艺术。如果从行为艺术角度讲,麦克格万用鼻子推动花生,也许就是一件很有艺术味的事情。第一,鼻子推动花生,不说后无来者,肯定前无古人的,绝对是创新;第二,鼻子跟花生有什么内在的联系?鼻子为什么不推苹果、核桃或者其他什么干果?用阮茨山搞评论的话来说就是,世界上两件看似不相关的事其实是互相联系的。鼻子的主要功能是闻,花生的主要特征是香,两者有机的结合就是"闻香",而闻香对绝大多数人来说是一件十分快乐的事情。第三,我的活动既然如此创新和有意义,且鼻子推动花生又是这么的艰难,政府难道就不能减免我的债务吗?对政府来说,这点钱也算不上什么,派兵到伊拉克,费用要高得多,也不见得有什么意义。

可惜的是,麦克格万的愿望不能圆满地实现。他在活动前给首相及教育大臣都写了信,两位领导也都回了信,还说"确实很有意思",但都不约而同地把免债的事推给了有关部门处理,而有关部门给他的答复是:如果鼻子推动花生的计划取得了成功,那将是一件"非常了不起的成就",但他们今年的开支很大,无能为力。

彬彬有礼掩盖着的皮球被这般踢来踢去,看来麦克格万的活动是没有什么结果了,按照目前的情况,明年也很难说,明年的开支或预算难道就不会缩减吗?我倒有一个设想,不过现在已经迟了,但对麦克格万今后要搞什么类似鼻子推动花生之类算是个善意的提醒:在身后挂个大大的布袋,上书"如果你感动,请给我支持"之类的口号,不敢说全部,肯定有一些是会动恻隐之心的,一路推下来,那点英磅说不定就有了。然而它和乞讨有着本质的区别,因为这是一种艺术的回报,很高雅的。

还要再补充一句的是:新闻推动进步,是因为新闻有一种力量,一种强大的力量;而鼻子推动花生,虽然花生在鼻子的推动下也能不断前进,虽然鼻子也有不小的推动力量,但用鼻子推动花生,毕竟心有余而力不足。只能看看笑笑而已。

2003年10月10日

"魔鬼讨债"

　　一辆涂满火焰的汽车停了下来,从车上走下数位男女,有的手牵健硕的恶狗,有的头戴魔鬼面具,有的身着紧身性感服装,有的手提写有"魔鬼博士"的公文包……他们一边高喊着某人或某公司的名字,让他们赶紧还钱,一边播放着各种刺耳的音乐。这一幕就是委内瑞拉著名的"魔鬼博士"讨债公司行动组外出讨债的情景。昨日《环球时报》的这则新闻让我大开了眼界。

　　这则报道同时给出了这家公司产生的原因:对本国法律的失望。委内瑞拉的司法腐败严重,通过法律程序解决债务纠纷几乎不可能,因为在当地只要有钱,任何人都可以收买法官,让判决对自己有利。即使出现不利判决,也可以用各种方法逃避法律制裁。

　　我比较感兴趣的是他们的讨债过程。一般情况下,在受理一宗案子后,公司首先约谈被起诉方,争取让对方主动交出拖欠的钱款。如果无效,公司会考虑在报纸上刊登大幅广告,"勒令"某人或某企业立刻还钱。如果对方还置之不理,公司就会派出行动组登门骚扰,就如文章开头描写的那样。每次行动自然会引起包括左邻右舍的众多邻居围观,赖账者就会名誉扫地,无地自容。这最后一招,通常都会让大部分赖账者缴械投降。他们追讨债务的成功率高达85%以上。

　　债务问题大约是个世界性难题。"老赖"这个词的使用频率近年来一直居高不下,我们法院中的"执行庭"就是专门为此而设的。

一个案子，法院判了，并不表示一定会执行得完美，被告总是想出各种理由躲逃，于是要再三再四地、一趟一趟地执行。就是这样，如果执行成功了，还是个好消息，当事人有时会感激涕零地向法院递上个锦旗什么的，以表感谢。也真是要感谢，如果没有法院，他能讨得来这笔钱吗？而有时，即使法院也讨不来钱。我就讨不来这样的钱。因为我有一次长期"追债"无果的经历。前几年我帮弟弟打了一场经济官司。案情极简单，就是凭着借条追要六万多块钱，官司赢了后，对方就是不拿钱；六个月后，我们又交了强制执行费，当然还是执行不到钱；第二次强制执行时，法院还将那欠债的主关了半个月，仍然拿不到一分钱，而我们为此花的诉讼费已经好几千，当然还有劳心劳力耗下去的时间，一直到我写这篇文章时，仍然没拿到一分钱。我曾经有过许多设想，比如请人追债，按比例分成；比如弄几个人将其痛打一顿,然后逼其还债(我无法打探到他银行存多少钱的秘密),等等等等,都被"法律"二字打消,纵然有些雕虫小技,你能大过法律?

又想起了去年7月的"政府追债"。重庆大渡口区政府通过当地媒体向社会公布了54个追债项目,公开招募讨债队伍,帮助政府追回8000多万元的债务,并允诺,按追回债务总额的15%—25%奖给帮助追债的单位和个人。据了解,长期以来,社会各界所欠大渡口区政府的债务达上亿元,许多单位或个人久拖不还,这些债务已经法院判决当事人归还政府,但执行效果极不理想,多数欠债人已将财产转移或隐匿,并长期躲债在外。

我丝毫不怀疑民间的智慧和力量,但政府如此大张旗鼓地悬赏招募讨债高手,总归有点别扭,这将让我们走进一个难以逾越的怪圈:如果追债成功,那就是对我们法律莫大的嘲笑,在当今法制建设不断完善的中国,我们的法院却是如此的软弱且苍白,法院岂不成了花瓶和摆设?如果追债不成功,那也是对我们法律极大的侮辱,是什么使得债主这么强硬,难道债主是土行孙,会遁地术?抑或有强大的后台?债主竟可以如此藐视法院?

我们的执行难和"魔鬼讨债"的环境不可同日而语,但我们不应回避债难讨这个现实。不管怎样说,能成功地打击赖账者的名誉并讨回债,这也是伸张正义的一种形式。再怎么赖账,信誉还是要的,关键是准确地找到怎样使他信誉扫地的方法。现在的问题不是制定讨债的法律,而是怎样依据法律讨债。有背景就可以不还债吗?执行严格,就没有那么多讨不来的债。银行系统的"黑名单"不是很管用吗?在道德自律还不成熟的时候,必须要有相关的制约,从这个角度说,"魔鬼讨债"中的魔鬼其实并不可怕,相反显得非常可爱。

2003年7月22日

"车库费"和"塞车费"

　　法制越来越完善,人也越来越聪明。前昨两日,南京、南昌的两件"费"事让布衣"聪明"了不少,至少弄灵清了两"费"都跟自己有关。

　　南京的费是"小区车库"买卖。作为商品房公共基础配套设施的一部分,当初物价部门在核定商品房售价的时候,车位的建设成本已纳入其中并打入了房价,全体业主购房时付了车位的钱,开发商还有权力卖车位吗?换言之,既然买房时大家都出了钱,那么车位就是大家的。

　　南昌的费是出租车"塞车费"。几乎所有坐过出租车的人都付过这个费。物价局的官员说,加收"塞车费"是合理的,兼顾了经营者与乘客双方的利益。然而专家认为,坐车的与开车的,两者形成的是运输合同关系,坐车的只需按里程付费,司机则有义务将坐车的安全及时送到目的地,"塞车费"不应由坐车的负担。

　　对前一种费,国家已有明确的规定:国务院最近发布的《物业管理条例》说,小区的车位就是公共设施。那么很简单,这种车位是不应该另外卖钱的,即使卖了,也要"用之于民"。布衣前两天正为买不起车库着急,现在看来不能急,因为那些等待出售的车库我也是出了钱的。既已出钱,还怕什么?

　　对后一种费,还真有些头疼。因为塞车,由于塞车,原来起步价可到的地方,变成了20元,甚至更多。坐车的自然一百个不情愿,虽骂骂咧咧，钱还是要付的，不然，出租车司机不肯。说实话，司机也不想塞车，顺畅地开着多透气啊。布衣给出这么几个解决办法：一是老样子，坐车的全付，谁叫你是消费者呢；二是司机付，那样，行车就有问题了，老堵车路段恐怕是没人去；三是坐车的和开车的各承担一半，在目前情况下，布衣愿意付一半；四是统统算到有关部门头上，一切的一切都是路难行引起的。不晓得国外是怎么解决这个问题的，人家外国不可能不塞车吧。

　　再补充一句，上面两则消息都是新华社发布的，权威得很，布衣只不过借来举手发言而已。

2003年7月21日

"官员电话簿"

　　《辽沈晚报》昨天的消息说,沈阳有人高价贩卖领导干部的私人电话号码簿。在这种被知情人士称为"神通电话簿"上,竟包含有3000余条领导干部的电话号码。记者试拨了几个电话,竟然准确无误。

　　这种电话簿有什么用?一定很有用的,否则不叫"神通电话簿"了。哪些人需要这些号码?根据这些年来的实践,布衣认为大致有这么几种人需要:一是跑官。这一类电话往往是在极小范围内分发的,不说绝密,起码是秘密一类的,一般人拿不到。"河北第一秘"李真,开始就是利用这样的东西曲里拐弯、东拉西扯接上关系的,还有些居心不良的,也千方百计想弄到号码,以便跑官。二是敲诈。前两天,就有一桩案子,说是某人假冒"三陪女"给各地的一些官员写信,要求付给适当的生活困难费,否则就要告发,这样的信发出后,他居然收到六万多元钱,如果不是一些正直的官员报警,说不定他现在还财源滚滚呢。做这样的事,如果有了这种号码簿,方向就更准确了。三是搞关系。这和第一点有相似之处,但这一类似乎目标更明确,他们一般是为了自己或者小单位的利益,需要搞好方方面面的关系,而且,有了这样的东西,逢年过节,跑起来也顺当些。

　　布衣不是随便说说这种号码簿作用的,可从另一角度反证:前段时间,湖南有个姓龚的人,冒着A领导的声音打电话给B,或冒着

B领导的声音打电话给C,用这种方法做起事情来非常成功。什么原因呢?领导就是管用,领导就是权力嘛。

从信息角度看,不管什么样的号码簿,都是一种资源;而从供求层面分析,资源越是稀缺,价值就越大。"官员号码簿"显然是稀罕物,因此就显得"神通",起码在一部分人眼里是神通。

依布衣之见,"官员号码簿"在一段时间内还是有一些市场的。要使它不再神秘,变成和一般的"黄页"一样普通,最起码要做到两点:一是对官员的各项监督已经十分到位;二是官员除了给老百姓办事的权力外,特殊权力越来越少。

2003年5月18日

3000袋牛奶

这是一个没头没脑的数字。它和生活必须品没有太大的关系,它和经济有一点关系,它主要和爱情有大大的关系。

南京一外貌平常的女孩,几个月前为了讨男友欢心,竟然在近100天中,平均每天"订"约3000袋牛奶。如果是自己掏钱也就罢了,大不了让人说傻,问题是,她是私刻她家旁边某学院的公章,伪造了与学院签订的供奶合同。这个愚蠢计划的结果是:男友所在的牛奶公司送出了30万袋奶,欠款总额达30多万块钱。当然,绝大部分奶都被送给别人喂猪了,学院自然不认账。这个女孩就这样为了爱情进了牢房。

爱情增加，明智减少，有时还会径直朝疯狂的方向奔去。于是为了爱情而进牢房的事情就会很多，有痴情女，也有痴情男，表现方式不一样，性质却是差不多的，都是为了讨对方的欢心。

如果真的喜欢一个人，讨对方欢心有什么不好？确实没什么不好，不过讨到进了牢房总不是什么好事。单就那南京女孩的做法而言，有些警示意义，但不是很大，为什么呢？不为什么，这种事情稍微有点脑子的人总还是把握得牢的。布衣想说的是，有许多犯了事的官，这方面的教训是深刻的，有些简直比"3000袋牛奶"还要深刻，轻的要将牢坐穿，重的则害了性命。因此腐败和讨欢心就有着直接的关系。

还想叉开去说，即有一种讨欢心却没有这种忧虑，不仅没有忧虑，反而过得有滋有味。这就是某些人拿着老百姓的利益、国家的利益在讨少数人的欢心，别人乐惠，自己乐惠。当然打着的幌子都是冠冕堂皇的。

"3000袋牛奶"这样的笑话是空前的，但不会绝后，要绝后只有两种可能：一是消灭爱情，二即消灭腐败。

2003年3月11日

幼儿园也分快慢班

开学后,"快慢班"紧紧揪住了学生和家长的心。分在快班的,学生一脸的自豪,家长一脸的喜气;分在慢班的,那真是神态各异,一下子形容不完的。中小学分分也就算了,不想,昨天的《杭州日报》说,现在连幼儿园也开始分快慢了。杭州某某幼儿园的一些孩子抱怨,实验班同学玩的玩具要比他们多。

分快慢班的理由可以举出一大堆,一些家长虽有怨言,但确实也无可奈何。布衣也做过好几年的教师,从教育的角度说,快慢班是因材施教,但对一窝风仍有异议。

小学和初中都属义务教育阶段,所有学生都有权利享受同样等质的教育。而现实是,一些学校往往会在本校组建一两个快班,名之"实验班",与此同时,配备的师资也是本校的精兵强将,设施一流。这样做的用意很明显,那就是抓升学率。小学以考上名牌初中为荣,初中以考上名牌高中为傲。不可否认的是,有些快慢班实际是为利益所驱动着的。那幼儿园的实验班每月收费就要700多元(普通班200多元)。

想从树木的角度说几句,因为树人和树木是紧紧相关的。在一大片同质的地里,有10000棵树苗同时种下,假如事先划出一块地,在地里另外种上200株经过精心选择的苗木,然后对那些苗子精心培育,目的是想使它们早日成材。20年后(如果树木的基本成长期是这样的话),结果肯定是,这200棵特别的树生长的效果并不像当初那样预期,也就是它们之中确有一些栋梁之材,但只是极少数,而出人意外的是,另外9800棵在风里雨里并没有受到特别培育的树,却有许多长得苍劲茂盛,可用的范围大得很。于是种树人就会喟叹:要是当初一样培育,有用之材可能会更多。

　　树毕竟只是木头,这一片树栽得不行,还有另外的树林,但人就不一样了,错过最佳的教育时期,无论对学生对家长对社会都是灾难性的。

　　现在或将来的一段时间,快慢班还会存在,但布衣坚定地认为,快慢班肯定会消失,因为"万类霜天"是足够让人"竞自由"的。

2003年9月1日

知识型保姆

　　昨天有消息说,首批接受了培训的50名高中文化程度的保姆将亮相杭州城。前天还有消息说,成都的一对老板夫妇应聘到"洋金领"家做保姆。此前也有消息说,深圳那边,洋保姆开始进来了。

　　社会文明程度越来越高,人们对生活的质量要求也越来越高,保姆这个行业也就越来越俏。专门抱抱小孩子的那还是低层次的保姆,现在人们要求的是既能做好家务又能帮助主人打理工作上一些事的知识型保姆。

　　从知识型保姆这个角度说,这样的保姆市场前景肯定广阔。有例为证。浙江奉化的一对夫妇为了儿子的学业进步,暑假期间,不惜重金在宾馆包了一间房,请来家教单独辅导,两个月花了3万块钱。布衣替那位钱多的家长算了一笔账,同样是花钱,如果为儿子选一个好的知识型保姆,慢慢调教,那个儿子就不会痛苦不堪。想想看,两个月,不同的家教轮翻轰炸,谁受得了,他儿子受得了,真当是有耐心的啊!

　　一个产品(权且将知识型保姆当一回产品),如果有良好的市场前景,那就值得人们好好研究了。布衣认为研究的重点有这么两个:一是怎样才算是知识型的保姆?和初中生相比,高中毕业就是知识型了,但如前所说的那50个高中生保姆,布衣认为还不算真正意义上的知识型,如果教教婴幼儿,知识绰绰有余,但仍属于低层次的,不管从什么角度讲,她们离知识型还有相当一段距离。二是

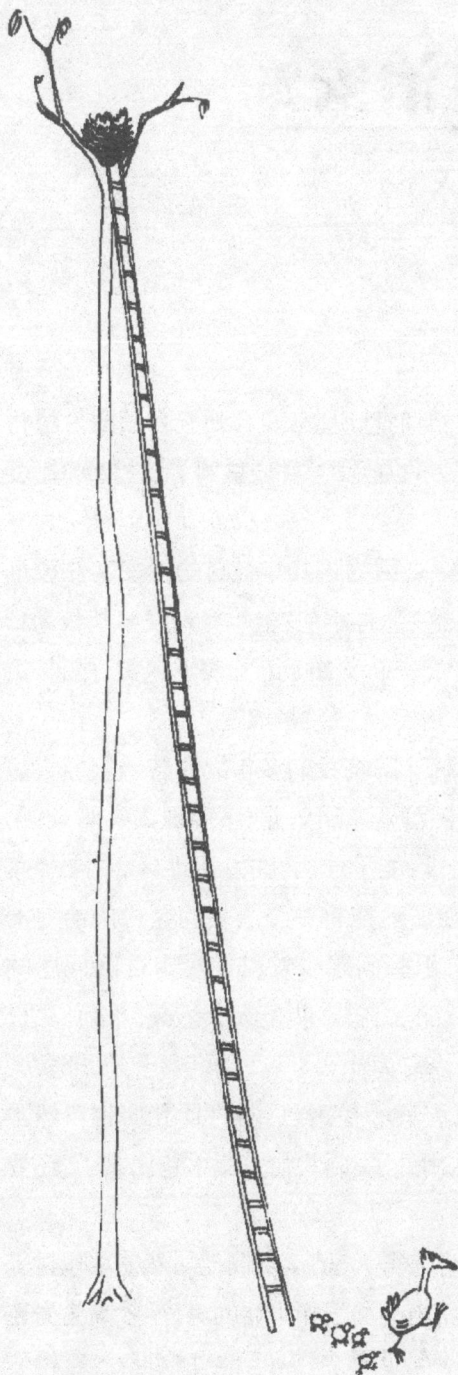

知识型保姆和就业之间是怎样的关系？紧接前一个话题就是，大学生也是可以做保姆的。不仅大学生，就是研究生、博士生也都可以做，只要他喜欢这个职业。而这一切的前提是，保姆是一个职业，是一个和当记者、做医生、干律师等等一样的职业。有了这样的观念，知识型的保姆就会走俏，氛围有了，做事情就不难了。再碰上北大才子卖肉这样的事，众人也觉十分正常了。卖肉难道就这么下贱吗？毕竟它也可以养家糊口的。

曾经和朋友开过玩笑，如果有合适的待遇，布衣也会去做保姆的。要说明的是，布衣做的保姆不以家务为主，因为布衣做家务没有什么优势。

2003年9月4日

"承包"全村治安？

前天的《宁波日报》有一则消息说，宁波鄞州五乡镇明伦村村民张伟忠，经过公开竞标，以2.52万元的价格，拿到了该村2003年度的治安承包权。

村里的治安为什么要承包？因为这几年该村的治安案件和刑事案件呈上升趋势。村里的治安怎样承包？全年允许发案基数为12起，每多发一起扣1000元，少发一起奖200元。治安承包实行队长负责制，队长(承包人)有权自行组织人员维护治安。

布衣认为，这一招可以解除困扰我们多年的令各级领导头痛的社会治安问题，使广大人民群众安居乐业。主要理由有两点：第一，花小钱办大事。2万多块钱，能干什么？在发达地区，一个警察的工资都不够，而这点小钱居然能将一个治安问题村的治安治好，不是很值吗？以此类推，那些问题少发村或没有什么问题的村，只要花很少的钱就行了。第二，警察队伍大大缩减。推而广之，村治安可以承包，居民区的治安为什么不可以承包？于是，公安大楼和派出所大楼不必造了，警察不用蹲点到村，片儿警也自然不存在了，110什么的也没什么用处了。因为治安都承包出去了，还要警察干什么？

布衣还认为，这个张伟忠值得大家"学习"。他居然能承包村里的治安，做这样的事是需要相当的勇气和胆略的。打架吵嘴偷盗还好说，杀人放火的事就不是一般人能办得了。他有枪吗？没有枪怎么应付拿着刀的恶徒?他有刀吗?他是否拿着刀去调解民事纠纷?
他的治安队伍里是否都是村里人见人怕的混混?有些话就不便说
下去了。

　　但若有人反问我:给你250万块钱,你能保证我们乡里不出事
吗?布衣无言以对。

2003年1月3日

"观点万元户"

昨日在西祠胡同里看到一帖子说,某时评作者"承蒙各位编辑抬爱,3月份收获颇丰,共发文57篇,刊载媒体35家,发表篇次132,创写稿以来新高"。真是佩服得"五体投地"。

观点能卖钱,不是什么新鲜事,有些什么学家一讲课,2小时,上万块,甚至更多。但时评作者能这么高产还是头一回听说,因为我做过时评编辑,因为我也写时评。

132篇是什么概念?满打满算,一天4篇以上,按每篇百元计,是实实在在的"观点万元户",自愧不如,我一年也弄不了这么多;刨去虚的,57篇也要每天2篇,我现在管着报纸的考核,我们那些很努力的记者写新闻稿也远远不及。于是不得不再次佩服,人家可是"观点"啊。

对于人家的合法劳动收入,按理不应非议,何况自己还写,这不是文人相轻,起码也是吃不到葡萄说葡萄酸,但总可以议论一下写的内容吧。我做编辑的时候,邮箱里每天都会收到数百篇时评类稿子,有少数作者是一天数篇。经常会有这种情况,某作者上午来了稿子,从反面评说某新闻事件,义愤填膺,后来他想想大家都这么说,没什么新意,录用的可能性比较小,于是下午赶紧发来另外一篇,这回是从正面评论,大加赞赏。转瞬间,翻手为云,覆手为雨,为什么?为了能顺利发表拿稿费。

还常常有这样的情况,某"新闻事件"发生后,一片哗然,这时

冲在最前面的自然是时评作者,这个时候也往往有"观点碰撞",作者你来我往,煞是热闹,而正当不可开交时,突然说经查证,彼事件子虚乌有,系彻头彻尾之假新闻,但这并不影响少数作者的情绪,他们第二天照样聚精会神地盯着电脑寻线索。我常常惊诧于那些作者的脑子灵光,什么都敢评,什么都会评,没有什么能难得倒他们的,他们简直就是观点流水线,机械化生产,然后天女散花。

每到年底,一般的作者总要将稿子盘点一下,这个时候,大部分人会发现,一年来写了不少,却没有几篇拿得出手,很有点悲凉感。那些"观点万元户"到时不知有没有这样的感觉,也许会为自己突破千篇稿子而沾沾自喜呢。

2004年2月8日

卖肉才子要出书

　　那个卖肉的北大才子陆步轩据说要出书了,书名暂定为《屠夫看世界》。

　　布衣为本家陆的新举动由衷感到高兴。如果成功,他的生活可以得到一些改善。

　　有些事情事后去看反而更埋性。当初步轩因生计所迫卖肉度日,媒体一宣传,众人都替他抱不平,认为北大的毕业生卖肉实在太可惜了。本来很平常的事情,宣传来宣传去,步轩自己也挺委曲的,我怎么能卖肉呢?我怎么就沦落为屠夫呢?不管步轩有没有这么想,反正当时的舆论环境就是这么样的,全国人民都为才子叫屈。然而现在看来,这种事一点也不奇怪。难道北大的毕业生就一定不能卖肉吗?难道北大的学生非得个个比别人出色吗?难道卖肉就一定没有出息吗?布衣没有丝毫贬低北大的意思,只是说人的后天成长不能仅以哪个学校毕业而论。

　　布衣没有看到卖肉才子后来究竟到了哪儿工作,反正当时请他去工作的单位是不少的,也据说他当时确实选了一些单位,但毕竟只是北大毕业而已,并不是所有的都适合他。他还算明智,因为卖肉其实也是一种不错的选择,尤其对他而言。这不,机会来了,一些出版社看到了其中的商机,纷纷邀他写书。是的,一个北大毕业生,将他的卖肉经历写出来,还是有一定的可看性的。如果成功,北大也就又多了一个名校友,不管他是从事什么行业,有成就就行。

　　不过,布衣还是有些担心,这本《屠夫看世界》书名不怎么样,如果没有一定的功夫,要想在书市上掀起些涟漪,恐怕也是有些困难的,尽管出版社可以猛炒。索性改成《北大才子卖肉记》吧,肯定畅销!

2005年4月16日

弄个"副县"干干

《南方都市报》昨天的消息给正在找工作或将要毕业的大学生带来了"福音"。漯河市刚刚出台的扶持人才的新政策规定:凡经过严格选拔被招录到漯河工作的大学应届本科毕业生、硕士研究生和博士研究生,将直接安排乡镇长助理、乡镇副职和副县级职务。这项规定还非常具体明确安排了这些人才的工作地点:本科生分配到乡镇,硕士生安置在县区或乡镇,博士生安置在县区或市直部门。

漯河市委有关负责人表示,这种做法的目的是给佼佼者创造一个充分展示才华的舞台,促进青年才俊快速成长。

布衣对漯河的求贤若渴深信不疑,也对经过层层选拔的才俊信心有加,不过这样直截了当的安排法,总觉得有些别扭。

其一,忽视了职务和人才的辩证关系。这两方面的关系是非常复杂的,复杂的原因是因为它不能够具体量化,而几十年来甚至几百年来的事实也充分证明了这种关系是不对称的。有许多人才被证明是不能安排职务的,他只是一方面的专才而已。按照漯河的做法,则没有这种区别,那么可以想见的是,一部分人才会因为有这个平台而很快脱颖而出,但肯定也有一部分人才会为此误了专业,甚至误了整个的人生。

其二,泛滥的职务会带来许多不良的后果。一般说来,一个地方的领导职数是有严格规定的,就是那些非领导职务也不是随随便便想给就给的,尤其是现今全国上下都在搞机构改革。而这些青年才俊的加入,肯定会给漯河的财政带来麻烦,也就是说,你既然给了人家职务,按规定,总要给人相应的待遇,否则搁谁也不愿意,空心汤团谁要吃啊。于是,车就成了问题,再于是,房子也会成问题的。当一项措施产生出比较大的弊端时,老百姓就不满意了:我们不需要那么多的"师长、旅长"。

也许那些"师长、旅长"真的很能干,倘如此,那最好,就算是布衣咸吃萝卜淡操心一回吧。

2003年4月15日

就只能一毁了之?

民航总局自规定旅客不得随身携带酒类登机后,旅客怨声四起。想想也是,兴冲冲带了一瓶名酒好酒,吭哧吭哧拎到机场,却被拦了下来,因此而不得不忍痛丢弃,你说冤不冤?

当然,站在民航的角度,布衣是能够理解其苦衷的。在目前空防安全形势依然严峻的情况下,他们"宁愿选择旅客暂时的不理解,也不能给犯罪分子留下空隙"也显见其良苦用心,即便是"双重标准"——机场的酒让带,旅客的酒不让带,布衣认为也有一定的道理,比如,在机场安检区内出售的酒已经过了严格的安检,倒并不一定是机场要垄断买卖。

但是,即便如此,布衣对民航处理旅客弃酒一毁了之的做法仍然不能理解。从民航总局发布命令到今年7月1日,首都机场共收置旅客放弃不要的酒2.3万瓶,价值约200万元。为了毁酒,机场甚至每天要安排四个部门的工作人员将酒"倒入污水处理池,稀释后跟随处理后的污水一起排放掉"。

为什么要一毁了之?

布衣不相信那么多的"液态物"都是"犯罪分子"要"作案"的"工具"。可以肯定,这些东西基本都是名酒好酒。想当时弃酒机场时,绝大多数旅客都会十分心痛。现在,你一声令下,却把这些个好东西都当作污水处理了,岂不暴殄天物?当然,这样做,机场可能是在"避嫌",怕担以此牟利的"恶名",但要"避嫌"其实也很容易,可以拍卖,并将拍卖所得全部捐赠给各式各类渴盼着资金充入的助学行动和慈善机构。这样,岂不皆大欢喜?

如此功德无量的善事,为什么就不屑于做呢?这恐怕就是一些人的"思维定势"。你可以发现,现在,有些部门处理收缴的、罚没的东西,往往都是一毁(烧)了之。这不仅增加执法成本,反而还会污染环境。布衣认为,对那些质量没有问题的处理物品,完全可以通过拍卖等合法的形式,让它们实现一定的价值,并把这些收入通过慈善组织和扶助机构,转移给困难群体。这不是挺好的嘛。

2003年9月18日

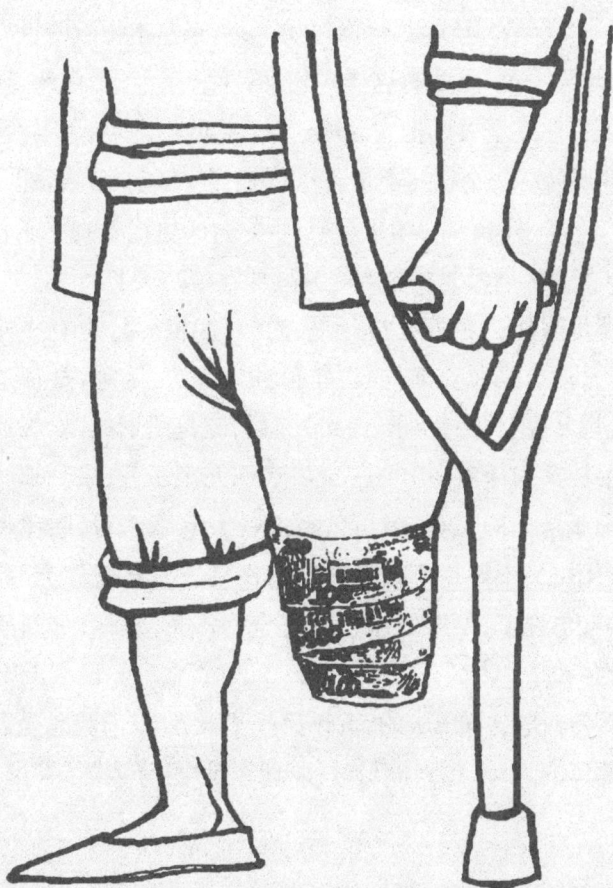

名著是这样"译"成的

　　读了一本书中的某个情节后,忽然对名著十分地厌恶起来。

　　这是一个自由撰稿人写的关于怎样做枪手的一段经历。这个安徽"枪手"在北京差点混不下去的时候,忽然接到了一批活儿:改编100部世界名著。这个活怎么干呢?书商的要求是:一页上只改10个字,改一个字给3分钱。具体操作如下:拿来一本正版的世界文学名著,翻开某一页,上面有这样一句话:"哦,亲爱的,你知道吗?我太爱你了!"你完全可以把它改成:"哦,宝贝儿,你知道吗?我太爱你了!"(刚好改了3个字)。于是,一页10个字,每字3分钱,那一页就是3毛钱,一本书总有个300来页吧,那好,100块钱就到手了,100部按250本(好多名著都是多卷本的)算,那就是2.5万!

　　这都是些什么名著呢?有雨果的《悲惨世界》,也有小仲马的《茶花女》,还有马尔克斯的《百年孤独》,等等,等等,全都是一等货色。这些书按上面的要求"改编"完后,就是所谓的"新版翻译",署上信手杜撰的译者名字张三或者李四乃至王五,拿到那些不起眼的小出版社出版,这样就可以省去一大笔翻译费。原译者看了只有干瞪眼,又不好说别人抄袭他的作品,是啊,就你会翻译,别人不会啊,再说了,两个版本也不完全一样啊。瞧瞧,书商就是这样赚钱的。

　　世界名著是这样出版的,真让我开了眼界。以前我总是很佩服那些搞翻译的人,没想到世易时移,现在是"翻译人才"辈出,胆子也大，个把月就能翻个几十部。现在我知道了那些甚至出现在地摊上的世界名著为什么在卖一折甚至更低了。同样的道理，我也有些知晓那些盗版书出版为什么总是那么神速了，因为现在根本用不着一个字一个字打，而是整本书整本书地扫，这种书商简直就是吸血鬼。他们也直言不讳地说，他们就是在卖纸。你看看，他们就是在靠卖纸来赚钱的。

于是想到了和名著相关的目前图书出版的三个问题。第一，书出得越来越快。只要你关注一下，什么张国荣、什么伊拉克，最

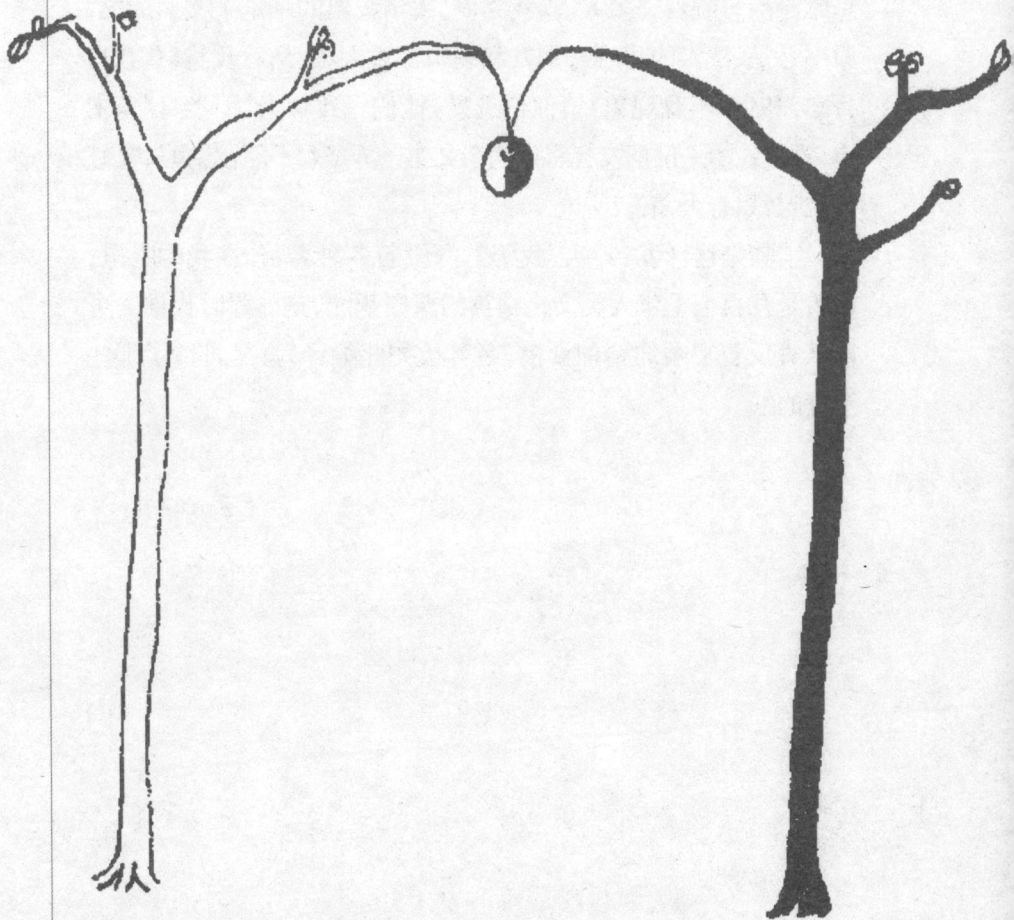

多不超过三天,就会有新书上市。这些大部分是剪刀+浆糊的成果。6岁的小子也出传记。这样的后果是,2002年末全国的图书库存积压高达50亿册、300亿人民币。第二,克隆跟风不止。克隆是比较明显的标志,只要书市上有一本《天亮以后说分手》,马上就有《天不亮就分手》上市。言情小说、武侠小说、明星传记、股票旅游……中学生出书热,词典大全热,励志图书热,管理图书热,文学经典热……有人统计说,书市上有50多个版本的《红楼梦》、《西游记》,有60多个版本的《水浒传》、《三国演义》。第三,猎奇低俗。现在的书市是要什么书就有什么书,不要什么书也有什么书。而且这种思维深深影响着许多人。以我为例。去年我出的一本杂文类的书,原书名是《洗澡的思维》,朋友和编辑都说太雅,然后我将《鱼找自行车》和《下半身现象》请他们选择,他们一致认为"下半身"有卖点。难怪我的一位朋友会将他的杂文集子弄成《忍不住想摸》,"摸"什么呢?只有天知道!

牢骚是这样发,其实,我仍然深爱着各种名著。在我的眼里,名著是几百上千年人类文化精英的深厚积淀,是浮躁时代惟一可以认真反复咀嚼的精神食粮。名著被如此编译,真是可惜了那些上好的纸。

2004年5月16日

试太子

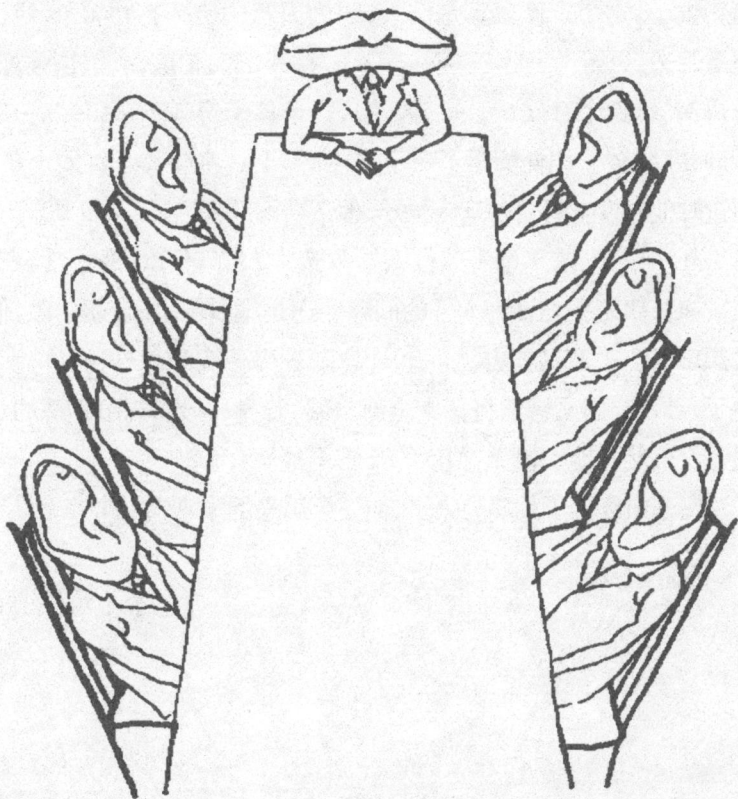

唐天宝年间的某个中午。

唐玄宗和太子李亨（唐肃宗）一同进餐。桌上有一大堆美食，有香飘几里的烤羊肉，还有烤得非常精制的大饼。李亨这时正在用刀切羊肉，因肉上有许多油沾在了刀口上，他便拿过一张大饼，擦去了油渍。玄宗不动声色地看着李亨，观察他的一举一动，想看看他是如何处理这张饼的。李亨正不知怎样处理这张饼,他抬头看了看父亲后,便慢慢地把饼送到嘴里,一口一口地吃掉。

玄宗很高兴,认为李亨很节俭。

宋高宗时,由于他惟一的儿子夭折,高宗决定选一名太祖的后裔为太子。这个工作量真是浩大,因为太祖的传孙有1600个,经过层层筛选,只留下一胖一瘦两个孩子。瘦小的叫伯琮,高宗怕难养,想再淘汰。这个时候,一只猫偶然从两个孩子身旁走过,伯琮一动不动,而胖孩子却伸脚踢了一下猫。高宗于是将胖孩子打发走了,但这时他并没有册封伯琮为太子,他还要继续考察。

几年后,高宗又选了一位太子候选人,名叫伯玖,两人都封了王。这时,高宗在立谁为太子的问题上还是举棋不定。苦想之后,他又想出了一个测试的办法。一天,高宗各赐伯琮和伯玖10名宫女,过了几天,高宗又突然将宫女全部召回,验身,结果,赐给伯琮的10名宫女仍然是处女,赐给伯玖的都已不是处女了。

高宗最终立了伯琮为太子,他便是后来的宋孝宗。

2005年11月13日

向全国推荐"灯长"、"水长"

　　长春一汽第一中学17个班的700余名初中学生,每人都有一个"干部头衔"。是什么样的"干部"呢?让我们较详细地列举某班班干部的职务表:团支部书记、班长、副班长、值日班长、组织委员、宣传委员、各小组组长、班级图书馆馆长、课间纪律巡查、班级环境保洁长、个人卫生督查、黑板报主编、编辑、美工、誉写、各科目课代表、花长、桌长、灯长、饭长、水长等。这些"干部"的分管对象应该是明确的,比如"灯长"是管开灯的,"水长"是管打水的。干嘛要"人人当干部"呢?校方的有关解释是:每个孩子都有很大的潜力,让他们担任一定的职务,使他们觉得自己是个有用的人。还说下学期开学,一汽所属的24所中小学都将采用这一管理方式。

　　当我看到《新文化报》上的这则消息时,首先感到新奇:人人都当干部,这是多么奇的思路!旋即又感兴趣:为什么这所学校有这样的思路?这是一种什么样的思维?我是这样猜测校方推出这一举措的潜意识理由的,说它潜意识,是因为它是在脑子里想想并影响其决策但又拿不上桌面的意识。

　　第一,人人都有当领导的愿望。仿拿破伦名言,不想当领导的学生决不是好学生。当了别人的领导,从而可以指挥别人,继而可以被别人尊重,再而是可以有不当领导体会不到的好处,这是一件多么快乐又幸福的事啊。于是,只要是领导,官也就不在大小。武汉某小学生组长,刚上任没几天,就有多个组员请他吃肯德基、冰淇

淋什么的。就说那"水长"吧，怎么得也可以自己先打水啊，"灯长"也同样可以自己先开关，因为自己掌握着开关的"权"哪。当领导有这么多的优势，为什么不从小培养这种良好的领导欲呢？应该培养，应该大大地培养。

第二，人人都有当领导的能力。每个人天生都有当领导的本事，仿李鸿章名言，这个人如果连领导都当不了，那就彻底没救了。说的也是，你看社会上有些领导多快乐啊，电视上的名星，报纸上的名人，下雨有人打着伞，天热有人擦着汗，车有人开着，包有人拎着，报告有人写着，工作有人干着，节日有人惦记着，只需要指点江山就行了（有个退下来的级别还不低的领导这样说：当领导是个慢慢变傻的过程,我看这可能是切身体会)。湖北某乡长要求校长给他成绩虽处于末位但领导能力颇强的儿子安排一个副班级干部,否则原则上就不给拨款。那校长也够笨的,对这样有领导能力的学生,不要说副班级干部,完全有能力当正班级干部,不,应该是实实在在的正班长。

第三,当干部是成功的象征。一个人在单位混了一辈子,如果没有一丁点儿职务,那真是个窝囊废。要是有了职务,那就有享不尽的好处,就是当到年纪大了退下来,也得给个某某员什么的。当学生干部也是这样,中考、高考都有对学生干部加分的条件,这一加就是十分二十分哪,文化课还不考得眼睛翻白。因此,只有当了学生干部,学生才会感觉自己是个有用的人,否则什么也不是。

既然当领导有那么多的好处,既然当领导有那么大的作用,我们为什么不让全体学生都当干部呢?这起码可以为以后走向社会当领导打下坚实的基础,因为这"比任何言语上的激励都有作用"。

都说教育是头等大事,都说培养孩子是百年大计,对于这样一个好措施,对于这样一条好经验,对于这样一件非常容易操作而又效果极强的好事情,我们为什么不推出呢?建议一汽那所中学不要保守,这个措施不仅要在自己的学校实验好,还要总结经验,找出不足,不断完善,在全省乃至全国推行,以使我们的孩子早日成才,从而向世界各国大量输送管理人才。

方式的确简单易行,而且还可以推广到各行各业,借鉴"水长"、"灯长",管厕所的可以任命为"厕长",门卫也可以任命为"门长",或者"长(掌)门"什么的,至少大家伙都乐它一回。

2003年4月29日

"警察当门童"

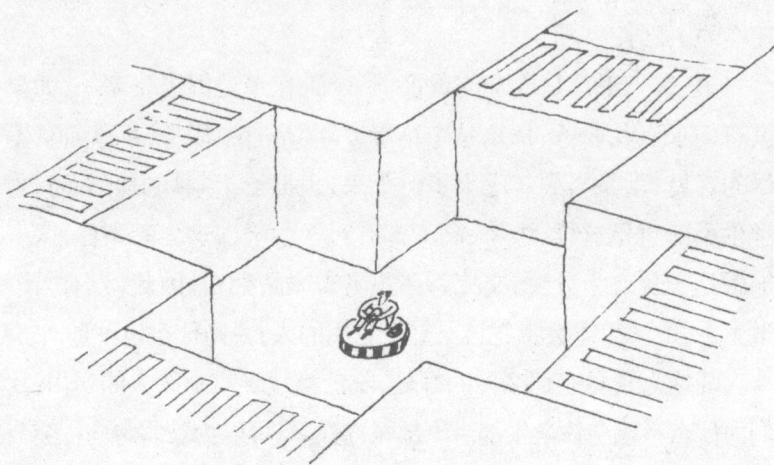

警察和门童是两个不太搭界的职业,但不太搭界并不意味着不搭界。眼下,成都的20位警察就和门童互相紧密地联系了起来,这种联系不是扶贫帮困结对子,警察是向门童们学习来了。

《成都商报》昨天的消息说,成都市车管所为尽快转变服务理念、争创一流,特意请锦江宾馆来为他们的民警进行优质服务方面的培训。为了检验民警的学习成绩,也为了更真实地体验优质服务,车管所挑选了20位一线民警,专门到锦江宾馆学习先进服务理念,并换位体验。在学成"毕业"后,他们将作为车管所推广优质服务的小教练,将所学到的先进服务理念在车管所内推广。

要向人学习,说明还有不足的地方,车管所也是窗口单位,我们在要求别的窗口单位服务质量不断提高的同时,自己是否想过更要提高呢?尤其是一些事关形象的执法单位!实事求是地说,想到或经常想到的多,没有想到或根本想不到的少。但现状是,一些单位口号很响亮,制度也很完善,可就是执行起来不到位,也就是说制度还局限落实在墙上,老百姓还有颇多的微词。这从成都警察当门童的体验中就可以看出来:当客人走进大门时,司门员必须拉开玻璃门,微微弯腰行礼,同时说问候语。眼看着进进出出了七八位客人,可小颜和小林的嘴张了张却始终没有说出"下午好"和"谢谢光临"这两句话来。大堂经理在一旁也看得有些急了,上前去给两个人加了把劲才成功。小颜和小林不无感慨地告诉记者:虽然一直在学习优质服务,但当真正面对群众的时候,才感到这种转变的痛苦和艰难。我觉得成都的警察说了实话,为什么说"下午好"和"谢谢光临"有这么难呢?除了职业的不习惯外,更多的恐怕是脑子里长期存在的某些特权思想。因为交警们平时都被广大的驾驶员尊称为"娘舅"的,感觉应该说是比较好的。有最近的反例为证:《都市快报》前天的消息讲,乐清市严肃处理了6名明知高速公路封道却公然冲卡并殴打收费员的交警,这6人不仅冲卡而且吼道:全国各地什么关卡能拦得住我们!虽然是个案,但个案的影子并不是不存在。

如此说来,警察当门童就有着极为典型的积极示范意义。第一,亲民的形象。我相信,那些警察有了当门童的切身体验后,再加上脑子里树立起的为民服务思想,去办事的人一定会有一种宾至如归的感觉,在他们心中,只有被服务对象的利益,情真意切,问候语暖人心,高效率得民心。第二,榜样的作用。可以料见的是,成都车管所警察当门童的经验,一定会在当地执法部门中生根开花。老百姓希望能在所有单位都得到良好的优质的服务,这个要求在今天来说并不高,温家宝总理在这次两会的政府工作报告中就明确提出:要让权力成为一种负担。是的,当权力成为负担时,它就不会快乐,要有快乐也只能是全心全意为人民服务并得到人民认可后的快乐。

我真诚希望成都警察当门童不仅仅是一种形式,而是当作一种能让百姓得到温情服务的制度来实行。当然,如果我们脑子里深深烙印着为纳税人服务的观念,就是不去向门童学习也照样会做得很好的。

2003年3月16日

民警做"老板"?

民警可以做"老板"吗?肯定不行。但衡阳市区却有多个民警在做着"老板"。《三湘都市报》近日有则消息说,经查实,衡阳市区共有57家酒楼茶馆有警察参与经营,涉及民警66人,其中副处以上的领导有9人,副科以上的干部24人。

布衣疑惑的是,一个不大的地级市区居然有这么多的警察在做着酒楼茶馆的"老板",实在匪夷所思。布衣这里冒警察之不韪,对衡阳盛行民警做"老板"作几种推测:

一是钱好赚。找人注个册(方便得很,就是不注册也没多大关系),找一处场地(地段好不好没有太大的关系),找几个服务小姐(到处都是,容易得很),这就开张了。如果不是运背,赚钱那是三个手指捉田螺。于是,一个民警"老板"赚钱了,第二个民警"老板"便会很快诞生,要不了多久,这些场所便呈如火如荼之势。

二是竞争力强。生意好不好,关键在于竞争力强不强。民警做"老板"的最大优势大概就在这里了。没有什么人来干扰,生意就会越做越活,小姐就会越聚越多,客人也会越来越多,别的店虽然恨得咬牙切齿,但却又无可奈何。而且往往是"老板"级别越高,生意越红火。

三是互相联络便当。做生意还讲究通信息灵市面,这些"老板"之间如果碰到什么难事,大家都有个照应,团结就是力量,你的辖区我照顾,我的辖区你看管,下级保驾上级,同级互相招呼。另外,就是打点擦边球,问题也不是很大,睁一只眼闭一只眼也就过去了,何况还法不责众呢。

布衣没有衡阳那地方民警勤政为民的材料,但凭上面这则报道,布衣可以臆断,那些做"老板"的民警即使工作生意两不误,也不会有太大成绩的。道理简单得很,他们心里只装着钱呢。

幸好,衡阳公安局的领导已经严肃表态了:坚决关停转,有令不止,从严查处。

2003年4月1日

任诞

任是放纵，诞是不羁。多种生活方式，多种生活态度。有的人喜欢，有的人憎恶，有的人喜欢戴着面罩生存，有的人憎恶将内心藏起。向社会挑战，向观念挑战，缓和危机，老练处世。

"偷偷用你的牙刷刷牙"

　　一篇"一生里和你爱的人做完这50件事"的帖子最近在BBS上广为流传,不少MM是闪着泪光看完的,然后还拿着给另一半做教材,而很多酷哥也悄悄把这篇帖子加入了收藏夹。

　　你当然可以想像得到,这50件事肯定都和爱情有关,要不,那些将爱情视作"生命"的人怎么会有如此的表现呢?比如"不为什么地亲亲你"、"经常抱抱你,也要你抱抱"、"和你一起看着我们的孩子长大",比如"夜里醒来的时候,亲亲你,不吵醒你"、"半夜故意踢开被子,等你醒了给我盖好",再比如"打雷的时候和你抱在一起睡"、"靠在阳台栏杆上的时候,享受你从背后抱着我的感觉"。不要怪我别有用心,举的例子基本都是"亲"呀"抱"的,但的确如此。你若不信,再举:"洗澡的时候帮你刮胡子"、"至少有一次在大自然的怀抱里作爱"。

　　如果我们的爱情真的向着这50件事的轨道运行,那简直是太美好了。在这样理想中,我们会"买菜的时候顺便买束花回来",因为花也是像菜一样每天三餐都要吃的,菜吃完了,花放不下不要紧,可以到处插,桌子上,瓶子里,卧室的床头柜上,为什么呢?因为看你看不够,已经到了"你吃饭吃得香的时候,放下筷子看你一会儿"的地步了。还有,你也永远不会厌倦,"当你下班回来说累极了,说饿得站不稳的时候,抱抱你,然后做一桌好吃的给你","你生病的时候轻声和你说话,喂你吃药前先试试水温,在你床前握着你的

手念苏东坡、辛弃疾的词给你听"，
还要"每天早上唤醒你，或者被你
唤醒"，等等，等等，总之，幸福生
活要多美好有多美好，你都想像
不出。

听我这样不厌其烦地形容，
有人就疑问了：啊呀，你是在播电
视剧呢还是在说热恋中的人呢？
我买菜回去带束花老婆说我浪
费，阳台上要抱她说我有毛病，双
休日早上我想睡会儿懒觉，老婆
就大叫"太阳照在屁股上还不起
床"。他们真有这么好的耐心吗？
真有这么优雅的情调吗？真有这
么持久的激情吗？接下来的时间，
一有机会，我就把这美好的50件
事一一说给人听，想听听大多数
人的反映，不料他们听了都笑笑，
说，很美好啊，再没有多的话。

再回到标题。标题也是50件
事中的美好一件。我必须坦白，这
件事我做过，它的前提是：有一天
早上，我突然发现老婆的牙刷比
我的要好看，于是就偷偷地刷了
一回。不过也没什么感觉，只是觉
得有些别扭。

2004年6月8日

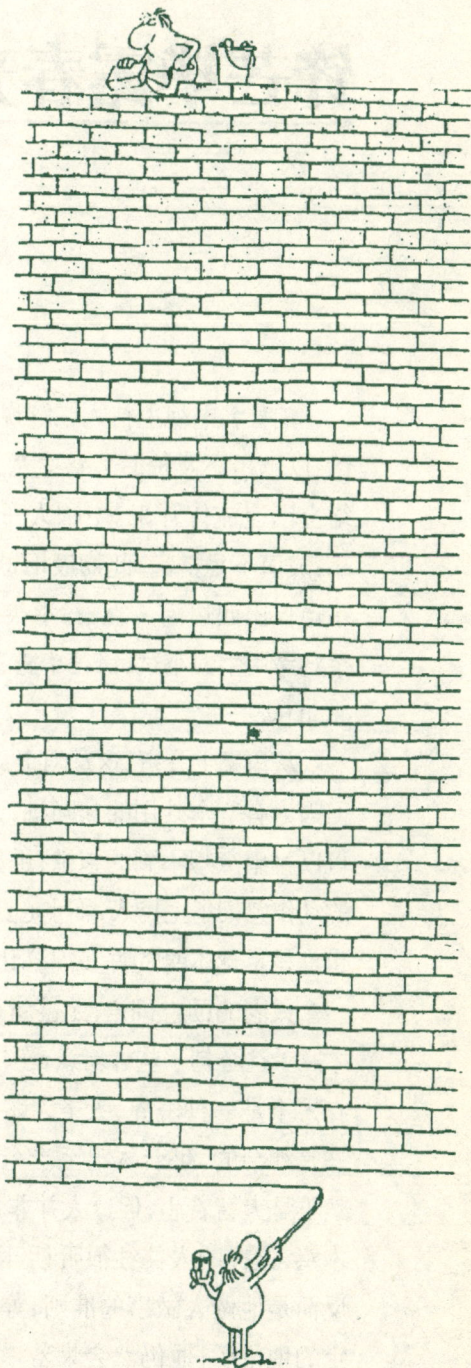

锋芒毕露春光无限好

　　某著名电视主持人在解说一场足球时不小心说了一句著名的话：以迅雷不及掩耳盗铃之势。这句话大约太有内涵了，于是在网络上迅速流传开来。中国人一向聪明，没多久就有了一大批仿制品：成事不足挂齿，此物最相思风雨中，一屋不扫何以扫天下无贼，东边日出西边雨一直下，举头望明月几时有，呆若木鸡毛当令箭，杀鸡焉用牛刀小试，锋芒毕露春光，一泻千里共婵娟，还有外语very good bye——

　　从语义上分析，这是两个词的结合，本来是两个很平常的语句，但因为有一个共用的共同词，于是就构成了有趣的语链，而且往往可以抖出意想不到的包袱，迅雷不及掩耳，一定是足球场上球员们的动作感染了主持人，不小心漏嘴的掩耳盗铃，给人以丰富的联想，也许是足球本身的许多内幕让人相视互哂。一屋不扫何以扫天下，一个太老的励志词语，无甚新意，但恰恰是电影《天下无贼》的流行才赋予这个句子些许新意，连起来说，这句话也不是一点都不关联，扫天下是一种境界，天下无贼也是一种境界，只不过一是个体的，一是社会的。呆若木鸡毛当令箭也挺有意思的。你看，呆若木鸡显然不是大智若愚，但这人并非是真的呆若木鸡，极有可能装成呆若木鸡，这样的人往往很听话，因此呆若木鸡不仅不影响他的升迁，反而是他做人做事的准则，等到他有了一定的资历积累或达到一定的地位后，他仍然会呆若木鸡，但绝对是拿着鸡毛当令箭的，因为他被压抑得太久了,这样的人往往得罪不起。锋芒毕露,一个很正常的成语,但露春光则给人以无限的遐想,春光常露的现实催发了春光这个词的使用频率,而且以锋芒毕露作前缀,这个春光对公众视角的打击程度就可想而知了。

偶然的失误其实不值得大谈,倒是由此迅速生成的模仿句,暗含着许多的机智,既是对中国语言的熟练运用,也是现实的一种折射。比如"名人语法":我为什么离开微软?我为什么离开东方时空?余此类推,似乎只要是名人都可以这样问。比如打油诗:俺校美女

一回头,吓死河边一头牛;俺校美女二回头,大庆油田不产油;俺校美女三回头,姚明改打乒乓球。相信这样的诗句在高校男生中流传的速度一定很快,因为在男生们的眼里,美女的力量是无穷的,美可以摧毁一切!

旁及一回。经常看到某些翻译作品的质量低劣的报道,我也曾写过《名著是这样"译"成的?》杂文抨击,那是说我们对别人的作品理解得粗枝大叶一知半解,其实外国人弄咱们的语言闹的笑话也够多的。照字直译往往牛头不对马嘴。"一诺千金"成了"只要一答应就付一千元","连中三元"变成"三块钞票连在当中",有位汉学家(注意是汉学家)解释"月是故乡明"时是这样讲的:家乡除了月亮还有些光亮外,其他一片漆黑。你笑了之后还有什么感想呢?这样的例子还将持续,肯定的,谁也无法避免,可能燥热的时代会更多。如果实在不能消灭的话,那我们就把它当笑话来轻松一下我们紧绷的神经吧。

写到这里,突发奇想,换一种别样的心态,以中国语言文字的博大精深和丰富多彩,标题中的句子完成可以再延长成三段:锋芒毕露春光无限好,承接上面的解释,春光无限好,是啊,我们这个社会太需要美了,只要是能给大众以美的享受,露春光有什么不好,只是稍微把握一下锋芒毕露的程度就行了。

2005年10月3日

被物化了的幸福

　　一个被物质化了的社会,似乎什么都可以量化,只要加上"指数",就实实在在地可以触摸了。前两天,两位英国经济学家研究的"幸福"是这么说的:将性交频率从每月一次增加到每周一次,幸福值的递增相当于在银行存入5万美元,而一个长期稳定的婚姻关系带来的幸福感,价值每年10万美元。

　　真要感谢这些研究者,这么准确地研究出了一种感觉的物化表述,以后人们说起幸福或者文人们描绘幸福的时候都有案可据了。按照这个研究思路,或者将这个思路进一步细化,10万美金应该是婚姻幸福的最高感觉,那么8万美金就是良好的幸福,5万美金只能是一般般的幸福,4万美金或以下,那就是刚刚跨进幸福的底线。这虽然指的是一些发达国家,按照这个标准,还有很多人的婚姻应该是不幸福的,但贫贱夫妻菜根香,自食其力,小富即安,偏偏他们感觉很幸福;有很多的富翁大款,应该是很幸福的,但锦衣玉食已厌,别人财富比他多,他嫉妒,别人的房子比他大,他也嫉妒,别人的车子比他豪华,他更嫉妒,这样的例子只要你愿意枚举,身边肯定不少。在我看来,幸福只是一种感觉而已。可见,这个幸福的划分依据有值得让人斟酌的地方。

　　或曰:有划分幸福的依据或者说标准有什么不好。我说,这不是什么好不好的问题,而是有没有必要。想借悲观主义哲学家叔本华的幸福论来说。他的基本认识是:人生无所谓幸福,不痛苦便是幸福。按照他的说法,痛苦是真实的、存在的,也是积极的,幸福反而是消极的,并无实体存在。那么我们可以想像的是,没有痛苦的时候,那种消极的感受就是幸福。因此,幸福也就是一种心理状态,而非物质的存在。基于这种认识,人生努力的方向就应该是尽量避免痛苦,而不是追求幸福,因为压根儿不存在幸福那玩意儿,能避免痛苦,幸福自然来了。叔本华的观点有诡辩的成分,但也不是一点道理没有,至少,他不赞成将幸福物化。伊壁鸠鲁也这样说:快乐就是身体的无痛苦和灵魂的无纷扰。

将一种感觉物化似乎正在成为一种趋势。又有一则关于"心碎了"被物化的消息,说是"心碎了有科学依据,症状像是心脏病"。美国《新英格兰医学杂志》近日刊载一篇文章,将由悲痛或震惊所引发的胸痛和呼吸短促等一些类似心脏病的症状称为"心碎症"。可以想见的是,"心碎"以后将不再是诗人和哲学家们的专用名词,那些多情人万一"心碎"了,将不再痛不欲生,而是可以马上到附近医院就诊"心碎科",服下"心碎丸",佐以"心碎汤",经过卧床休息后,伤痛的心,不再空白,心也就不再"碎"了。这也许是个医学朝阳专业,你想啊,这个世界上有多少人为情所困继而所碎啊,不管是年轻人老年人,不管是女人还是男人。

如果将"幸福"和"心碎"两相作一比较,还是可以看出不少区别的,我不赞同将幸福物化,但如果将"心碎"物化成一种病症,并且可以医治好的话,意义就不一样了,因为毕竟,后者不像前者那么无聊,还是可以造福于人类的。

2005年2月28日

家教要纳税

昨日的《信息时报》说,广州市人大代表古穗成近日提交了《关于规范管理现职教师兼职家教工作的建议》。建议中提到,现在有些中小学校教师在任现职的同时兼任学生的家教工作,从而引发了一些问题,其中包括:一些教师在学校上课时,有意将授课中的重点部分和好的学习方法不在课堂上传授给学生,而是特意让学生到教师家中来。由于有了教师的重点辅导,受到指引的学生成绩一路进步。另一方面,有的教师考前将有关试题在家教中事先辅导,造成家教生分数比较高。兼职家教的教师每个月家教收入就有上千元,好的更有几千元。但他们从来没有主动向税务部门申报收入,税务部门也未将这些人的家教收入纳入征税范围。

这个问题具有普遍意义,但又是相当棘手。就像这古代表说的那样,家教市场有极旺的需求,禁是禁不了的。但无论怎样,这里面肯定有个基本底线,即教师辅导学生是天经地义的,如果在家教中事先透露一些考试题目或相关的考试内容,如果有意将授课重点放到家教中,布衣相信这样的教师是不多的。这是关于教师的职业道德问题,是和家教有关的第一层意思。

家教纳税的第二层意思是,如果将教师家教纳入正轨的管理轨道,那就要像古代表说的纳税。如果纳税,那就承认家教是合理合法的,不过这有一个基本前提,那就是利用业余时间兼职从事家教,这里的"业余时间",既要靠教师的道德底线自我制约,更要靠

有关部门加大管理力度,用制度、纪律约束。如此,优秀教师的积极性和资源就会得到发挥和利用,那些在学习上接受能力较强和较弱的学生也受益。

接着这个话题,还有两句话要说。第一句:家教要纳税,那么其他有类似收入的(比如医生做"家医")要不要纳税?如何纳税?光盯着教师有失公允;第二句:有政策或机制保证让所有的教师自觉不做家教才是最要紧的。

2003年6月17日

这几天谁最忙?

　　这实在是一个有趣而又敏感的话题。这几天谁最忙呢?一个不完全的调查认为是干部和老板。

　　年关将近,人人都忙。忙的形式一样,忙的内容却不同。

　　干部不忙谁忙?旧年终了,新年来到,去年的事情要总结,经验要发扬,教训要吸取,新年的规划更要科学安排。再没有太平官好当,现在除了极个别的准垄断行业,一般都是逆水行舟,不进则退。换句话说,没有危机意识,危机随时就会光临。此时不忙何时忙?但有少数干部也在忙,他们忙什么呢?忙于出席各式各样的茶话会、联谊会、答谢会,忙着到管理的单位指导,忙于觥筹交错、杯盘往来、浅吟低唱,今天温柔乡,明日富贵场。毫不夸张地说,有些主儿一天要东颠西跑好几场,只恨分身无术。

　　老板不忙谁忙?市场经济的残酷已让人充分领教,今天的龙头,明天也许会成蛇尾,或者是什么小虫,也极有可能什么都不是。他必须时刻清醒、分秒忙碌,品牌的扩张,市场的拓展,人才的猎取,资本的运营,一样也忽视不得。时间对于他是非常的奢侈,恨不得每分钟都掰作六十秒用。但有少数老板也在忙,他们忙什么呢?忙于拉关系,忙于跑路子,红包东送送,礼品西塞塞,好话一套套,颂言一篇篇。因为这些事情上不了场面,只得鬼头鬼脑,慌慌张张。

　　好事者问:以上两者的忙有些什么联系呢?布衣答:有的,还很密切。干部是公仆，要做好公仆使人民满意，必须不停地忙，只有干部忙了，百姓才会空闲，但不是后一种干部的忙；同样，后一种老板的忙则显现了制度上还有漏洞，这种漏洞必须不断阻塞，否则就是一种极大的不公平，少数老板正是瞅准了制度缺陷而投机的。

　　让干部忙起来，但要布衣暖，菜根香；让老板空下来，却不走歪门，不弄邪道。

2003年12月20日

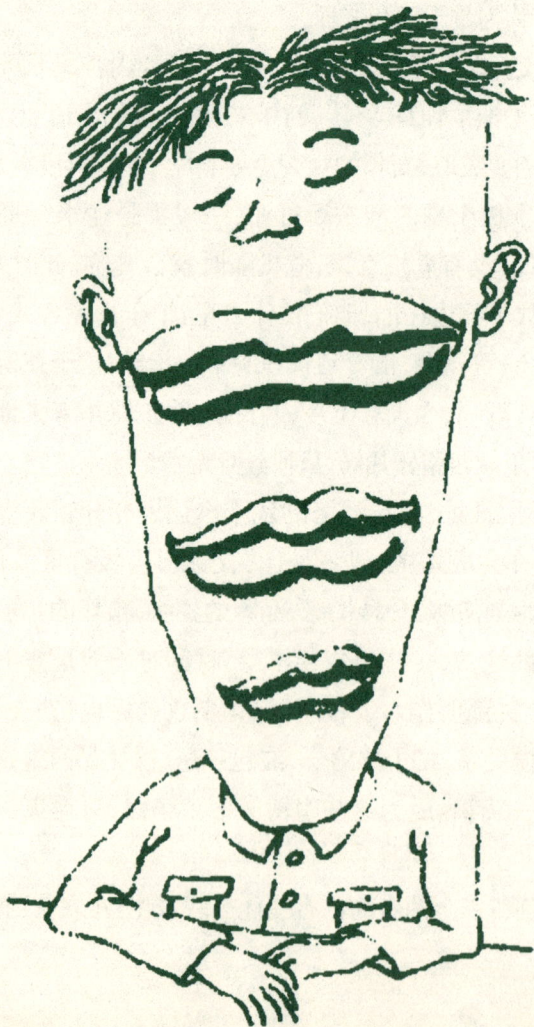

"外放"的最大好处

昨日新华社一则干部"外放"当"民工"的消息真当过瘾。

新闻的大致情节是：一年前，南昌市安义县的107位县直机关和乡镇年轻干部，只凭县委组织部或人事部门开具的求职介绍信，只身到发达地区进行为期一年的谋职锻炼。不少"外放"干部从手中有权、兜里有钱、衣食无忧一下子变成了每天要为自己的一粥一饭而操心的外地"民工"。这些人现在回来了，平日里感觉都不错的干部在当了一年多的"民工"后个个心潮难抑。新华社还为此评论说：干部是逼出来的，不是惯出来的。

安义干部"外放"的好处，材料可以总结一大堆，每条都会有借鉴意义；安义"外放"干部的心得，写写可以一大本，每个人都有特生动的情节。他们的经历丰富了，他们的能力提高了，但布衣只想说最大好处：这些干部回来后，他们会更进一步体贴老百姓。

体贴老百姓，说说简单，做做就是件难事了。这里头的百姓有两个层面：一是普通百姓，二是他的下属。为百姓办事，他会尽心尽力，因为他尝尽了推诿拖拉的苦头；他会热情接待，因为他饱受了冷若冰霜；他会公正公平，因为他读懂了私心杂念。在他下属的眼里，他会事事身体力行，因为他知道许多事嘴巴说说容易，具体落实就难，要做得非常完美更是难上加难；对待下属，他会和蔼可亲，体贴有加，他不会轻易地否决部下的一个好主意，他不会因为部下一句不恭的话而计较甚至报复，他也不会无缘无故地把自己不愉

快的心情写在脸上,他知道他的情绪会影响大家工作。还有许许多多的生活和工作中的细节,他都会十分地注意,十二分地小心,十四分地谨慎。一切的一切,因为他都已经亲身体验到了,这赛过任何一种形式的思想政治工作。

布衣曰:"外放"不是目的是手段,是通过灵魂最深处的陶冶实现人民公仆为人民的绝佳手段。

2003年6月5日

"列队欢迎"

"列队欢迎"已经开始不受人欢迎了。前天有消息说,7月9日下午,云南省省长徐荣凯在考察一家企业时,面对"列队欢迎"的"盛况",很不客气地提出了批评,并要求立即改正:"你们要这样欢迎,我就不进去看了。"

布衣注意到消息中还有这样两个情节:一是在烈日下已经曝晒不少时辰的工人们各自回到岗位,徐荣凯才走进大门;二是7月10日继续考察,各考察点都没有了列队欢迎的人群或标语口号。会议期间用餐全部为自助餐,没有任何名义的宴会。

话题紧接拉开。一层意思为:"列队欢迎"究竟是个什么东西?这个东西说复杂太复杂,说简单也很简单。复杂是因为这是种延续了几千年涉及方方面面的礼节又演变成了形式的形式,繁得可以弄成一大本书,专门学它几年也不一定学全;简单是因为这种一点名堂也没有的东西一分钟就能学会,弄一些人,列个队,举个旗挥挥什么的,但"烈日下的曝晒"是什么滋味,我们大多数人都有体验的。与此相类似的还有,一些地方,每逢什么重大活动,非得要弄一些人来"列队欢迎",这些人中有些是老人,有些则是停课的学生,天气好的日子还行,大家权当娱乐,要是碰到雨天或数九寒天,那才遭罪呢。另外一层意思则是,"列队欢迎"之类的东西真的可以完全不要的。在徐省长以后的考察中,"列队欢迎"都不见了,与此相遁去的还有它的孪生姐妹"标语口号"。

　　"列队欢迎"之类的形式有些人喜欢，喜欢的人走在"列队欢迎"的队伍中往往气宇轩昂；有些人不喜欢，但不喜欢也不会明确拒绝，人家都"列队欢迎"了，我又不比别人差一截，为什么不能享受？

　　如果没有明确的甚至坚决的规定，"列队欢迎"还是会大量出现的，一是下面的人不敢不搞，二是搞了总比不搞好，礼多人不怪嘛。

　　　　　　　　2003年7月14日

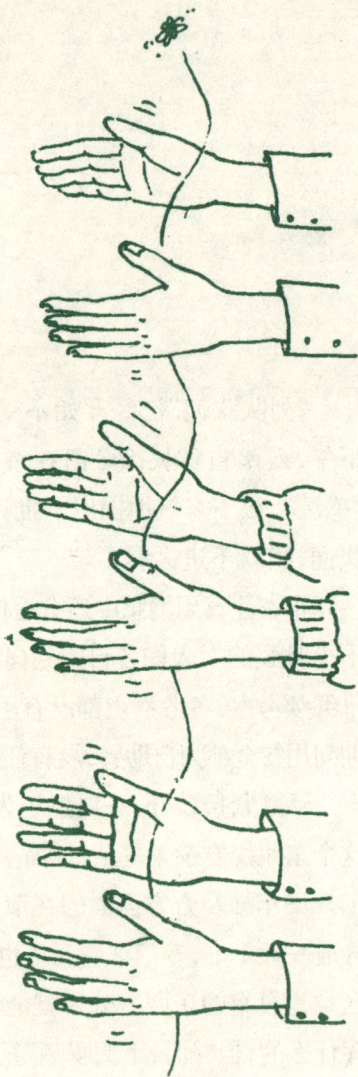

干一行恨一行

昨天早晨打开电视机,迷迷糊糊听到央视"媒体广场"节目在播一条稿子,内容好像是我们现在要重新审视"干一行爱一行"这句老古话。文章的大意是说,如果干一行爱一行,就很容易使自己在别的行业一无所长,万一风吹草动,就是教授也只有看看大门而已。

又想起年初的一篇著名的杂文叫"干一行恨一行",文章主要是对多次跳槽者谆谆告诫。文章强调,干什么都有代价,吃什么都有条件,天下没有免费的午餐,如果觉得事事不如意,那么在抱怨环境的同时,是不是也需要反省一下自己呢?

两句话都说得有道理,但布衣还是忍不住要多嘴几句,因为,目前(其实不单是目前,现在或今后,找工作永远都是个不小的难题,尤其是找一份理想的工作)就业问题是个人人都关心的大问题。

就前一句说,它其实有两个概念,一个是敬业,一个是爱岗,我们将它当作职业道德宣传的时候,实际上是说敬业。但不容否认的事实是,一些科技人员在原有工作岗位上一干十几年、几十年,专业技能单一,已经难以适应发展需要,也正因专业技能单一,不少人在再就业中自然"连连吃瘪"。劳动技能单一,职业再生能力就会受到大大扼制,许多人离了老本行就发懵,不知该干、能干什么。

而后一句恰恰相反,不断频繁地跳槽,原因不单单是待遇问题,还有人际环境,等等。但正因为如此频繁,就有可能是猴子摘玉米,摘一个丢一个,最后手里只剩下可怜的一个,有时连手上的那一个都没有。尽管心高气傲,纵然才高八斗,事业的失败毫无疑问。

这样说来,"干一行爱一行"和"干一行恨一行"都有值得重新解读的地方,前者需要走出认识的误区,技不压身说的大约就是这个道理;后者实在是对事业的矫枉过正,而且频繁跳槽也是不成熟的表现之一。

忽发奇想,假如将"干一行爱一行"和"干一行恨一行"互相结合,说不定会产生两个有趣的"化学反应":一是"干一行专一行",二是"干一行火一行"。

2003年9月24日

烟民纪事

　　本单位三位年纪大小不一、烟龄却长长的烟民虽然最近都在戒烟，但仍然留下不少笑话，兹记录数则以飨读者。

　　老A和老B总是在较劲，即使是在比抽烟的程度也不忘说自己烟抽得多。

　　老A说，我的烟瘾你比不了，我每天起床第一件事就是两支烟，然后刷牙洗脸吃早饭，饭后又是两支，然后才笃笃定定地上班。

　　老B一脸谦虚的样子讲，每天抽多少，我也没有仔细数过。早起抽烟算什么，我和老婆分床睡已好几年了，并不是我那方面有问题，实在是她闻不得我的烟味，而且跟我睡一床，晚上是不得安宁的，为什么呢？因为我每天半夜里要起来抽两支烟，不然吃十颗安眠药都困不着觉的。

　　老A自叹弗如，竟称还有半夜里都要过烟瘾的，实在少见。

　　小C听了他俩的对话，不以为然。他轻描淡写地说，我虽然年纪不大，但抽烟你们绝对没有我多。这么跟你们讲吧，我抽烟是为了调节心情。你知道，心情什么时候都有的，就是睡了也有，只是表现方式不同而已。这会儿高兴了，抽一支；过会儿不高兴了，要抽两支；再过会儿，什么心情也没有，那就猛抽三支；等会儿，高兴不高兴的事情一起来，那我就抽个不停。我房里有个焚香炉，那不是焚香的，而是焚香烟用的，晚上入睡前，我要折掉五根香烟蒂头，用细铁丝将香烟串好，然后点着，闻着烟的清香，我才能睡得着。你们算算看,我一天要抽多少支烟?

我真为他们担心,这几条老"烟枪"熄得了火么?

2001年5月1日

三问"全球第一饿"

　　这又是一场精心炮制的策划。策划就是策划,我最讨厌的是打着一些冠冕堂皇的口号。3月20日14时30分,50多家中外媒体在四川雅安热力追捧着"东方超人"陈建民。因为泸州中医陈建民进入了14米高的八卦玻璃塔,开始49天的"全球第一饿"。最有趣的是,陈发表了简短的绝食宣言:"我要站在大卫肩上向世界纪录发起冲击。"

　　必须简单地回顾一下大卫。2003年9月5日,美国魔术师大卫在泰晤士河上空40英尺高的有机玻璃容器中,不吃任何食物,仅靠喝水度过44天!结果呢?大卫"成功"了,但也留下了许多至今让人不能解的问号,也就是他怎样超极限的生存,有没有作假,如何作假等等都有疑问。然而,在这些疑问还没有得到解释时,我们的陈建民又要忙着去超大卫。这不免让人又生出些问号。

　　一问陈建民行动目的。陈建民说:我是挑战饥饿极限,只为中国人争口气。真应该好好感谢陈医生,起码他是在为我们争光啊。中国人该争气的地方真是太多了,你大卫不就是饿了44天吗?有什么了不起,我起码能饿个九九八十一天,为了安全起见,我只饿七七四十九天!要说饿,我这一代人可是有过丰富经验的,什么样的饿滋味没尝过?中国是有许多地方比不过人家,但我们不能输在比饿上!陈建民同时希望通过49天绝食的亲身体验,能为科学家今后研究人类灾难生存学,提供第一手原始资料和相关数据。是的,现

在不饿,并不表示以后不会有挨饿的时候,因此,有了"全球第一饿"的宝贵经验,我们就无饿之虞,而且,到时还可以发扬人道主义精神,帮助那些非洲饥民渡过难关。一定要向联合国粮食署建议,哪里有饥饿,哪里就派陈建民去!

二问陈建民的挑战环境。大卫的"空中棺材"是怎样的呢?那是一个公开的隔绝场所,没有电话,没有书,没有音乐,没有电视,没有任何私人秘密,每个人都看到他像动物一样靠本能幸存下来。而陈的环境呢?有一台电视,有沙发,有电热水器和洗衣机,有一部无线电话和一个手机,一台收音机,一台电脑,还有27本书。大卫靠的是意志,一种精神上的忍耐,而陈中医不仅不寂寞,好像在办公!陈建民啊陈建民,你既然要和大卫斗,为什么不搞一个和大卫一模一样的环境呢?有了相同的前提,人家才会输得心服口服啊。

三问陈建民的神奇中医理论。陈宣称："我不仅可以绝食49天，还可以在绝食后照常工作，更不会弄到被抬到医院打点滴的地步！"他将在神奇中医理论的帮助下完成这一壮举，向全世界推广、弘扬中医药理论。我没有研究过博大精深的中医理论，但总觉得以饥饿挑战来向全世界推广中医养生理论有些不伦不类。中医养生理论主张通过训练来增强个人体质，但不是饿几天就说明它很"神"。专家这么认为：中医讲求阴阳平衡，一旦不平衡，就会产生各种问题，就会致病甚至死亡。从中医的角度讲，人出生后靠后天水谷的滋养才得以生存，靠水维持生命，短期内可以，长期则是胡扯。现代医学研究也表明，人在饥饿状态下的生命极限最多7天，人要维持生命，必须依靠6大营养供给，水只是作为其中一种营养素，根本无法提供人体正常活动需要的所有营养。

三问之后有些清楚"全球第一饿"是怎么回事了。那么怎样来对待"全球第一饿"呢？我开头就说了，这是一种策划，一种炒作，一种商业需要！因为有关部门已投入千万元对那个景区改造，等着成千上万的游客上门看表演呢！如果陈建民能给当地景区带来如织的游人那更好，如果景区仍然涛声依旧，那"全球第一饿"的所有剧组（权宜将它当一回表演剧）的成员们就只好自娱自乐了，虽然代价不菲，也只当买个教训。

2004年3月23日

心理问题

　　昨天上午,同事一到办公室就说起他们家的"狗事":那只心爱的"珠珠",这几天不大高兴,夫妻俩查来查去都查不出什么毛病,但因为这些天报纸上都在报道人的心理疾病非常严重,两人一合计,干脆带它去看心理门诊。到了动物医院,那狗却对着医生一阵狂吼,医生说,赶快回去,这狗根本没心理毛病。

　　哈哈笑了之余,却也有许多问题值得深思:动物不去管它,现在为什么患心理疾病的人这么多?马加爵是心理问题,而马的案子一出,许多专家就在呼吁了,要关心大学生的心理问题。其实,又岂止是大学生?就教育行业来说,中学生有心理问题,因为中考、高考和家长的希望值往往构成极大的反差;小学生有心理问题,现在大都是独生子女,谁都想望子成龙望女成凤,一切都要从小学抓起(不,甚至从幼儿园就开始了;不,甚至从胎教就抓起了);教师也有心理问题,大家都在这样的环境中挣扎,教师能轻松得了吗?可以说,哪个行业都不同程度地存在问题,这决不是危言耸听。

　　还有消息说,上海现在有了"析梦门诊"。说那些白领啊什么的,天天做恶梦,一会儿被人追杀,一会儿跌进深谷,总之可怕得很,这是些什么梦啊,自己说不清,于是就想去"析梦",而医生说,析梦也没有什么神秘感,说穿了也就是心理门诊。

　　那么,根子在哪里呢?一两句话说不清,但我相信一句不那么有名的平民格言:人活得这么累,一小半是为了生存,一大半是为

了攀比。如果仅就生存而言，现在有许多人完全可以无忧无虑，但恰恰不是！本来的目标是有了房子就可以歇歇了，但有了房后，要考虑车，因为人家都有车了；有了车后，还要考虑买个好车，因为人家都已经换了好几部了；而且还要换房，因为人家已经换成跃层式或者别墅了。这样不断地折腾，于是就变成了"60岁以前用生命换一切，60岁以后用一切换生命"了。我说的还只是一般的人，那些富人呢，更累。富豪们斗酒千百杯，喝的其实不是酒，而是酒瓶，是XO，是马爹利；时尚女人们穿衣如变魔术，她们穿的不是衣服，而是标签！温州有个亿万富翁，害怕一个人坐电梯，老想着有人害他，几乎所有认识他的人都在帮他摆脱，前几天的报道说，他终于可以一个人坐电梯了。

　　3月21日"世界睡眠日"传出的消息说，3亿国人睡不好，而长期睡不好，就可能形成心理疾病，房子，车子，位子，票子，子子在折磨你。于是紧张啊，压力啊，抑郁啊，焦虑啊，真是活受罪。怎么对付呢？布衣推荐一个"51%原则"，这个原则说的是：以51%为选择目标，选择了就不要后悔。也就是说，你选择了51%，就意味着失去了49%。鱼和熊掌本来就是不可得兼的嘛。

2004年3月25日

排调

　　脚上装饰珠宝,胸前涂脂抹粉,东施为之也。排调,对他人的尽情嘲笑。在思考过程中设置某个媒介物,并藉此使表现间接化,机智地实现对其反击——当即反击或现实性示唆。

雍正赐我两眼镜

唱着歌儿吃酱油?

单向思维的典范

吉尼斯泼来一盆水

推荐一只"兰花股"

筑坝的咏叹

"克氏菜谱"

会放屁的"布什"

争夺"孙悟空"

"美女"风波（外一则）

即将诞生的语言天才

雍正赐我两眼镜

雍正赐我两眼镜,当然不是赐给我的,是赐给当时的云贵总督高其倬的。雍正在给高请安的摺子上批谕说:赐你眼镜两个,不知可对眼否?我读到这条史料的时候,当时在卡片上随手写下了以下几个字:眼镜是个稀罕物,贵人才配戴眼镜,古人近视怎么办?

眼镜在那个时候绝对是个身份的象征。15世纪中期,这种西洋玩意儿才传进中国。普通老百姓是戴不起的,故而皇帝当作好东西赐给大臣。我在看电视剧《宰相刘罗锅》时,那个罗锅好像也戴了个眼镜,还有根链子缀着;《铜嘴铁齿纪晓岚》里,张铁林扮演的乾隆也是一天到晚地扇子摇摇,东串串,西转转,戴着墨镜装酷。那可都是数一数二的人物哪,我好像没见过古代的影视剧中布衣百姓戴眼镜的。《说岳全传》中的大奸臣张邦昌是个近视眼,官位那么高,还没眼镜戴,估计当时肯定没什么措施。

最让我困惑的是,古人患近视怎么办?这个问题困扰我不是一天两天了。后来又拿这个问题问了不少人,许多人说我是闲吃萝卜淡操心,替古人瞎担忧,你自己戴着眼镜就行了呗。可我仍然不屈不挠。双休日的一天,就这个困惑和陆地同学极认真地进行了探讨,说来议去,最后得出了如下两个结论:

一是古人患近视眼的概率不多。为什么?他们没有电脑,不用一天到晚盯着屏幕看;他们没有游戏机,不用担心孩子在网吧里几小时甚至几天不出来;那时的学生读的书没有现在的多,以前只有四书五经，一本《论语》要读好几年，现在却是每学期十多门几十门，连一个小学生的书包都有十来斤重；那时也没多少人读得起书，书香门第毕竟少，没有书读自然不太会近视了；以前的书都是大字，虽然没有什么标点，但字号大，而现在小小一本书却有数十万字，那些报纸的字更小，密密麻麻几十版甚至上百版；以前的书没有现在的好看，现在什么书都有，有的还很吸引人，白天不敢读或者读不完，晚上在被窝里继续用手电照着读，几个晚上下来，那些孩子的眼上就多了一副眼镜。一句话，我们现在的眼睛太累，太累，眼睛的负担太重，太重，不近视是不正常的，近视才是正常的。

二是古人患了近视也没有办法。概率不多不是不患,由于遗传、职业、环境等因素的影响,古人还是有不少的近视眼,这从一些史料和笑话中也可以看出。明代有人作了一首嘲讽近视眼的诗是这样的:笑君双眼太希奇,子立身旁问谁是?日透窗棂拿弹子,月移花影拾柴枝。因看画壁磨伤鼻,为锁书箱夹着眉。更有一般堪笑处,吹灯烧破嘴唇皮。眼老昏花,到处磕磕碰碰,只能在云山雾沼中过一生的近视眼形象在这首打油诗中已经栩栩如生了。要是现在,除非是极少极少的玩固近视,一般说来都不成问题,两块玻璃或树脂,不管是有形的还是隐形的,都能使你的视野更上层楼。你看看现在的广告,非常庞大的治疗近视眼产业每天都在召唤已经近视或者即将近视的。

讨论中,眯着双眼的陆地同学突然冒出一个新想法。他说,从第二个结论看,李白、陆游及许多诗人都是近视眼,只是人家没有发现,他们自己也不说。我说,何以见得?他说,有诗为证:床前明月光,疑是地上霜。不是近视眼,明月光怎会看成地上霜?山重水复疑无路,柳暗花明又一村。路都差点找不到,不是近视眼又是什么?

我一听他的高论,立即决定:下周我们就去配眼镜。雍正赐我两眼镜,一定要对他的眼。

2005年12月26日

唱着歌儿吃酱油？

　　新春佳节里说着两件似乎不搭界的事，却是事实，也给人深思。前几天一则消息说，如无意外，中央电视台红遍全国的栏目名称——"同一首歌"，本月底将成为广东省中山市一家调味食品厂的酱油商标。该厂表示，倘若注册成功，将把"同一首歌"的商标用于味精、酱油、番茄酱、蚝油、辣椒油等调味品。

　　同样的事情我们是记忆犹新。前几年"梅家坞"商标漂泊三载归故里；去年2月，杭州中化网以近百万的天价从美国将zj.com域名购回，两个英文字母zj，代价不可谓不巨大；当"龙井"茶在日本越销越畅，市场日益扩大的时候，日本有关部门突然通知杭州厂家，以后不得再用"龙井"做自己的商标在日本销售，因为日本一家企业已将此商标注册，拥有专用权。巨大的市场关上了大门，肥水流入他人田，再换商标，重创牌子，又谈何容易。残酷的市场规则，给杭州人也是中国人一个沉痛的教训。

　　令人担心的是，此类无形资产被抢注现象目前仍然严重。自去年来，"无间道"已被申请为锁具商标、"绿茶"成了安全套商标，"木子美"则变成了老鼠药商标等。成都一家公司的老板甚至对"神舟五号"实施抢注，将其定位在服装类、鞋类和保健品类的注册商标，他"希望能够找到实力伙伴进行开发，合适的时候也可考虑转让"。

　　央视的栏目被注册为酱油商标和杭州的龙井茶进不了日本市场的尴尬，说明很多个人、机构在这方面的意识并不强。对被抢注

现象，我们不能局限于以法律的视角加以评判，还需要来一番深切的价值追问。因为品牌含金量大，难免引人觊觎，更重要的原因还在于市场经济发展所产生的巨大诱惑力，使得一些人对品牌的关注度持续增强。在市场功利驱动下进行的各色商标抢注问题，不可小觑，必须有的放矢，采取有效措施加以规范，避免和减少由此造成的精神层面和政治层面上的扭曲或戕害。

我们还常见这样的现象：一件普通企业生产的服装，贴上国际知名商标，立即身价百倍，其原因只在于叫响的商标。因此，商标是现代企业走向市场的"护身符"。无论是国内还是国际市场，一个企业没有商标权，一切努力都会化为乌有。在规范、成熟、竞争几近白热化的市场竞争中，企业不注册商标是致命的。在这种情况下，企业只有两个选择，要么贴牌，要么退出市场。一个没有注册商标的品牌，在市场上是不会有真正属于自己市场份额的。

唱着歌儿吃酱油，虽然滑稽，也有些无奈，却是警钟：防人之心不可无，当你有一件比较叫得响的东西时，又想长久拥有，脑子里就要多一根商标弦，否则就会有很多意想不到的麻烦。丑话说在前头，如果我们不对杭州的一些名胜进行全方位注册的话，某一天，"三潭印月"成了别人的厕所，那是一点不奇怪的。

2004年2月12日

单向思维的典范

有些荒唐的事情开始做起来时并不觉得荒唐,可随着它的不合理性渐渐显现,才会嗤之以鼻。荒唐的原因多种多样,但往往都是单向思维决策的结果。

据美国《世界新闻报》最近的消息说:白宫将出台一项新政策,只有素食主义者才能在美国政府内部担任官员。为什么呢?他们认为食肉者太富攻击性,有暴力倾向,而素食主义者处事比较沉着冷静,不会感情用事,也富有同情心。

我断定这又是一条子虚式八卦新闻。如果这样,那一直对德州烤猪排情有独钟的布什下一届就干不成了。而且据有关资料说,白宫现任官员除了民主党国会议员丹尼斯以外,都要下岗。

这是一种非常典型的单向思维的产物。因为他们只站在素食主义者的立场来观察问题,带着这种观点分析事物现象,偏颇的就居多数。这种事情要识破并不难,只要类比延伸,荒诞性就会显现,但这种思维却根深蒂固地在一些人的脑中印着烙着。中外皆然。

比如前两天湖南株洲搞的"臭城计"也是这种思维的典范。那个地方的领导为了提高人们的卫生意识,宣布本月的某两天环卫工人集体放假。这并不是环卫节里对环卫工人的人文关怀,而是借环卫工人这个"工具"(请注意,在有些领导人眼里,环卫工人就是扫街的工具,否则他们不会想出如此的损招)表明环境的重要性。那些领导是这样思维的:没有人扫垃圾,垃圾就会堆积如山,而这么多的垃圾是要影响工作和生活的,你说环卫工人重不重要?因为政府有这个权力让环卫工人放假两天,而环卫工人对政府的良好动机也乐得配合,既可休息,又不影响工资,何乐而不为?

结果呢?有人说效果很好,但更多的人认为是乱弹琴。因为用类比就可推出这种思维的荒诞性:为了验证警察维护治安的重要性,让全城警察放假两天;为了让人们尝尝没电的苦处,让所有的发电厂停厂两天——这样的类比起码可以转下页再转无数个下下页。就是程序合法,也会遭到许多人的攻击,不说别的,因为它大大地妨碍了我们的工作和生活。

天文气象中有趣的"晕轮效应"是这样的:刮风下雨前,晚间的月亮周围会有大圆环出现,致使人们认识不清月亮本身的模样。按我的理解,这属于认识主体对认识对象的一种认识偏差,这种效应产生下的用人模式就是,当一个人对另一个人的某方面有了好印象后,就会对他的缺点视而不见,反之亦然。而事实上人们常常看花了眼,特别是一些手中有培养权、提拔权的主儿。这也是典型的单向思维结果,不过有一点和上面不同的是,一些人明明知道要多向思维,只是不愿意多向思维,因为单向思维提拔起来的人听话。

世象的错综复杂使得这个社会绝不会是简简单单的因和果之间的关系,要显示单让素食主义者做官的荒唐性,还可以再举一个经典例子:杀人魔王希特勒也是个典型的素食主义者。

2004年4月3日

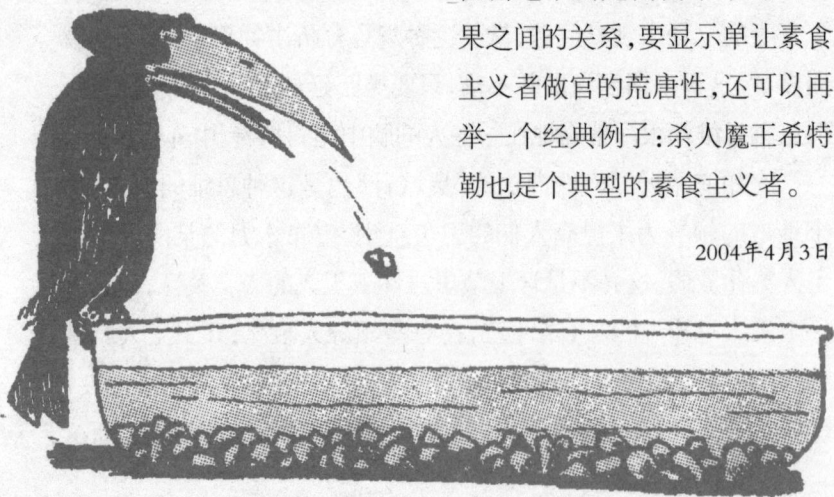

吉尼斯泼来一盆水

吉尼斯终于给国人的头上泼了一盆冷水。《京华时报》昨天的消息说，北京昌平曾被载入吉尼斯纪录的一条长约300米的巨龙，在维修时龙身突然倒塌，将正在施工的民工砸在下面，造成一死七伤。

还是一条吉尼斯消息。《新安晚报》昨日的报道讲，在西安有一位赫赫有名的安徽"反扒王"刘孝雨。9年里，他抓获了2400多名小偷和2名通缉在逃的杀人犯，创下了20分钟抓获11名小偷的纪录。如今，这位"反扒王"又出惊人之举：准备申请"捉小偷"吉尼斯世界纪录，把自己的反扒"绝活"向世界展示。

过两天就是全民学雷锋的日子啦，这不，吉林那边也在为雷锋申报吉尼斯，说他是被创作谱写成诗歌、曲艺、歌曲最多的士兵和冠名最多的士兵。

北京吉尼斯龙的倒塌能不能泼醒吉尼斯情结，布衣实在没有这个把握。为啥？因为一些人做事情总喜欢赶超别人。按说有这种决心和信心没什么不好，但往往走了样。比如造高楼，你世界第三，我就要争第一，最不济也要争个第二；又比如建公园，你建1000亩，我就建2000亩，反正批地权在我手上。这种事情太多了，每个地方都有这种大大小小的吉尼斯现象。弄好了当然好，问题就怕弄不好（有许多原因注定弄不好），像北京的龙一样，修着修着就倒下来了。抓小偷抓得多是件蛮好的事，干吗非要弄个吉尼斯？你以为你是谁啊？

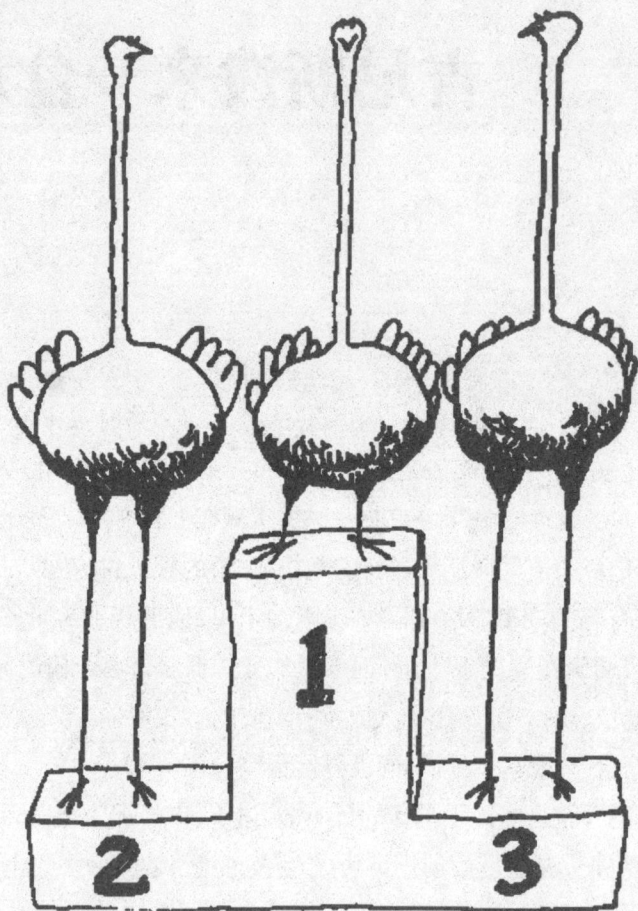

　　吉尼斯现象我们曾经作过挺有趣的讨论。布衣说，现在是吉尼斯时代，每天都会产生许多个吉尼斯，只要我们愿意产生吉尼斯。布衣的一位农村同学听了讨论后认真地发言道，我一天可以弄好多个吉尼斯。印象最深的是：砍一枝最长最粗的毛竹做笔杆，然后用过年杀猪时留下的长猪毛做笔头，再用红漆涮一下，这样的笔能申报吉尼斯吗?我们大家都笑了，说肯定能的。

2003年2月25日

推荐一只"兰花股"

什么股票最赚钱?布衣今天才弄灵清有这样一只叫做"兰花股"的东西,下面就为大家郑重推荐。

"股"中间的一只小股,从开盘时的200元涨到目前的104万元。我绝对没有写错,不是2万,也不是20万,的的确确是200元。这个消息是近两天在杭州开的兰花博览交易会上传出来的。消息说,本届金奖得主Y养的一盆"巧百合"缔造了兰花创富的神话,6年间身价竟然暴涨5200倍!引得无数人为兰花竞折腰。而且,有专家认为,"炒兰"时代已经来临,预计今后十年,兰花会成为与股票、期货、书画、黄金等一样重要的投资品种。

有现实的例子,有专家的预测,有巨大的市场,拥有这样的股应该是稳操胜券的。一位退休的大妈这样喜滋滋地告诉记者:一苗兰花一年后可以长到二苗兰甚至三苗兰,如果这苗兰是你花2000元买来的,那到第二年就值4000元或6000元,现在哪里去找这样的投资品种?想想也真是,这种账简单得很,呆子也可以算出来,现在不投资何时去投资?难道要等到大家都投资才投资吗?众股民应当立即奔走相告,今天或明天最迟不过后天就应该去买一盆兰花。

不过布衣在推荐这只"兰花股"时还想提醒一下众多的股民。大家一定不会忘记十多年前的"君子兰"事件,那也是兰花,而且是十分名贵的兰花,也炒到百万元以上。后来的结果大家也是清楚的,有人笑了,有人哭了,还有人疯了。

　　对于兰花,布衣是个十足的外行,但觉得任何东西发热到一定程度就会出事情,比如伢儿发烧,如不去止热,说不定就会烧坏脑子的,这是常识。

2003年2月28日

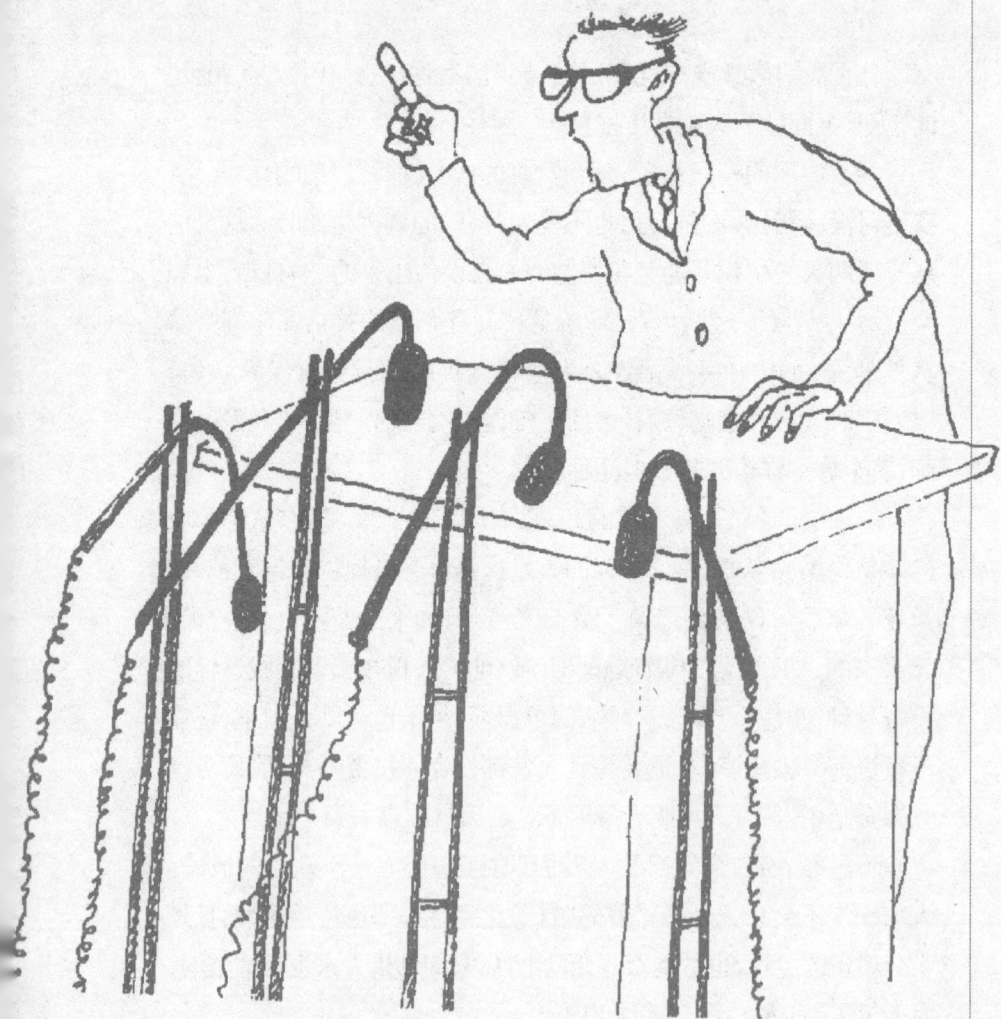

筑坝的咏叹

有些东西只有失去了才感到它的可爱，这里的"它"是指电。这个电在今年夏天将人们搞得昏头昏脑，本以为冬天里的日子会好过些，不想仍然缺电，不光是我们这里缺，大半个中国都缺。电成了稀有商品，有钱都买不到。

缺电很容易让人想到水，而可以用来发电的水，是要用堤坝筑起来的，问题于是来了。上个月我看到怒江要建13级水坝的消息，很想写点儿什么，但一时又找不到更新的理由，于是作罢。前两天看到一个新名词："世界反水坝日"，觉得很新鲜，于是再拿来言事。

怒江13级水坝的规划很明确，这些坝要花近1000亿人民币才能筑成，说是建成后年发电量有1000多亿千瓦时，说是直接财政贡献是每年80亿。这些电站怎么造呢?三个数字足能说明问题：去年怒江全州地方财政收入仅为1.05亿，农民人均年收入935元，50%的农民群众没有解决温饱。

我不想过多地转述专家们的反对意见，我想说的是，带着一种穷怕了的心态来看问题做规划，的确需要一点理智才能支撑；盲目冲动下的决策极有可能铸成大错。

再来说这个"世界反水坝日"。从1997年召开世界反水坝大会起，世界水坝委员会就将每年的3月14日定为世界反水坝日。到现在为止，世界上已经拆除的水坝有200多座。欧美各国都停止修建

15米以上的坝,许多国家的法律规定每座坝的营运要有执照,最长50年,到期要更换执照。为什么要那么全球性地反水坝呢?因为河道的改变会使河流内动物和植物的生物链条阻断,一些物种会消失,用这种水漫灌耕地则会造成严重的土地盐碱化。也就是说,你要改变水系统的自然规律,水就会违背人类的意志,慢慢对人类施加报复。

我们不妨把"世界反水坝日"看成是人类遵循自然规律的一种教训,一种经验。不是说不能筑水坝,也不是说怒江不能筑水坝,而是要因地制宜地筑,量力而行地筑,人家已经做过的错事,我们没有重犯的必要。

需要警惕的是,不少部门的不少人还在津津有味地做着违背自然规律的事,而且往往打着理直气壮的口号或旗帜,一副很讲科学的样子。

2003年6月

"克氏菜谱"

克林顿和希拉里似乎总是媒体关注的焦点，得了800万美元稿费的《鲜活的历史》还在热卖，两口子又要出书了，这回聚焦的却是烹饪技巧。

大凡名人总要出出自传的，这就好像赚了钱的小财主非得要弄个金戒指戴在手上才有发财感觉一样，何况是克林顿夫妇这样的名人。希拉里的自传倒是出得快，据说他老公那本自传，虽然才写了一章，但已卖出了1200万美元的天价。看来，这对夫妇出书上瘾了。在众多政客朋友和商界人士的资助下，他们将于下个月出版新书克氏菜谱——"前第一家庭"最爱的食物清单。

"克氏菜谱"标价35美元，居然比《鲜活的历史》还贵出7美元。此书除了囊括克林顿一家的菜谱之外，还收集了拳王阿里自制的面包布丁、歌星芭芭拉·史翠珊的柠檬派、音乐家昆西·琼斯的鸡肉卷和前国务卿奥尔布赖特的捷克风味菜，等等，甚至包括美国前第一狗、克林顿的宠物巴迪的美食。

布衣粗略估算，如果不出什么大的意外，"克氏菜谱"肯定也是个大钱篓子。普通读者也真想了解一下，这些名人平时到底在吃些什么，怎么个吃法。吃螃蟹是不是也像大观园里那么奢侈？是不是也吃30万元一桌的豪华宴？请客人是不是十桌二十桌地很大方？是不是也有诸如"包二奶"那样的俏菜？名人嘛，总会和别人不一样的，如果天天弄些面包布丁加一些水果色拉，最多再加一杯果汁，那还算什么名人！

"克氏菜谱"如果能顺利出版，还是对当前世界饮食界的一大贡献。现在世界各地流传的一些特色菜之类的，有许多是现代人脑子想想自己开发的，无非是套上个什么名头，唬唬人的。以后有了"克氏菜谱"就不一样了，有根有据，理直气壮。

小老百姓如果想做一回名人，就照着"克氏菜谱"弄几个，味道一定差不了多少，费用想也不会大到哪里去。

2003年5月

会放屁的"布什"

美国的一些商人真是聪明,他们在发伊拉克战争财的时候,也把他们的总统当成发财工具。最近市面上正热卖的"布什娃娃",不但会说话,还会放屁。生产商在其网站上沾沾自喜地介绍说:"抓住总统的手指,他就会晃动、放屁,说上七句疯疯癫癫的话,然后唱上一首放屁歌。"其中最精彩的一句话是:"嗨,萨达姆,这里有大规模杀伤性武器。"紧接着,只听见"总统"放了一个响屁。

这个创意让布衣立即想起了两年前同样的趣事。"9·11"后,许多美国民众对本·拉登恨之入骨,一些商人却从中悟到了商机,推出了"拉登娃娃"任人拳打脚踢,"拉登手纸"让人擦屁股。"拉登手纸"的创意人卡森认为:拉登摧毁了美国人的骄傲,美国人就把这张脸拿来擦屁股,顺便把心中的恐怖也一起擦干抹净。

用搞笑的方式来泄愤,是无奈,但并不是美国商人的独创。我们以前的阿Q就常常用此招来安慰自己,"妈妈的"、"儿子打老子"等都是他与人争斗时的绝妙借口,既在心理上给自己下了体面的台阶,又在行动上为下一次战斗留足勇气,真可谓一举数得。人如此,动物亦然,那靠墨汁生存的"海中文人"乌贼,当它们突遇强敌时,就从漏斗中喷出一股股的墨汁烟幕弹来保护自己,最奇的是大部分时候墨团的形状都与自己的形态近似,让你摸黑,让你晕头,玩死你。但稍微仔细点的读者可能都看出了一点不同,即这些泄愤实际上有两类,一类是弱者对强者,另一类为强者对弱者。从搞笑

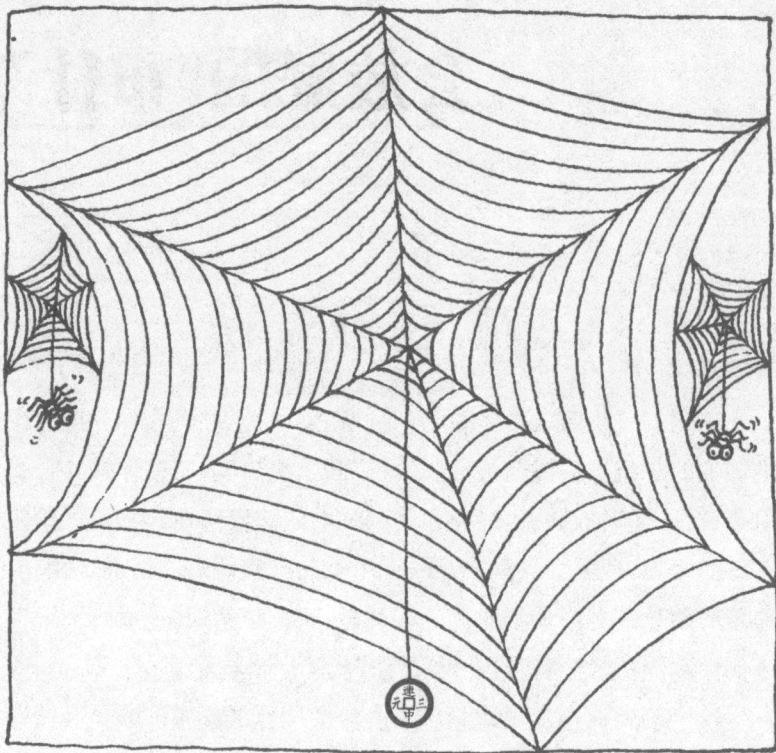

的效果分析,前一类往往容易出戏,有看头,后一类虽然有时也能出彩,但赢得的掌声一般不会太多。

我们还可将"布什娃娃"、"拉登手纸"看成是想像的典范。想像比知识重要,因为知识是有限的,而想像力概括着世界上的一切,推动着进步,并且是知识进化的源泉,这也应了最实际有用的发明创造都来源于最超常想像的生活哲理。如果在某幼稚园或小学的课堂里搞一下"布什娃娃"、"拉登手纸"想像力的延伸,那答案一定千奇百怪,有趣极了。

2003年12月11日

争夺"孙悟空"

　　我估摸着花果山上那只著名的猴子很有可能成为北京奥运的吉祥物。为什么?因为有好几个地方已经在热闹地竞争了。争什么?争孙悟空的"籍贯"。

　　说是北京奥运申办成功后,江苏的连云港市就成立了"推举美猴王为2008北京奥运会吉祥物办公室",该市市长担任主任亲自抓,因为该市有孙悟空的故乡花果山!前两天又有消息讲,孙悟空的故事最早产生在山西楼烦,研究人员研究出的"证据"足以证明美猴王说山西话:一是那个地方流传着孙悟空及花果山的古老传说,并且有"大圣庙"等碑刻楹联记载,说要早于《西游记》的诞生时间;二是那个地方盛产良马;三是当地世代相传有一个姓孙少年故事,这个小孙脸型酷似猴子,而且十分调皮捣蛋,经常驱骑马匹。

　　面对这些"有力的证据",我相信,有许多人会和我一样疑惑:有孙悟空及花果山传说的会不会还有其他地方?马跟孙悟空有必然的关系吗?像猴子一样脸的人哪个地方没有几张?鲁迅说孙悟空的形象是由唐人传奇《古岳渎经》中的淮涡水神无支祁演化而来的,他也同样找出许多的证据证明。

　　奥运会在中国举行,能选上奥运吉祥物,不论是大熊猫还是华南虎,或者是藏羚羊,都会使原产地(如果有原产地)的影响力大增。所有的争夺都无非是利益,这是市场经济不可避免的。

2004年4月14日

"美女"风波（外一则）

　　清明时节，某市的周某想起五十来岁便去世的老父在阴间生活一定很孤单，孝心大发，早早买了一大堆"别墅"、"小车"、"美元"、"麻将"，还特别选了两个漂亮的"美女"。

　　清明节这天，周急急赶到乡下给亡父上坟。不想节外生枝。老母见祭品中还挟带着两"美女"，便铁青着脸问怎么回事。周忙向母亲赔笑着说："老爹在那边寂寞，送两个丫环给他解解闷……"老母听后非常恼怒，大骂不孝之子："你父亲贫农出身，哪里使唤过丫头……"老母越想越恼：一旦这两"美女"下去与死鬼粘上，自己将来下去又如何"团圆"？儿子要送"美女"，不如现在就死，免得将来第三者插足，于是哭着要去死。儿子见状，吓得手足无措，一边向老母道歉，一边当着老母的面将"美女"、"美元"什么的统统销毁，才算平了一场风波。

祭"祖"惹祸

　　清明节前，某地的王老太家中突然出现一条粗粗的蛇。这蛇盘在屋柱上长时间不肯走。老太脑筋迅速转了几下，立即认为这是"祖宗"来访问。于是她急忙跑到村中小店买来香烛，在屋柱下点燃跪拜，口中还念念有词，大约是求"祖宗"保佑之类的。

　　说也奇怪，这蛇竟然一连数天不走，老太越发笃信，越加虔诚。

清明这天，老太又弄了些祭品想请"祖宗"尝尝，见蛇够不着，就挪了条凳子手举供品喂"祖宗"。那知这"祖宗"并不买账，王老太一再坚持，"祖宗"忽然发火，朝着老太的手大咬一口，老太顿受惊吓，一下摔倒在地。

结果是，这是一条有毒的蛇，老太花了8000多元医药费。医生说，幸亏不是剧毒。

2000年4月10日

即将诞生的语言天才

我对门的男孩,刚上一年级,对老师布置的每天写50个字的作文深感头疼。怎么说呢?刚上学啊,连我印在报纸上的名字都不认识,拼音也刚刚学了点,但老师的话不能不听啊。他老爸见我平时弄些文字,就让我指导指导,我翻了翻他的作文本,眼睛为之一亮,因为我看到了一篇很好的东西。

这篇东西是这样的(由拼音翻译而来):"小朋友要去上学,半路上有个小朋友的饭盒打破了,一个小朋友看到了那个小朋友的饭盒打破了,另外一个小朋友也看到了那个小朋友的饭盒打破了,他们就去告诉老师,说那个小朋友的饭盒打破了。"孩子他妈见到这样的文字,非常不满意:重写,饭盒打破就饭盒打破,干吗要写这么多个饭盒打破?我说,这样的文字没有文学细胞是写不出来的,多么调皮的文字啊,你们不要扼杀即将诞生的语言天才了。

那天在《都市快报》上读到这样一则读者来电:我儿子读小学二年级,学习成绩中等,一年级考90多分,现在也能考八九十分,但是朗读起来却颠三倒四,明明是"我们",他偏读成"你们",真正是"你们",他又读成"我们",他爸爸小时候语文也不好,我担心是不是一种遗传病啊。那位女士大可不必担心,这个孩子也许有特殊的语言才能。"你"在许多场合就是"我",不是吗?比如我们大人就常说:我的困难就是你们的困难,你们的错误不是我的错误,你们的成绩就是我的成绩,等等,等等。"我"、"你"只是一些指示代词,代指你的时候就是你,代指我的时候就是我,但你我在一定的条件下是可以互相转换互为替代的,在那样的语境下,代指你的时候就变成了我,代指我的时候却成了你,这个早慧的孩子老早就看破了"你我"的复杂关系。千万不要扼杀即将诞生的语言天才!再补一个例证:唐代流传下来一本叫《无能子》的书,也记录了一个颇有趣味的"狂人",此人成天把羊叫做马,把山叫为水,把地叫为天,把天称为地,有人对他的行为表示不解,他说,我没有病,万物之名,又不是自然生成的,都是前人取的,人们久已习之,以前的人可以强取名,我为何不可?

最近一期的《环球时报》上有一篇《国学在台湾被冷落》的文章,也说到了孩子们学语言的事。说句老实话,我印象中的台湾,那里以前的国学底子还是蛮厚的,别的不说,单是报纸上印着的繁体

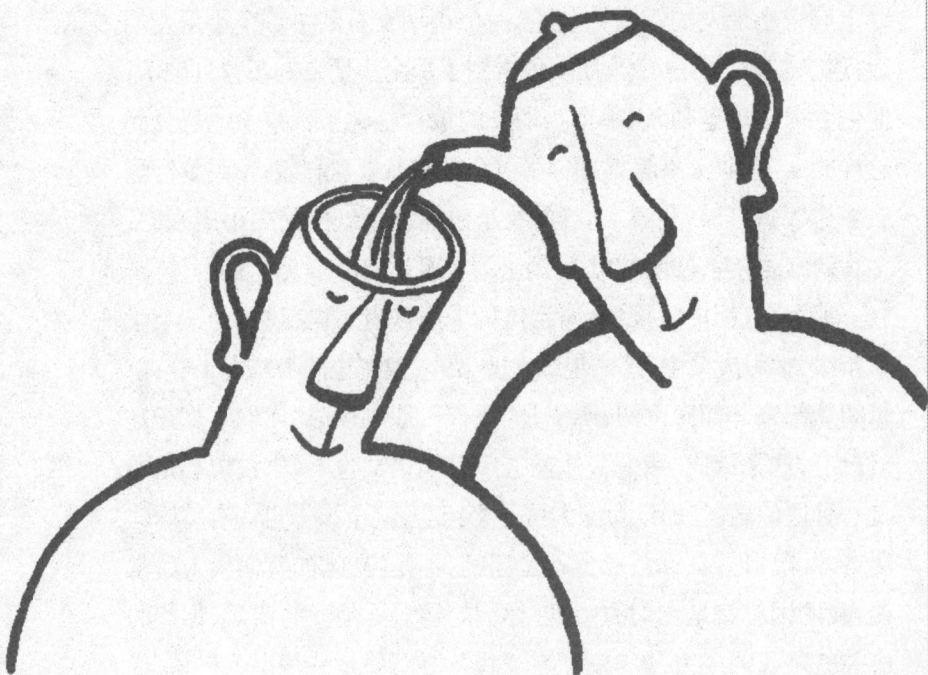

字,没有一点古文基础怕是认不全的。现在不行了,说是中文课程大大被减少。减少后都有些什么样的结果呢?"胜败奶冰家长柿",语文老师刚看到这样的话一时摸不着头脑,仔细一想才知道,原来是说"胜败乃兵家常事"!还有:我爸爸陆陆续续回家了(估计孩子他妈要气死),爬到树上摘西瓜(新科技)。孩子们这样搞笑,大人们也不落后。马英九曾讲过这样一个笑话:有一次考试,我要求学生扮演内政部长给民众写一封信,结果那学生开头就写"亲爱的某某",最后签完名后还写一个"钦此",他把自己当皇帝了!台湾师范大学的陈教授提供的例子更有意思:有次他参与警察特考的阅卷,作文试题是《反省》,竟然有200多人大谈"反对省政府"。

这些例子,都触动了我的兴奋神经,我已经很久没有这样兴奋了,因为我曾长时间地关注过语言及各种语言现象。恕我直言,不论中外,我们的语言都在走下坡路。美国《普林斯顿评论》有个研究报告分析了美国几次总统竞选的文字记录,并用词汇测试标准给这些竞选语文打分,这个语文成绩报告单竟也十分有趣:在2000年的竞选中,小布什的词汇级别是6级(6.7),戈尔的词汇级别是7级(7.9);在1992年的竞选中,克林顿的词汇级别是7级(7.6),老布什的词汇级别是6级(6.8);在1960年的竞选中,肯尼迪和尼克松的词汇级别都达到了10级;而在1856年的竞选中,林肯的词汇级别是11级(11.2),道格拉斯的词汇级别则达到了12级(12.0)。

所以,我看到了"饭盒打破"之类的灵性文字时,再一次告诉那男孩的老爸,千万不要摧残语言苗子,好好培养,说不定若干年后他的词汇量就会像林肯那样,如果达不到林肯的水平,起码得超老布什小布什,一定没有问题的。

2006年1月24日

轻诋

　　以从容为态度，以快乐为原则，比排调更露骨。轻是程度，诋谓善意的诋，开心的诋，抵抗的诋，反逆的诋。厌恶与现实直接同化，快意横刀，从而否认不合心意的现实。

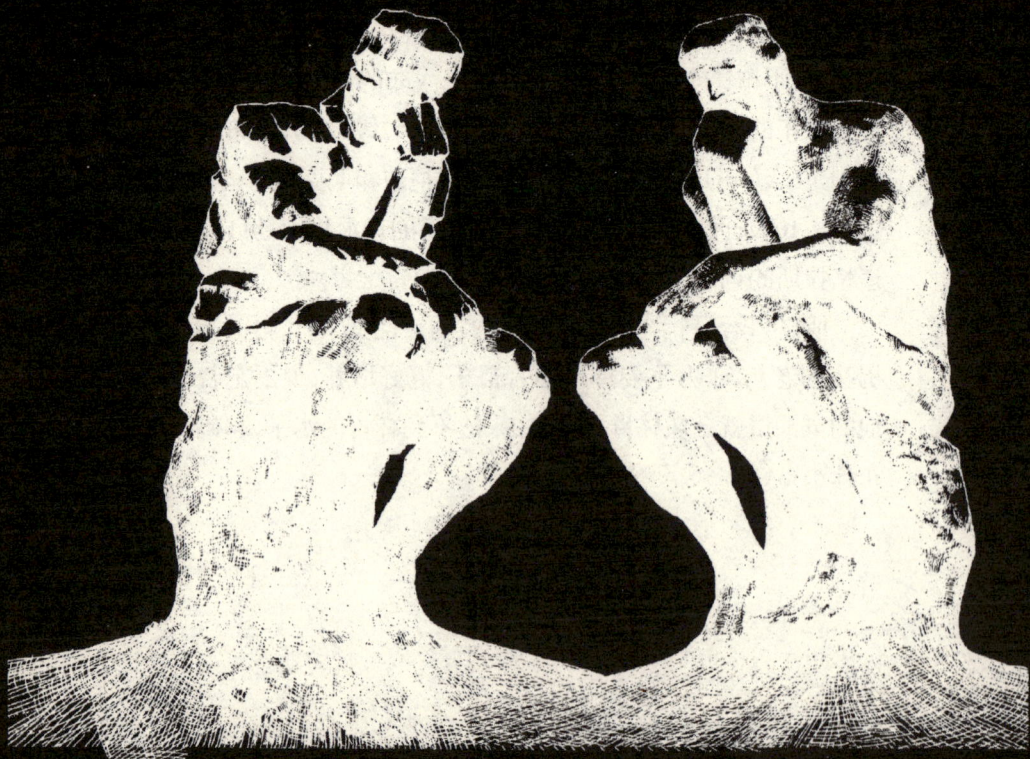

无聊的"思想猴"

科学有没有办法使屁招人喜欢些?

白天不懂夜的黑

和"诚信"开个玩笑

不敢吃"可爱的小猪"

大一生的"性困惑"

世界杯"轶事"

唉,要是当初——

小说八章

2005年被枪毙的两个稿子

无聊的"思想猴"

　　一只强壮的猴子，蹲坐在石座上，和"思想者"一样托着下巴低着头。这可不是只简单的猴子，据说它要比罗丹的"思想者"还要早200多年。《北京娱乐信报》前天的消息说，一尊酷似罗丹作品"思想者"的"思想猴"在海淀区农村被发现。

　　为什么说石猴是有思想的呢？因为这只重20公斤、高40厘米、宽18厘米的猴子线条粗犷，形态鲜活，猛一看上去，和"思想者"非常相似。不同的是"思想者"托下巴的是右手，左手放在膝盖上，"思想猴"托下巴的是左"手"，右"手"放在耳边。这个发现是那样的言之凿凿。博物馆的专家说，从石猴表面的风化程度和雕刻手法看，这只猴子诞生于明朝末年，可能是大户人家拴马桩上的镇物。明清时期，拴马桩上多安放石猴，目的是取"上马封侯"的谐音，图个吉利。

　　呈"思想状"的拴马猴，无疑是即将到来的猴年的"一大发现"，不过在布衣看来，这种发现有些无聊。说它无聊，主要是经常产生这种发现的思维无聊。我们地大物博，不断发现新东西按说也不奇怪，奇怪的是少数发现有些令人摸不着头脑。前些时候有人发现王母娘娘是酋长，这两天又有人考证出张飞是曹操的侄女婿，三国演义是大水冲了龙王庙，一家人不认识一家人。布衣对这些考证将信将疑，初看有理有据，细研又有许多破绽，因为这种发现大多都是在一定的背景下突然产生的，或者和什么商业炒作有关，让人心理准备不足,有些承受不了。

有些东西如果硬要去联系,也不是说联系不上,一部红楼梦就会让人看出很多东西。在有些人看来,和"思想者"一样的姿势就是"思想者",等式就这么简单。这只"思想猴"之所以说它有思想,而且要比人家罗丹早上个200年,是因为它太像了。这说明什么呢?起码说明一点,就是我们可以炫耀的不仅仅有四大发明,还有很多东西都比人家早,"思想者"不算什么,我们老早有了。

本来是一件很正常的文物(权且将那个石猴当作文物),只不过是形态有些特别罢了(那兵马俑也是千恣百态的),不一定非要将它往"思想者"身上扯。布衣有些担心的是,沿着这种思维,"思想牛"、"思想狗"或者别的什么"中式蒙娜丽莎"之类的被发现是一点不奇怪的。

2004年1月20日

科学有没有办法使屁招人喜欢些?

　　千万不要以为标题中出现"屁"的字眼就是无聊,其实这个论调出自大科学家富兰克林。大师之所以弄了这么一个命题,起因是布鲁塞尔皇家科学院举办的一个年度有奖竞赛,他们每年的竞赛都会提出一个有关"自然科学"的假设,以待科学家们解决,于是富兰克林响应号召,建议他们采用这样一个哲学的、而同时又对日常生活有用的问题:科学有没有办法使屁招人喜欢些?主要内容是:发明一种有益健康而又不为人厌的药,只要我们和着平时的食物或酱汁吃下这种药,我们放出的屁就会变得不但不带臭味,而且还会像香水一样怡人。

　　富兰克林的建议其实是建立在下面一些鲜为人知的基础知识上的,这是我在读了美国人吉姆·道森著的《尴尬的气味——人类排气的文化史》后获得的:平均算来,一个屁大约由59%的氮、21%的氢、9%的二氧化碳、7%的甲烷以及4%的氧气组成,所有这些气体都是无味的,但其中还有不足1%是由微量的其他化学元素组成,比如氨和粪臭素,这些化学物会散发出令人难以忍受的刺激性气味;屁和普通的沼气并无二致,它们同样具有爆炸性和可燃性,足以造成一次轻微的爆炸;屁从肛门放出时,温度都是华氏98.6度,其速度有人测量过,竟高达每秒3米;如果你是个健康的大男人,那么每天会排出体内四分之一的气体,分派出去大概是平均每天10—15个屁,大小不等,因此,荷兰的两位科学家曾于1994年向世人宣布,为了你的身体健康,不管你愿意与否,你每天都得放大约15个屁。

　　这样说来,富兰克林的问题如果得到解决的话,那绝对能得诺奖,虽然那时还没有这个奖,但现在研究绝对不迟。其实,这个命题并不怎么复杂,这项研究也不会是空白,但一直到现在都没有出现重大的突破性的成果,我想还是人们的观念在作怪,这个东西真是放得说不得的,研究它干嘛呢?忽然想起了讽刺文学大师拉伯雷《巨人传》中高康大的儿子

庞大固埃,他学了一些前文艺复兴时期关于消化不良的著作和教会文献,由于受这些书的愚弄,庞来到巴黎圣维克多图书馆里研读了一些非常古怪的书,如《在公共场合悠然放屁的艺术》、《论拉屎的方法》、《药剂师的放屁术》,等等,虽然古怪荒诞,但却告诉我们,屁也是登得文学大堂的,古今中外的文学中,将屁用作道具或细节的,应该数不胜数。

再回到科学的话题。上面说到屁的成分中有甲烷,其实也是个了不得的东西。有数据说世界上13亿牛群每年放出的屁中所含的甲烷达到了5亿吨,这样多的温室气体进入大气层,势必起到举足轻重的作用,大气层内越来越多的甲烷终有一天会使地球不再适合人类居住。到哪里去发展生存呢?就目前的科学而言,都还只是非常遥远的事,月球上太冷,火星上没有水,最近炒得火热的土卫六倒是刺激了我们的神经,但最新的分析结论是:土卫六要到40亿年后才会成为下一个地球,"惠更斯"传回的数据表明,那上面甲烷像地球上的水一样多,已经形成了一个气液循环系统。要不是甲烷是水有多好啊,如果那样,我们也不用怕是人还是动物体内的甲烷或者别的什么了。

屁在目前仍然是表示轻蔑的一种粗野手段,但是,我还是极力推崇富兰克林的命题,这并不是一件什么无聊抑或无趣的研究,它的确应该冠以"科学"的定语。看看满世界跑的汽车吧,想想我们自己汽车上的排气管吧,那就是你自己肛门的延伸。

2005年2月12日

白天不懂夜的黑

用流行歌曲题目做标题，是因为有一件事情将它的精髓演绎得炉火纯青。

据美国媒体前几日报道，50岁的约瑟夫是美国南加利福尼亚州一所郊区中学的校长。50年来，皮肤比较黑的他和所有美国黑人一样，过着普通平凡的生活。但有一天，约瑟夫看了佛罗里达州一家基因测试公司的电视节目，突发奇想，也想测试一下自己的基因，看看自己的非洲黑人血统在整个基因中占多大比例。几个星期后，该公司基因测试书上明明白白地写着：他具有57%的印欧血统，39%的美国本土血统，4%的东亚血统，没有任何黑人血统。也就是说，当了50年黑人的约瑟夫根本就不是黑人。

这个"超级震撼"的事实肯定令约瑟夫的家庭及很多美国人震惊。多少年来，白人有着种种先天的优越，哪怕他是个乞丐。许多黑人做梦都想把自己变成白人，杰克逊一次次地漂白自己的皮肤，尽管他的鼻子一碰就要掉下来也在所不惜。黑的再怎么有钱，还会遭白眼，白人的白眼和一般人的白眼是不一样的，这种白眼里更多的是一种根深蒂固的歧视，纵然黑人士兵同样在保家卫国也脱不了这种命运。真是白黑不相容，白天不懂夜的黑，白的不想懂，不是题目太难，是他们根本不屑懂。

不过，布衣认为这未尝不是件好事。第一，对约瑟夫本人来说，他终于可以"挺"起腰板了，如果他想进入白人圈子里的话，以后起

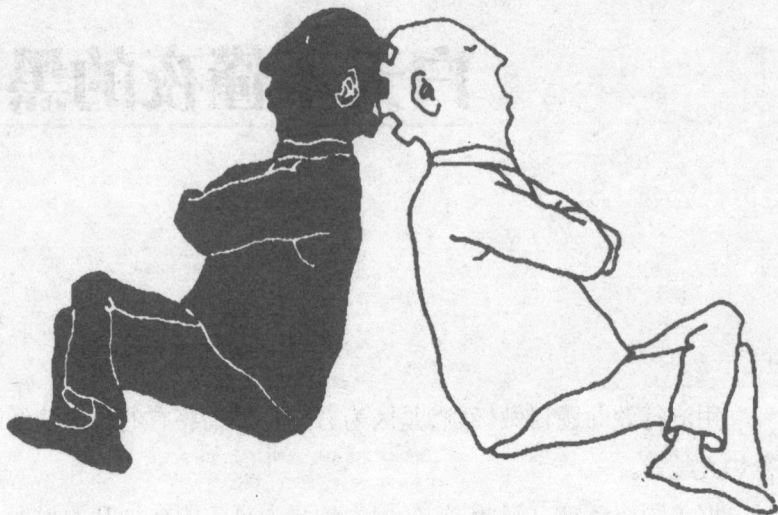

码没有什么障碍。不仅是他本人,还事关他全家老老少少,上上下下。这个"黑锅"可是背了整整50年啊(如果算上他的父母以及父母的父母岂止)!第二,约瑟夫的基因测试是对全美黑人的一个有力提醒,黑人们要是认为自己的身世可疑,那就去测试一下,也花不了多少钱,但说不定什么时候也有个惊喜,这种惊喜可不比买彩票得奖差哎。延伸开去,非洲及其他洲的黑人兄弟也不妨做个测试。第三,这个故事(不,应该算作事故)是对种族歧视的莫大讽刺,在全美一定会引发深刻的争议和反思。如果美国政府能以此为活生生的教材(这种教材真是百年打着灯笼也找不到的),使那些种族歧视得到有效的消除,那真是大幸,约瑟夫也算是为黑人同志们作了个大贡献,一点也不冤。孙志刚的死不就使得收容改为救助吗?

白天不懂夜的黑,其实可以懂的,只是要换换角度,东半球的白就是西半球的黑,西半球的白也就是东半球的黑。为什么啊?因为是同一个球啊!

2004年3月

和"诚信"开个玩笑

哲人肯定会告诫你：诚信的玩笑是开不得的。而且哲人在作告诫状时，一定会带着谆谆的样子，严肃得很。可是，有些人就是不听老人言，于是就免不了吃苦在眼前了。

新华社昨天有一则关于"诚信"的小消息引起了我的关注，关注它是因为这样的事是不太会发生而又经常发生的。

不太会发生的是新闻。

家住宁波北仑区的王某和张某是生意场上相交多年的好朋友，平时生意往来，互相信任，从没赖过债。半年前的一天，两人在饭店喝酒喝到兴头上，就说起了生意难做的话题，一向爱开玩笑的王某笑哈哈地说：凭咱们的关系，我就是给你写张借条玩玩我都放心。随即写了张"今欠张某人民币6000元"的借条。酒喝完后，张某把借条放进口袋，王某也没在意。前不久，王某突然收到法院的传票，方知张某竟将他起诉了，要求归还那6000元钱。以下的情节我就省略了，因为在今天这个法制健全的社会，法院当然支持张某的请求。

经常发生的是现象。

在我所写的文章中，很少谈及诚信这个话题，不是说它不重要，而是它太重要了，重要得我都不敢写了，但这次是回避不了的。我说它经常发生，有两层意思：其一，诚信教育的教条化和形式化。这方面最典型的是，每到一个时候，都要掀起诚信教育的浪潮，

3·15为最，似乎这个时候的诚信是最重要的了，商家也似乎是这个时候最老实了，虽然有识之士呼吁要天天3·15，然而事情太多，往往忙了这头忘了那头。其二，期望与现实相悖。大人往往教育孩子要诚信，而自己又情不自禁在做一些不诚信的事。前一年的高考作文题，似乎很新颖，要考生在金钱、美女、名誉、地位、诚信、健康等七样东西中选择一样诚信，考生当然都选择舍弃，很少胆大将诚信抛弃的，除非他不想上这个大学。如意的考分是得到了，家长学校也满意了，然而，现实却不满意了，为啥？因为许多考生明明是为了不失分（很难说得高分）才这样写的。他会抛弃金钱吗？他能拒绝美女吗？他能谦让荣誉吗？他会舍得地位吗？事实上，什么都不舍得，只会抛弃那"一钱不值"的诚信，还有到生了病才知重要的健康。这样的高考题，满纸的大假话，期望和现实完全相悖，简直是在和诚信开玩笑，还不如不考。

难道我们真的拿诚信没有办法吗？不是的。在我们中华民族的优良传统里，诚信被放在了极其重要的位置，"言必行，行必果"的格言时刻敲击着人心，"烽火戏诸侯"的教训被当作经典。那么是经济发展势必导致诚信的式微吗？也不是这样。经济越发展，物质越丰富，人类越文明，当然是越来越要诚信了。所以我说王某碰到的事情是不太会发生的，但又是忽视不得的。这又有两个层面必须把握：一是用环境来影响，二是用制度来约束。在一个人人都讲诚信的社会里，容不得不诚信的人，也容不得不诚信的事。

对于这件不太会发生的事，我宁愿朝好的方向上想。王某索性痛痛快快地支付那"6000元借款"，让"好朋友"张某背上沉重的诚信债。我相信，那6000元钱足够让张某此生永远沉重。6000元买个有意义的玩笑，值！很值！

2003年4月25日

不敢吃"可爱的小猪"

　　昨天看了某张报纸旅游版上的活动预告,一阵冷颤,尔后长时间的郁闷。这则预告是带着灿烂的笔调这样描述的。标题是:观农家杀猪,下溪里捉鱼,下周去"仙境"过两天神仙的日子。让人心惊的一段文字是:在曾是《天龙八部》丐帮总舵的铁城书院,一头可爱的小猪在一旁慢慢悠悠地闲庭信步,这边屠宰师傅已经做好了准备,体健力强的游客赶紧动手去抓,小猪见势不妙,嗷嗷地叫着逃离开来,最终还是束手就擒,任人宰割。

　　这是一个很容易让人想得出的旅游参与项目。现在都想从游客捂得紧紧的腰包里往外弄钱,没有一点新奇是打不开游客钱包的。媒体披露海南有几十个"野人谷",说是实际的门票价格只有一至七元,而游客要付的是数十上百元,其余都是导游什么的拿了回扣。这下我明白了海南那个导游为什么会突然变脸了,那导游竭力劝我们去"野人谷",我说没兴趣,导游就说怎么怎么有特色,怎么劝也不去,导游的脸就拉得很长。不是我没兴趣,哪有什么野人啊,都是文明人装装的,不想上当而已。我把这当作经验告诉了太太,但她从海南回来说还是去了"野人谷",看样子那些导游还是蛮厉害的。还有一些莫名其妙的什么结婚抛绣球,很让一些游客莫名其妙地做了"新郎",实在是尴尬得很。

　　但和"杀可爱的小猪"相比,以上那些项目实在不算得什么。在游客嘻嘻哈哈的打闹中,一个可爱的生命就这样终结,人于是变得

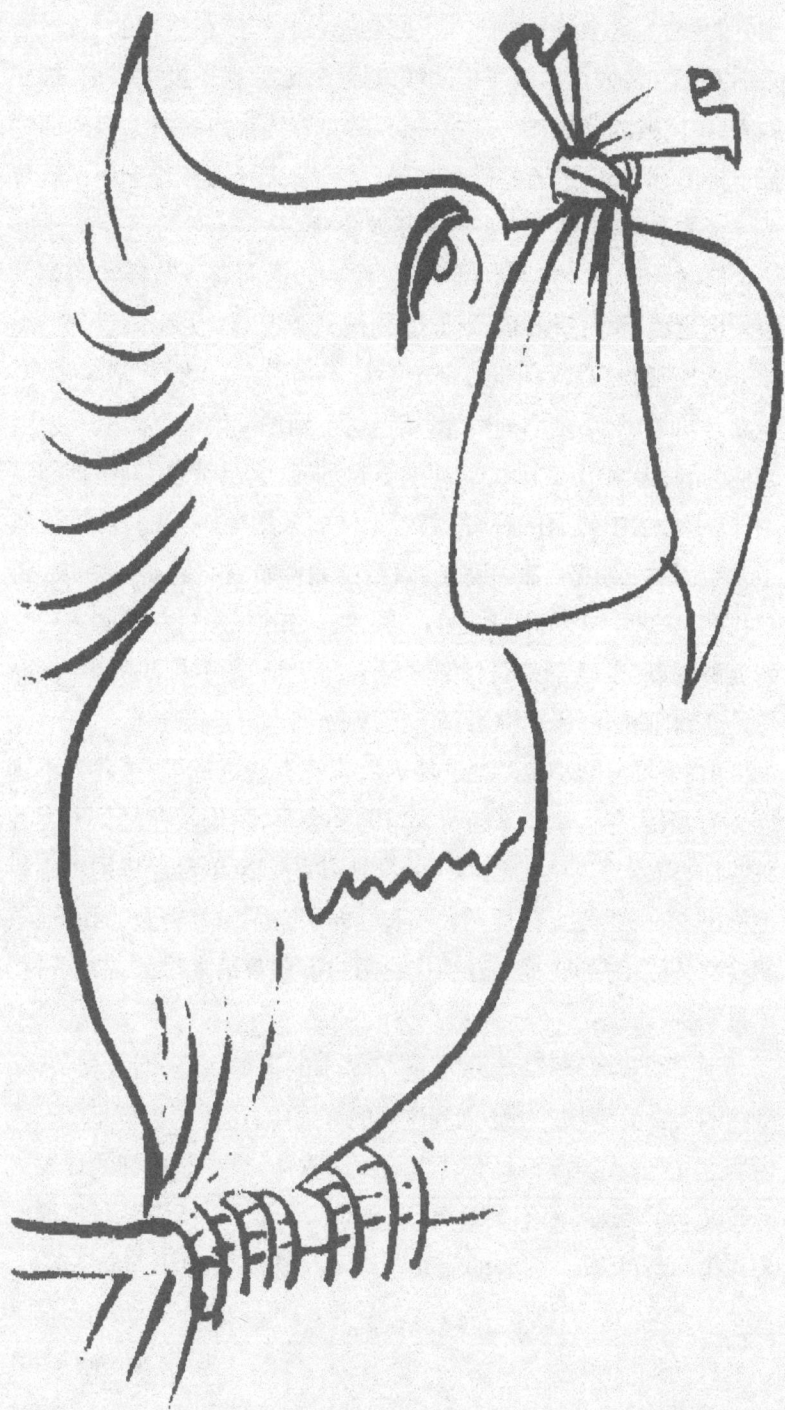

十分的残忍。这个场景马上让人联想起前几年广东流行的一道"点杀活猴"菜:客人点中笼子里的哪只猴子,哪只猴子就被抓出,敲开脑壳,挖出猴脑。以致于笼中众猴只要见着人来点就奋力将外面的猴子推出,滑稽中透着心碎和心酸。尽管有人抨击在吃上作乐就是道德上的作死,仍然有许多的人乐此不疲。

前两天在看一本叫《中国野史》的书,里面有一节描述明朝太监刘瑾遭凌迟的过程:依照律法,刘被判凌迟3357刀,分三日割完。第一天先剐357刀,行刑时,刽子手从刘胸膛左右动刀,割至10刀,一歇一吆喝,吆喝是怕刘昏死,凌迟达不到预期效果,休息一会儿,等他苏醒,再割第二个10刀。第一日行刑完,天已黄昏,刘被押回狱中,吃了一生中最后的晚餐。第二天依旧采用前一天的方式,但割了几十刀后,刘就一命呜呼了。真要感谢监斩官将它记录下来,否则我们怎么也不理解凌迟是怎么回事,只知道残酷,并不知道残酷到何种程度。以酷刑来对付罪大恶极,应当是拍手称快的事,然而总是感到血淋淋,还有炮烙、车裂等等酷刑也可以推想了。

由"杀可爱的小猪"说到"凌迟",也许有些扯远了,可我并不这样认为,因为在一个越来越讲人本的社会里,我们实在是见不得各种各样不人本的残酷。无论中外。美国纽约一家电台近日别出心裁地推出了一档"美女打耳光大赛",立即引来了24万美金的罚单。该州检察长称:对那些把残暴视作聪明的市场营销人员来说,这份罚单是警钟。

别出心裁、绞尽脑汁,都要遵守基本的道德底线,而人文关怀、动物的人文关怀都应当纳入到这样的底线中,这大约也算是和谐的内容之一吧。人类应该具有博大的关怀胸怀,靠充满血腥的场景来赢得游客的喝彩,并不会长久,也是对旅游业的一种羞辱。那样磨刀霍霍向着可爱的小猪,即使数里外闻香识肉,我也不忍心下箸。

2005年8月20日

大一生的"性困惑"

前两天,我们一大帮同学在一起聚会,全是男的,话题也就放得开。大家老酒吃得高兴时,总是喜欢抖一些读书时的陈芝麻烂谷子。这一回因为报纸上在讨论中学生的性教育,于是大家结合时事,说得全是我们那时候的"性事"。一夜说下来,有两件是我以前没有听到过的。

一件是关于接吻。我们年级最小的两位同学恋爱了,上课吃饭自修,双双进出,头挨着头,大家看在眼里,忌妒在心里。课余饭后经常有同学聚在一起讨论他们的恋爱进程。有一天,一位大姐神秘地告诉大家一个"事件",使人一阵兴奋。大姐说,那位小女同学曾经很紧张地问她:接吻会不会怀孕?你道大姐怎么回答?她很老成地说:我想不会吧,但我也没有十分的把握确定,最要命的是,我没有接吻的经验,毛主席老人家说,没有实践就没有发言权。说这件事的老兄,是一位中学校长,因为长期处在教学一线,说事的时候极煽情,语言感染力极强。正当大家拊掌捧腹时,这位校长很认真地反问:你们说性教育重要不重要?

另一件是对性知识的渴望。接着接吻的话题,我们的学习委员提供了一个有力的佐证。他当时分管着学生报纸信件的发放,是除了发饭菜票的生活委员之外我们比较欢迎的同学,那时电话不普及,没有伊妹,家书是抵万金的。学习委员说,一年级的下学期,有一天,我发书报杂志信件后,最后留下一本杂志不知道是谁的,我想肯定是传达室发错了,因为我们同学根本不可能订那样的杂志。于是噌噌跑到传达室,很负责地对分发杂志的师傅说:这本杂志不是我们班的,你们可能发错了,说不定是阅览室的。那位师傅马上戴上老花镜,很认真地查阅着订阅清单,然后一本正经地对我说:小伙子,不错的,这本杂志是你们班某某同学订的,你看,《生殖与避孕》,×××,一点也不错。订杂志的这位同学现在做了大学教授,博学得很,我们大家都说这和他从一年级起就那么喜欢钻研是分不开的。

那天晚上,虽然还有些性困惑的例子,但都不太典型,有人说,埋在心底里的东西,谁想让人知道呢。

2004年3月3日

世界杯"轶事"

"不是我踢的"

中国队跟哥斯达黎加踢的那晚,国人的心紧紧地被比赛拽牢,而比赛的结果对那些球迷来说尤其痛苦。这是一户普通人家的普通场景:爸爸回到家里,阴沉着脸,儿子经过一番察言观色后,小心翼翼地试探:"是不是我做错事了?""没有。""是不是爸爸身体不好?""没有。""那究竟为什么呢?""中国队踢输了。"儿子这才放下心来咕哝了一句:"这球又不是我踢的。"

红烧"米卢"

不少商家借中国队首次出线之际大赚其钱。某城的一些酒家搞了很多跟世界杯有关的菜,比如

"金边鸣哨"、"脚法绣球"等，最有意思的要数"米卢乾坤"这道菜了。这是道什么菜呢？就是在红烧或清蒸鲈鱼上浇一些粟米，粟米的"米"加鲈鱼的"卢"，于是就叫红烧"米卢"。

"我的饭倒掉了"

单位里的大餐厅经过装修后，面貌一新，特别是新装的几只电视机充满了人文关怀，这不，外面骄阳似火，里面却凉风劲吹，一边吃饭，一边看比赛，真是惬意得很。这天晚餐时分，正碰上日本队跟比利时队在较劲，瞧那头发染得怪里怪气的日本球员，踢起来还真猛，不时赢得我们这群饭客的阵阵喝彩，嚎叫声此起彼伏。一阵欢呼过后，突然一声颇有韵味的女高音：哎——呀！大家都以为日本队又进了一粒，待众人将目光齐齐射向她时，她才红着脸对男友发嗲：我的饭倒掉了嘛。

2002年6月19日

唉，要是当初——

知天命的李四这些年来心情一直不好，住的像鸽笼，自行车破得除了铃不响其他都响，单位连年效益不好，饿不死也富不了，老婆的脸上天天挂着菜色，儿子还在读小学，总之，就差救济了，但又够不着杠杠。

早晨李四出门上班了，看见小区里呼地冲出一辆本田车，那辆车他很熟，是一个部门领导的专车，那位领导天天司机接送的。唉，要是当初——他本来也有机会的。先前在一个很有前景的单位，他也是个积极有为的青年，曾经做到小组长，手下还有几号人，那时的他自我感觉特好，饭有人打，地有人扫，烟有人买，可是一段时间里，他对单位里的半成品很感兴趣，那个产品，体积很小又很值钱，小到足以让人眼红想把它带出去，一次，两次，尝到甜头后，一发不可收，结果当然是饭碗砸了，还被劳教了几年。他想，要是当初不眼红就好了，按照当时的发展势头，他老早就做到头头了，因为后来做头头的就是他的组员。

因为心情不好，李四中午就到单位对面的小酒馆里弄两碟小菜，沽一斤劣质白酒自酌自饮。开始还开心，今朝有酒今朝醉，几杯下去后，心情反而越来越差。看看这小酒馆，不要看它小，生意也蛮好，人一拨一拨，老板红光满面，伙计精神十足，唉，要是当初——李四本来也可开个小酒馆的，后来的单位效益不好，许多亲戚朋友都劝他出来算了，做个小买卖，只要人勤快，日子还是可以过好的，

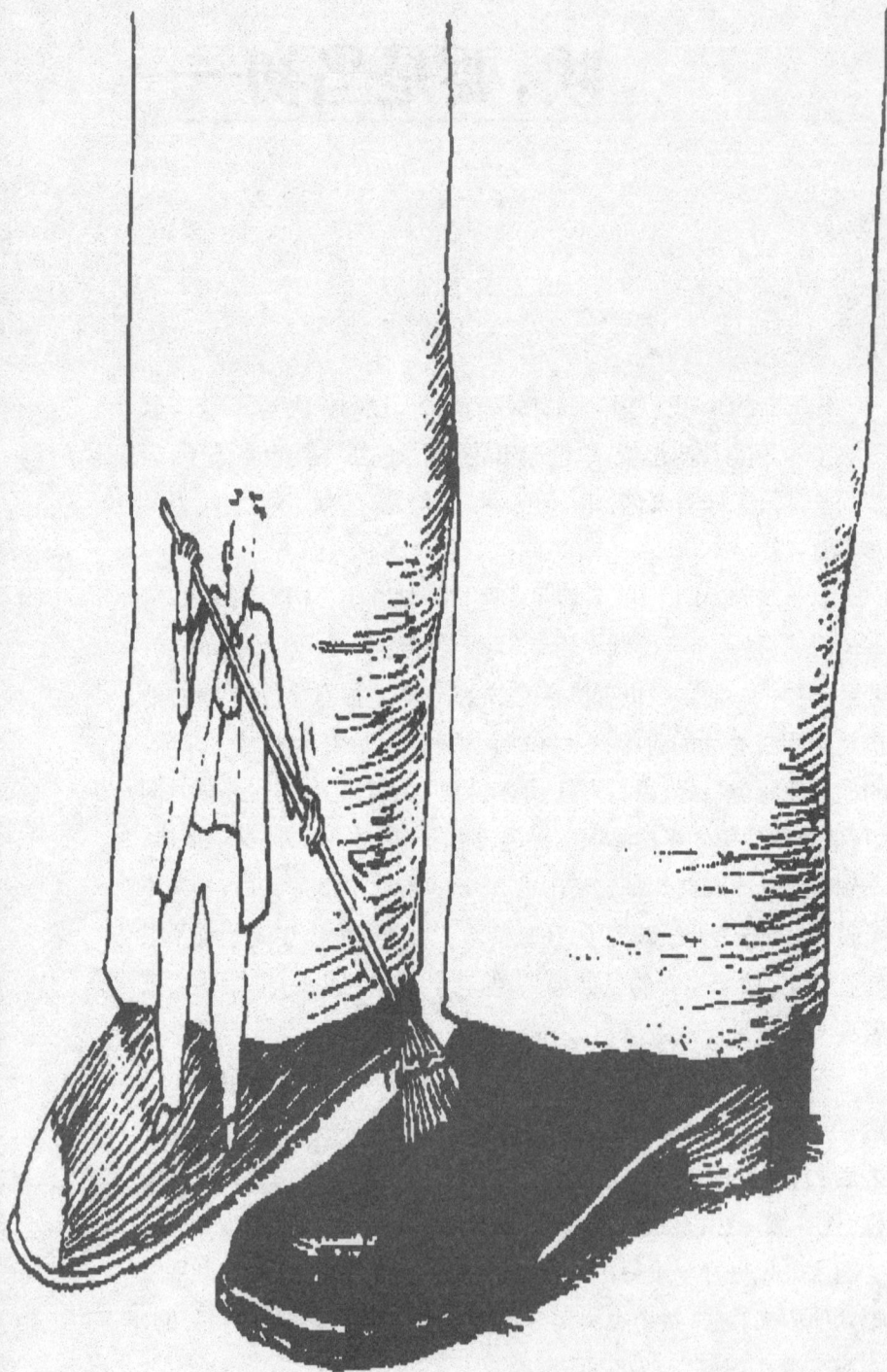

他想了又想，天生不是做生意的料，又没有本钱，而且做小生意特别特别地苦，凌晨三四点就要起床直奔菜场，回来又要洗呀摘呀，一天到晚也赚不了几个钱，不合算。要是当初咬咬牙下海，还会像现在这样吗？说不定自己老早坐拥百万甚至千万资产了。因为自己单位里那个在他看来远远不如他的张三，连锁店据说已经开到第八家了。

下班后李四回到家里，菜色老婆嘟弄着嘴，说肉涨价了，这个月只吃了一回，高压锅又坏了，饭也烧不成，要买个新的起码要百把块钱，煤气也快烧光了，下个月煤气又要贵五块，存折里的钱永远只有四位数。李四头都大了，唉，要是当初——当初李四也是一表人才，追求的人不是一大堆也是有几个的，可惜的是七挑八挑，不知怎么就快40岁了，幸亏有个城市户口，还好有一个大龄打工妹嫁给了他。当初那个王五姑娘可是死心塌地要跟他啊，人家相貌家境工作都非常好，而且还是个大专生，要命的是，那个当初的王姑娘，现在常常笑容满面地在电视上刺激着他，她是本市一家著名企业的老总啊。真是昏了头呀。

吃饭时，看着鸽笼小屋，李四禁不住连连叹气，唉，要是当初——这几年的房子疯长，如果当时听朋友的话，将小房子卖了，再去借点，弄个大点的，现在不也是个百万富翁吗？他住的这个地段，每平方米已经从当初的两千多元涨到一万多了。那个赵六当初跟他住的就是一样的房子，这几年小房换中房，中房换大房，大房换别墅了，还开着跑车到处炫耀。唉，要是当初——

晚饭后，看着14吋的小彩电，李四会"唉，要是当初——"；抽着两块钱一包的烟，李四也"唉，要是当初——"；一会儿朝腕上瞧瞧几十块钱的电子表，李四又"唉，要是当初——"。躺在床上，李四也无甚睡意，盯着天花板，"唉，要是当初——要是当初是个女人该有多好啊！"

2005年10月9日

小说八章

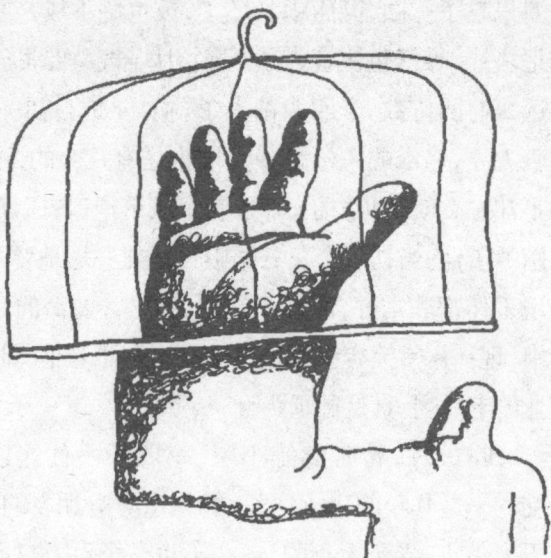

题记:世事琐事,旧事俗事,偶有所拾,积得八章。若有巧合,请勿对号。

突发新闻

清晨。东山路旁,一消防栓突然射出一根粗壮而强劲的水柱。

数分钟后,A电台在早间新闻里马上插播:听众朋友,我是记者某某,我现在是在现场用手机向您报道,今天早晨某时,东山路旁的某消防栓突然发生破裂,水柱冲天,强劲而有力,幸好行人稀少,没有造成大的损害。评论:在这缺水的季节,白哗哗的清水是多少的可惜啊!然后问目击者。然后再报道:关于这个消防栓是如何破裂的,为什么会破裂的,以及有关部门是怎样修理破裂的,请看稍后的报道。

接踵而至的是市级的电视B台、C台、D台的记者,然后是各家报纸的记者纷纷涌来,再是省级的EFGK台的记者各自在找角度。行人越来越多,车辆越来越多,看热闹的人也越来越多,有人打电话报警,有人打电话报料,逐渐形成了很大的一个场面,远远望去,很是壮观。

突然,看热闹的人群中闯进个早锻炼的老伯,他脱下身上的汗衫朝喷射的水栓用力地塞去,嘴里直说:可惜,可惜!这个镜头成了某家报纸的头版大照片。标题是《突发新闻》。

羞 死

1713年。

意大利北部阿尔卑斯山地区。

著名小提琴家、作曲家科莱利。

著名作曲家、古钢琴家斯卡拉蒂。

某一天在名流聚集的某一场合,两位音乐高手相遇,应宾客要求,科莱利演奏了他并不拿手的A小调奏鸣曲,那样的场合,清澈见底的音乐,一般人听来,就像是一串金铃在眼前晃动,忧伤婉约,直入灵魂深处。而对伟大的奏鸣曲专家斯卡拉蒂来说,科莱利有一个地方弄错了。掌声过后,斯卡拉蒂悄悄对科莱利耳语:你搞错了一个音符的时值。之后,科莱利是那个羞愧啊,我怎么会这样?我怎么能这样?我是大师啊,大师不应该出这样的差错的,肯定不止斯卡拉蒂一人听出来了。郁闷啊郁闷,继而悲伤,悲伤啊悲伤,继而长病,1713年的某月某日某时,大音乐家科莱利带着深深的羞愧,带着一个错了的音符时值离世而去。

DNA鉴定

　　《杭州晚报》的一则新闻使得正在头疼的老杜夫妇心里有了九分的把握,新闻的题题是:一头耕牛两家争,DNA鉴定断疑案。牛都可以DNA,他们家的狗肯定也是可以的,大不了花几千块钱,这口恶气非出了不可。什么事情使得他们这么烦躁呢?

　　老杜家的这只狗名叫珠珠,非常名贵,又通人性,是他们业余生活的全部。突然有一天,珠珠在小区里一个不小心走失了。紧急寻找,再扩大搜寻范围,还是没有珠珠的影子。一周过去了,两周过去了,老杜夫妇是饭不香,茶不甜,食无味,每天看到人家遛狗,眼神总是直直的。突然有一天,老杜夫妇在小区的另一角发现了珠珠,一阵激动,但珠珠却是被别人牵着,一番论理、解释,无用。对方说,那狗是他们家的,名字叫冲冲。奇怪的是,原来珠珠见了他们非要跑着跃着跟着,亲热得很,今天却不理不睬。没有充足的证据证明珠珠是他们的啊,真急人。再交涉,又交涉,人家说他们家的冲冲都好几年了,有许多邻居可以证明的。难道真有这么相像的狗狗?这事就一直悬着、搁着。

过程撂下不表,单说结果。DNA鉴定的结果是,珠珠和原来从种狗研究院买来的父亲胖胖的亲子关系是99点99%。但还是不能带回家,为什么?人家说冲冲的爸爸也是种狗研究院的胖胖。不对呀,胖胖只有珠珠一个儿子啊。人家又拿出了铁证:这个冲冲是试管狗,也就是说种还是胖胖。那个时候,胖胖是理想的供精对象,相貌好,体格好,学历高(宠物学校高年级优秀毕业生)。这下,老杜夫妇彻底没辙了。

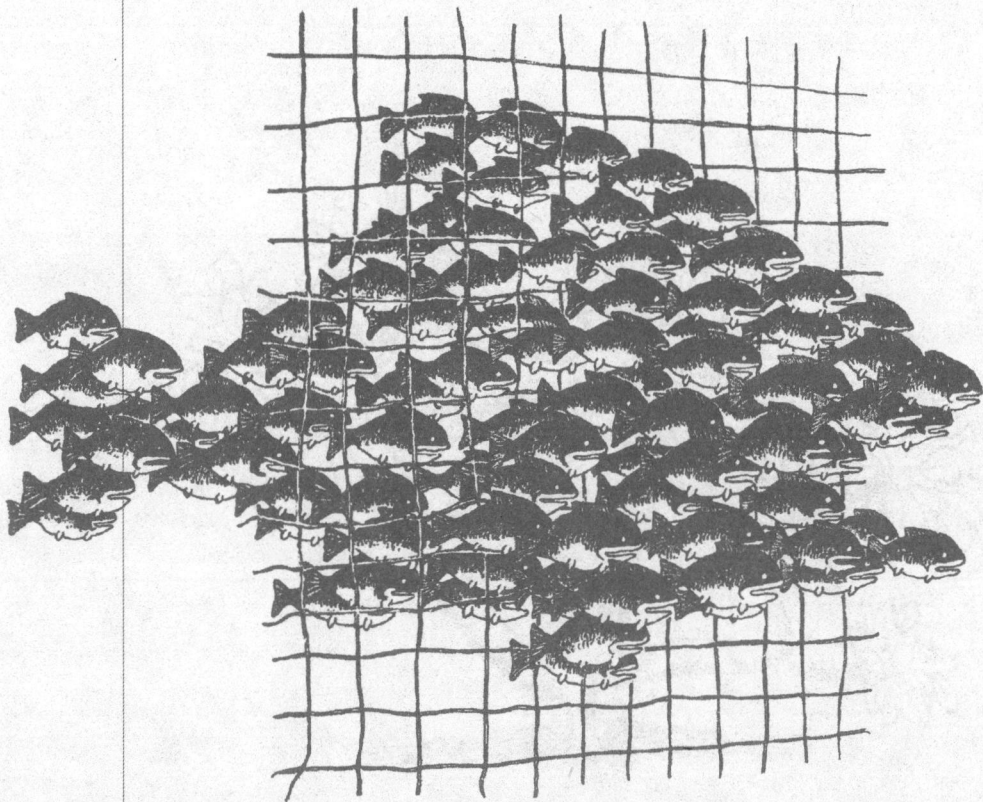

树　苗

　　T局有个L局长,是个实权人物,为官得势之时,曾培养提拔过许多人。后来落势了,并且犯了大错,却没有人出面替他求情,只好独自跑到外头去散心。

　　在散心的地方,他碰到了一位叫布衣的先生,他就向布衣发牢骚,埋怨自己从前培养提拔的人失去良知,不肯为他出力,以致于他落到今天这个地步。

　　布衣笑着开导说:春天种下桃和李,夏天可以在树下纳凉休息,秋天就可以吃到桃李结的果子;如果春天种下蒺藜,那么不仅夏天不能休息纳凉,秋天也无果子可吃,而且它身上的刺还常常会伤人。

　　L似懂非懂,不过有一点,他算是听明白了,就是他当初选的苗有问题。

《三联生活周刊》

男一和女二是一对《三联生活周刊》忠实读者夫妻。

三联创刊十余年,期期必看。他们是校友,男一高女二两届。起先是在学校图书馆常常相遇,后来是因三联而生情,再后来自然是结婚,虽然他们工作在相距三百公里的两座城市里,但仍然酷爱三联,而且他们的生活也逐渐变成了三联。

他们的三联是:工作、坐车、短信,三项紧密相联。工作就不说了,坐车也好理解,每周末不是你来,就是我往,每次单趟快的三个半小时,慢的四小时以上。短信是他们的主要联系方式,早中晚各一条,碰到比如"以短信消磨时间的称为信生活,只收不发的称为信冷淡,狂发一气的称为信亢奋,发错对象的称为信骚扰,发不出去的称有信功能障碍,看着短信傻笑的基本已达到性高潮"之类的就相互转发。

生活周刊:夫妻生活每周一次,很有规律,兴致高的时候就扩版,但增刊一年难得几次,因为财政状况不是很好,成本也大。

工分轶事

我下乡插队的两年里,因为文化较高,就兼做了记工员。那阵子生产队刚好在推行"标兵工分,自报公议"的记工分制度。具体方法是:记工员只记每个社员的工别和出工天数,到月底总结评比,评出几个标兵,其余是自报工分,大家评议。

月底评议这一天,社员们都很慎重,吃过晚饭早早来到会场,壮劳力自然坐前排,妇女及半劳力则自觉坐后面。这个标兵名额是很少的,要求也很严,出勤最多,干活质量最高,还要劳动态度好,政治思想好。什么叫干活质量?比如插秧,数百米长的垅能插成笔直笔直像线条一样,比如挑粪肥,每担的重量均在两百斤以上,且一挑就是一整天不歇,因此,M和老K被评为标兵,大家无异议。但评不上标兵的少数人有意见了,意见T(几乎每个人他都要提意见)说,有一天他听到M发牢骚讲社会主义做死做活还是吃不饱,思想问题十分严重!老K则被方便B(做活时常常以方便的名义歇脚)举报,一次队里除草,工休时他趁机抱了一把草到隔壁自己的菜地里当肥料,这是严重的假公济私!鉴于此,队长只得取消M和老K当月的标兵。而意见T和方便B则被评为工分标兵,因为他们敢于和坏人坏事作斗争,虽然劳力弱,技术低,贡献小。社员们都怕戴帽子,也就不敢多说什么。

自杀的老虎

清晨。023国道一岔口。急驰一小车突然与一只窜出的老虎迎面相撞。老虎不幸身亡,司机和乘客虽没受伤,但皆惊魂未定。

交通警也来了,虽不是人,但也不是一般动物,是老虎,而且是只东北虎。当地自然不产东北虎。验死虎,身上有好几处新旧伤,脚上还吊有某某野生动物园标志的小牌牌。目击证人说,是老虎故意去撞汽车的,当时车速比较快,但没到十分违章的程度。到野生动物园一查,死虎名叫小西南,今年5岁,是C区D户的居民,它怎么会跑出去的呢?园长说,小西南平时很内向的,温良,驯服,与世无争,是典型的遵纪守法公民。

后来的调查结果说,小西南是自杀。原来,该区的动物管理员对小西南们一向很凶,经常打骂,动不动饿饭,老虎开始还抗议、示威,但终究饿不了几天就不得不听话。不仅如此,管理员还常常对它们精神虐待,打击它们的自信心,比如,有时丢一只活狗进去,要小西南们东扑西颠地去抓,狗是很灵活的,通常弄得小西南们精疲力竭也捉不到,这时管理员就会破口大骂:你们还叫老虎吗?比狗

还不如，自己去水泥墙上撞死算了。并且挥着长铁棒狠命地打。小西南是很有自尊心的，受不了这么多的委曲，久而久之，它就萌生了自杀的念头，想想做老虎也没什么意思，终于在一个雨后的清晨越境而过，撞车而死。

手机小说：高三

共6面，每页不超过72字。

A页：某校。礼堂。文科。理科。校长。教务主任。年级主任。班主任。强调。强调。强调。关键。关键。关键。苦战。苦战。苦战。冲刺。冲刺。冲刺。

B页：某生。《教材全解》。《多轮集训》。《名师伴你行》。《名师手把手》。《红魔题库》。《天利38套语文》。《新编ABC》。《总复习100练》。《千锤百炼》。《走向高考》。

C页：某班。7月考。8月考。9月考。10月考。11月考。12月考。1月考。2月考。3月考。模拟一考。模拟二考。

D页：某家庭。爸爸。妈妈。爷爷。奶奶。外公。外婆。脑黄金。健脑素。蜂王浆。鱼蛋白。深海鱼油。纤维素。多种维生素。22金维他。液体钙。螺旋藻。

E页：媒体。报纸。电视。广播。日报。早报。晚报。快报。商报。时报。综合频道。新闻频道。教育频道。文艺频道。体育频道。科技频道。交通频道。

F页：老师勉励：苦不苦，想想红军两万五。爷爷勉励：累不累，想想万恶旧社会。上联：十年寒窗无人问；下联：一举成名天下知。横批：彻底解放。

2005年8月

2005年被枪毙的两个稿子

年底年初,布衣对自己所码文字认真盘点,总结得失。涂鸦几十篇,基本蒙混过关,但也有两篇"得意之作"被枪毙,写出来以资治通鉴。

一篇是年初写的《吃来吃去》。为方便大家批判,还是摘录几段,请读者不要厌烦。

开头是这样的:"这段时间,这个时间一直要从猴年持续到鸡年的元宵过后,这个时间应该是个以吃为主、兼顾玩乐的时间。这个时间,有许多的会要开,联欢会、茶话会、恳谈会、答谢会,会会离不开吃,会开完了,总要吃一餐,领导致词,群众讲话,一杯一杯碰下去,一圈一圈敬下来,先是不断觥筹交错,继而忽然杯弓蛇影。真是吃来又吃去,吃去又吃来。"子虚编辑说:布衣,你写点什么不好啊,这么扫兴,这篇文章有个致命的缺点,"吃"能拉动经济你为什么忽略了?

更要命的是第二段:"吃来吃去,能不吃吗?肯定不行。不少人说,这个时间最担心的就是吃,吃了吐,吐了吃,胃出血了挂了盐水继续吃,一年下来,人家要答谢你,能拂意吗?不来就是看不起,不来就是不重视,重要客户你能不请吗?来年还想不想做了,不敢不请;下级不请上级,你还懂不懂规矩啊;你请了我,我不回请你,行吗?既不懂礼貌,更不利于关系的融洽。机关部门要请,乡镇部门也在请,就连村里也少不了这个请。请柬请柬满天飞,这是个请来请

去的时间,这是个吃来吃去的时间。"子虚于是接着教育布衣:你是一棍子把"吃"全部打死,现实就是这样啊,不是有人说,四十多个红头文件管不住一张嘴吗?既然红头文件都管不住,你这篇破文章还能掀风浪?我看还是不发了吧。于是就不发了。布衣想想也是,这不是把自己都说进去了吗?你能免俗?

另一篇是年末写的《无聊的"千人大阅读"》。布衣听说某地的一所小学搞了个盛大的"读书仪式":上千名小学生聚在一起读书,这些孩子在老师的安排下,神情专注,有的坐着,有的趴着,有的托着下巴,放眼望去,一片黑压压的脑袋,甚是壮观。

对于这样的事情,布衣向来是看不顺眼的,于是就开始批判:"阅读无可非议,只是这种仪式不伦不类,有些无聊。孩子们一定是很听话的,学校有这个要求,只要你组织,他们或她们肯定认真参加,就是没有什么兴趣,在这种盛大的仪式上,也一定会装出很有兴趣的样子。读些什么呢?我猜测一千多个孩子所读的书肯定五花八门,因为现在书店里的书要多少有多少,听说要搞什么阅读仪式,家长们也一定很激动,这下好了,孩子要读书那是好事啊,于是会马不停蹄地跑到书店采购,一买一大叠,至于孩子以后看不看那是另外的事,只要孩子高兴,只要孩子在阅读仪式上读的书能亮眼。如果家庭实在没有能力买新书,那也不要紧,孩子你只要拿上课本就行了,既然是搞仪式,时间肯定不长,也不会查得那么细,录像拍完就行了。"

如果仅仅是上面这些文字,估计还不会被拿掉,乌有编辑对布衣解释说:关键是你文章后面发挥,你把不该说的都说了,有些人看了肯定不高兴!布衣是怎样发挥的呢?看看:"如果不举行仪式,就显得不隆重,而不隆重,关心的人就不会多;如果不举行仪式,有关领导和单位就上不了镜头和版面,而对有些领导来说,这样做事就等于没做一样,而做了等于没做一样的事,功劳本上就没有印记,领导的领导或上级的上级就不会重视,如果领导的领导或上级的上级不重视,这样的事干了也就没有多大的劲头。比如眼下寒冬腊月的送温暖,某捐赠单位运去了一车棉被,却随车带去个礼仪小姐,一定要搞一个捐赠仪式,还要请领导参加,不光是接受捐赠时要搞仪式,有的单位发车时也搞。对于少数人来说,搞仪式真是习惯了,习惯得简直上了瘾。"读着这样的文字,乌有接着教育布衣:你还是老毛病,说"千人大阅读"无聊就无聊呗,干嘛又扯上了领导喜欢的"仪式",更不能容忍的是,你竟然对送温暖搞仪式有微词,找死啊?你难道不知道送温暖搞仪式是为了让更多的人送温暖吗?布衣想想也是,政治觉悟到哪去了呢?一点同情心也没有!

吃一堑,长一智,两篇被毙文章让布衣日省三身,忽然有了些许觉悟。以后真要注意了,老是被枪毙还想不想拿稿费啊,要认真琢磨什么样的文章不会被枪毙,这可直接涉及经济利益噢。

2006年1月23日

夹杂

隐晦曲折。亦中亦英,亦网亦白。旧瓶新酒,酸辣杂酿。像着网文,不是网语,标着字母,不是英语,杂七杂八,指桑骂槐。混沌,清醒,逻辑的思维,非逻辑的技法。

"泥系饿信肿笛抬央"

　　曾经收到一条转来转去好像表达爱意其实是猜字的短信,其中有"文泥,爱拉夫油"、"饿笛抱被"、"饿响四泥烈"及标题之类的字句,有"爱拉夫油"引导还是蛮容易解读的:吻你、我的宝贝、我想死你了、你是我心中的太阳。

　　春节的时候,在亲戚圈内有意识做了一个男生向"心中的太阳"表达爱意的小调查。被调查的对象是两个高二男生、两个初一生(男女各一)、一个小学女生、一位小学班主任,得到的结果大致有正面和反面两种。所谓正面就是比较含蓄,男生利用一切机会向女生展现他的各种优点,就像孔雀展示它的羽毛一样,常用的方法是写信递条子送礼物;反面其实也是正面,即用另一种方法,或者喊对方的外号,或者故意打闹接近,女生越生气越做。有趣的是,有些男生还很讲义气,常常充当传书的信使。可能是调查范围不广或者被调查对象提供的情报不多,这些方法并没有什么创意,有些甚至成人化。不过小学班主任的话很有意思:不要小看小孩子,那些大胆的写起情书来,比平时的作文好多了。刚刚看到一条消息,一位家长反映说,她读一年级的儿子收到一位女同学的"求爱信",信上写着:我很喜欢你。她儿子给她回信又加了几个字变成:我也一直喜欢你。

　　黄延复的《水木清华》是一本关于清华大学二三十年代校园文化的书,里面说到当时清华园中的"两性文化"可以窥见现时的影子。那时的清华,女生宿舍管理极严,一年当中只有校庆那天开放

女生宿舍,供校内男士参观。于是每到这天,参观者如朝圣般络绎
不绝,而且许多男生常常"顺手牵羊"留作纪念。1931年的《清华周
刊》曾有这样的记载:"古月堂及西北院失物统计:游水磁人一个
(玩具,下同)、肩花一朵、小猫一个、香水
半瓶、野鸡毛两根、红粉盒一个、Lip stick
一根、相片两张、萝卜干一大
瓶、石子数个、大鸡子数个、粉

一包、小孩一个。"瞧瞧,也不管是不是"心中的太阳",就如此大胆,不,应该说小胆,偷偷摸摸嘛。还有,随着女生的出现,很多男生原本很"平静"的思想开始骚动,大致有四种景象:一是干涸的沙漠,变成了波涛汹涌的情海,癫狂追逐,有的竟然进了疯人院;二是欲进不能,欲罢不能,好比近海搁浅的船;三是自夸立在高山之顶,俯瞰海洋,其实是不敢下水,或者离水太远,但总是心猿意马;四是完全不谈女人那一套,其干也如此,其湿也仍然。看看,"心中的太阳"把人弄的。在我看来,这四种男生哪一种也没得到快乐,他们都希望春天来到,春天来了,却又觉得东风恶,欢情薄,真是春风春雨愁煞人。梁实秋就承认,在大学的后两年,实在是没有好好读书,主要归咎于"心中的太阳",脑子里常常想着周末与情人约会的事。

据说现在有一款在年轻人中非常流行的软件——魔术情书。它内含强大情书库,可以弄出超过一万封不一样的情书,如果需要,不到半分钟,一封情意绵绵的情书就像模像样了。有人说,程式化的情书会带来爱情的危机,其实应该倒过来说,是爱情的危机导致了程式化的情书。

人们为什么要相爱?相爱的标准是什么?相爱的时间长短取决于哪些因素?在观念日益开放的今天,一生相爱已经成为一种被淘汰的生活方式,不管你同意不同意,至少美国畅销书作家海伦费舍尔持有这样的观点。至于男人或者女人,谁是爱情的进攻者,如同爱情本身一样复杂,简单地用生物学或生理学是很难解释清楚的。

"泥系饿信肿笛抬央",不管是未成年或成年之男生女生,抑或是成熟之男人女人,从憧憬到现实,从城里到城外,是太阳的时候是太阳,不是太阳的时候就是月亮,这也算是一条规律吧。

2005年4月25日

TMD及其他

那日在一论坛上，见一话题聊得正热，就插了句嘴，可能是不对楼上的意思，随即被顶了一句：TMD，NBT。刚开始还没有反应过来，TMD，以为是布什他们搞的什么国家导弹防御体系的简称，因为以前看过那个材料，好像有这几个字母，但NBT就不好理解了。后来问了常上网的小青年，他告诉我说，那是骂你呢：他妈的，你变态。用的是拼音的第一个字母，跟MM的运用原理一样。

只怪自己脑子反应慢，活该被骂，这么简单的东东（请原谅，我们已经进入了一个把东西称之为东东的网络时代了）都不理解！五年前，针对报章满世界飞的外语单词，很是不习惯，就写了篇《NO类洋词》的牢骚文章，现在看来，真是幼稚，我怎么能挡得住如此汹涌迅猛的网络语言以及和世界接轨的语言激流呢？一个显而易见的事实是，许多洋词已经浸淫着我们的工作和生活，想离开也不行了，小青年吃着KFC，听着MP3，看着TV，用着PC，开着JEEP，到IT上班，然后逛OBI什么的，还要寻找一种HIGH的感觉。

在这样的潮流中，将我们自己的拼音也来个简称，实在也是一种进步！这种进步不仅使原来的词语简洁了，更寓有活泼的修辞意义，如标题的骂人，很有艺术，这种国骂若还是像鲁迅先生笔下阿Q骂王胡、骂假洋鬼子那样的骂，就没甚新意了。有人问，如果这些话出现在文学作品中，今后传下去，后人如何理解？那也是小事一桩，可以在TMD的下面加注解嘛：TMD，网络语言，国骂"他妈的"之变

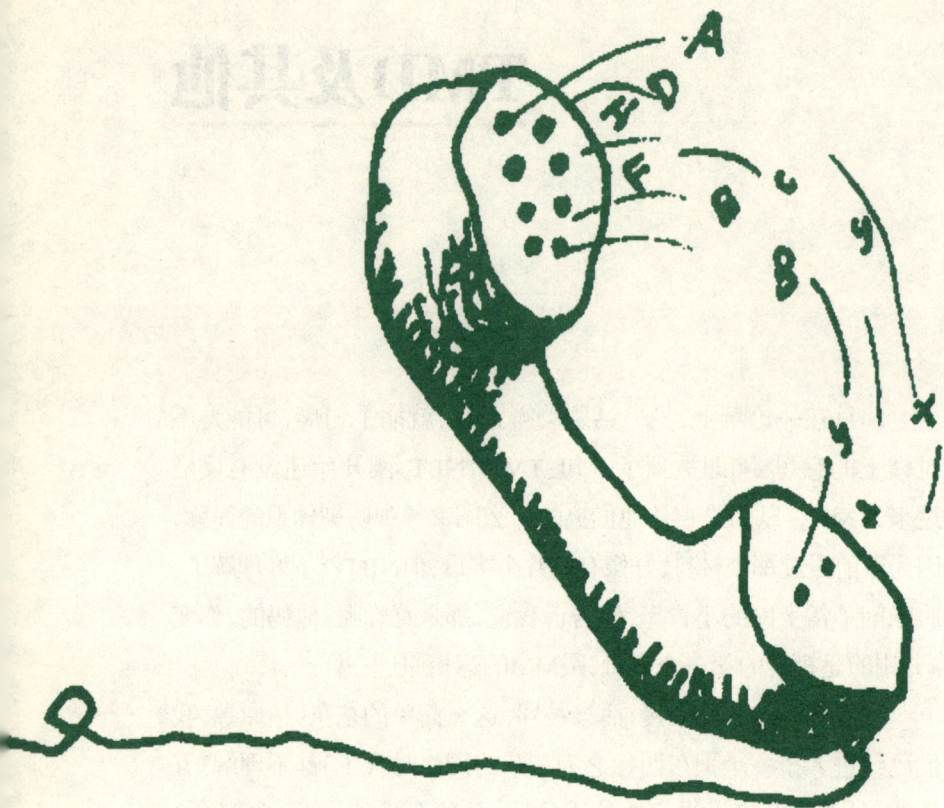

形,流行于21世纪初开头的几年。对东东之类的解释也可以参照这
种方式。

　　泱泱大国总是人才辈出,今年的高考作文中,某省一篇叫《永
远的苏武》的文章得了满分,媒体公布后有人就非议了:有十处错
字别字及不规范字的作文怎么能得满分?于是有人反击:并没有错
别字啊,只是不规范而已,不规范有什么要紧,平时报章上这些现
象不是比比皆是吗?你怎么能在短短的一小时内如此苛求那么优
秀的人才?真是说得很有道理的!且不论对错,单说现在新词的生
成速度之快,你想都想不到,每天几十上百个,几日不见便成文盲

的可能性是很大很大的，拿着上世纪90年代的《现代汉语词典》来对照，那真是隔年的黄历了！前两天立法，说"性骚扰"有望得到惩治，可现在的手机短信也是多得泛滥，称其"信骚扰"，难道有错吗？

上班坐公交总是很挤，可也有许多的趣事。一日，一操东北口音之男子和一操杭州话之醉汉在吵吵：更朝老子就是站了疙瘩，接个套啦？你个落儿看老子不惯啊，你倒棒棒老子试试看喏？表看你块头大，饿照样寻块砖头拷煞你！那东北大汉竟然被骂得一楞一楞的，只得快快下车。杭州话真牛B啊，不，是十足的NB！方言之威力魅力可见之一斑。难怪，现在我们这座城市里的电视方言节目收视率这么高。交际就是信息的交流，而它的载体不就是个符号或者一串符号链吗？说什么不是说啊？

我曾经从事过若干年的语言研究，还记得19世纪法国语法学家多梅尔格因语法得救的故事：多氏是法兰西学院院士、词典审查委员会成员，他因患喉囊肿而生命垂危，给他治病的医生在他面前多次说"我你指出——"，生命危笃的语法学家生气地嚎道："是我要向你指出，你的药已经把我害得够惨了，请不要在我临死前再用你的语法错误来毒害我，快滚开！"刚骂完，语法学家咽喉里的囊肿破了，他得救了。TNND，真痛快！

2005年7月18日

民主的物理的速度？

　　这个标题你一定和我一样莫名其妙，说真话，我也不知道是什么意思。

　　据昨天的《杭州日报》报道，在杭州西博会期间，有几场别开生面的当代艺术展览很是吸引媒体的关注。其中一场叫"寓言：中国当代艺术展"的展览是这样的：地下5米，面积8000平方米，地下车库，来自全国10城市38位艺术家，以绘画、摄影、装置、影像、多媒体戏剧等多种形式，在这黑暗的地下巢穴，演绎日常生活的寓言和幻想。其中一幅叫《买就是创造》的装置画是这样的：几个巨大的黑体字用白色的灯光烘托着，边上罗列着一长串词语：国际汤、王玉珍印、民主的物理速度、吴的物——

　　为了充分说明，再举几个本次展览中让人看不懂的"当代艺术经典"：

　　有一件相当占地方的作品叫《广场》，由120只没有盖子的汽油桶堆垒而成，一些高音喇叭被三三两两安置在汽油桶里。作品的最上端，放着一只老式的备圆盘录音机。这一大摞汽油桶的正前方，是一个旗杆；

　　一块银幕上反复播放着南京长江大桥的画面，画面鲜红，却无声无息；

　　在"出事了　新媒体艺术展"的展出现场，10个艺术家的10件作品占据了10个帐篷，在这个特殊的场地组成了特殊的展览。有一件作品名为"我爱何洁，何洁爱我"，超女的歌声从帐篷里传出来，艺术家在此将何洁与一位男性互换性别，这个过程通过图板展示出来。

　　说实话，有一些作品还是很有创意的，就像上面的"我爱何洁，何洁爱我"，就具有敏锐的洞察力，超女现象和变性人现象的实质是一样的，都是时代的个别产物，不会是主流，人们要宽容这种现象。但大多数作品是一些莫名其妙的所谓创新，是一种噱头。以至于一家媒体特意举办了"当代艺术，我猜我猜猜猜系列活动"，因为那些作品费思量，所以要猜猜猜，猜中有奖。如标题言，"民主的物理的速度"，就需要使劲猜。物理速度，不用猜，加上限制词"民主的"，什么意思呢？是说这个速度是可以商量的吗？因为我的理解，

民主的最大特点就是可以商量,要是什么事情都不容许商量,那就是独裁了。还有,在什么条件下速度是可以民主的?在什么前提下,速度是不可以民主的?民主的速度民主到什么程度?如果这些解释是合理的话,那么这个民主出来的速度和《买就是创造》又有什么内在的联系呢?也许有联系,也许根本就没有联系,因为有几个艺术家就明着跟你说,这些作品连他自己也不知道是什么意思。

看不懂基本上成了踏入展场的游人最普遍的反映,尽管很多人知道这是个艺术展,"艺术可能就是要让人看不懂吧"。是的,策划人说看不懂没关系,说明我们的艺术展以前办得少了,办多了老百姓就慢慢看得懂了。还有个专家说,美国也有这种艺术展,美国也有许多人看不懂的。真是有些滑稽,美国人看不懂就一定要让我们也看不懂吗?

有人说,都是创新惹的祸。创新就像一条疯狗,追得艺术家一路狂奔。有什么办法呢?现在的竞争这么激烈,而人又是那么的浮燥,成名欲又那么的强烈,不想些怪招怎么行呢?前几年被人唾弃的极端"行为艺术"已经不太有市场,但我总觉得有些阴魂不散。在这种心态的支配下,一味创新,不讲传承,或者迫不及待地将西洋艺术嫁接,于是一不小心就成了"奢华的滑稽",全无中国民族艺术之意境可言。那种由形入神,由物会心,由景至境,由情到灵,由物知天,由天而悟的心灵感悟和生命超越过程根本无法让人体会到。"骏马朔风漠北","杏花春雨江南",这些只有让我们重温典籍了。

末了,我想借贝聿铭对待创新的态度再说几句。巴黎许多人对他在卢浮宫上建那个透明三角形的建筑不能接受时,他说,我和我的建筑都像竹子,再大的风雨,也只是弯弯腰而已。事实最终证明了他的远见卓识,但这是以他深厚的建筑底蕴为前提的,绝对不会像"民主的物理的速度"那样让人如坠五里雾中。

2005年11月7日

"阿Q"被事业编制挖走了

　　前几天,浙江绍兴县旅游局的一位领导告诉我,他们以鲁迅小说为原形开发的鲁镇景区,因为景点有鲁迅笔下的一些人物如祥林嫂、阿Q、假洋鬼子等在表演,生意不错。但最近这个"阿Q"的扮演者却被另一景区挖走,原因是他们景点工资虽还可以,但却不是事业编制,而另一景点以事业编制相诱,"阿Q"终于跳槽。

　　类似的跳槽几乎每天都在发生,但因为是"阿Q",因此就有了些新意。在目前人事体制的改革中,这的确也是个问题。前两年就有消息说,有相当多的中央级文化团体都打破铁饭碗,不再躺在财政温暖的怀抱里,老早就走入了市场。新华社老早就播发了我国即将加快事业单位改革步伐的消息。昨天的《杭州日报》也传来消息,杭州滑稽剧团由于走向社区民间,日子也好过起来了。但仍然有相当一些事业单位处于半死不活状态。

　　于是这里面就耐人寻味,"事业"的待遇虽然不怎么样,有许多人仍然紧紧抱牢"编制"不放。因为是"事业编制",哪怕单位再差,招起临时工来,都有人挤破头要往里钻。有的人一辈子都在为"事业"奔忙。而目前的现状正是,"事业"有医保,有公积金,退休后的待遇也完全两样。我老父亲在行政做了三十一年,因工作需要到企业任职二年,但退休可就惨了,每月的工资相差好几百呢。本人从行政出来时,也有亲朋好友劝三劝四说要慎重。从这样的角度来理解,"阿Q"跳槽也是挺正常的,因为"事业"有"安全感"。

　　"事业"有那么大的引诱力,也印证出我们一些企业用工体制中还有许多不完善的地方。每年年末的民工讨工钱运动,从一个侧面看出缺少有效的机制约束,打工付工资,天经地义的,为什么那些业主会一拖再拖?为什么有一些业主非要等大检查了、举报了才会给工人上保险?从本质上说,这已经不单是编制问题了。

　　"阿Q"让事业编制给挖走了,是因为有许多的"阿Q"们还没有工作的安全感,这种事情是不能笑笑而过的,我的简单建议就是:抛掉身份概念,建立完善的保障体系,以岗位定人,一切让能力说话。

2004年3月2日

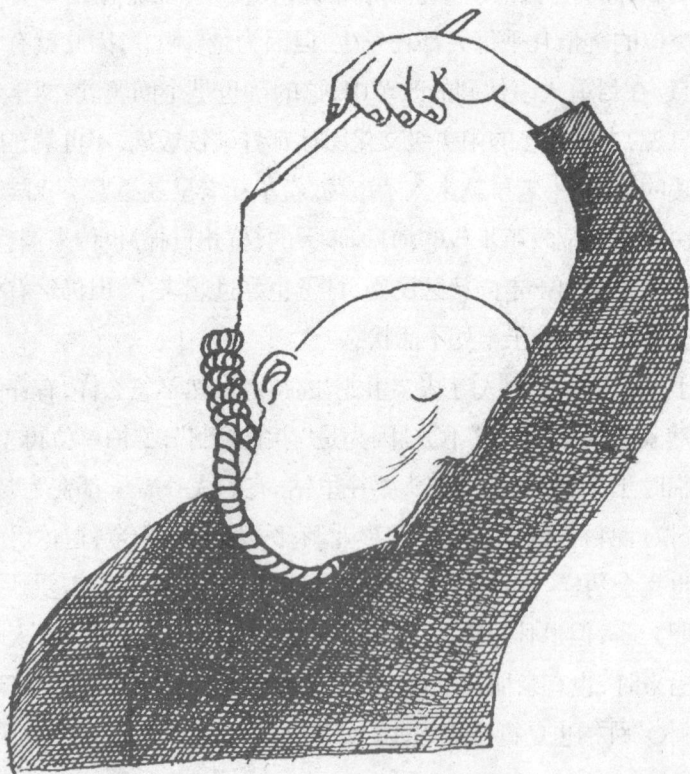

"代际公平"

　　"代际公平"是什么意思?不解释,一般的读者肯定不太清楚,布衣也才刚刚搞清楚。最新出版的《新华新词语词典》是这样定义的:当代人必然留给后代人必要的环境资源和自然资源,当代人在追求自身利益的同时,必然考虑子孙后代的利益,是可持续发展战略的重要原则。

　　虽然比较拗口,但我们终于知道它是一个新词,一个现在不被关注,不出两年就会大大流行的时髦词语。像这样的新词,《新华新词语词典》中就有2200多个,其中经济类的占了一半。有关专家指出,词典收录的这些个新词语,不仅真实记录了中国改革开放20多年来的社会变革,同时也勾勒出中国未来经济生活的光明走势。

　　语言是社会现实的一面镜子,它会真实而全方位地折射出社会发展的轨迹。可以这么说,中国历史上每一次社会变革,都会涌现一大批新词语。像布衣在小学读书时就天天读"文化大革命"、"千万不要忘记阶级斗争"这样的句子,而布衣的小子则天天在和信息、纳米这样的词打交道。这就是语言的真实印记。

　　不仅如此,社会的快速发展会使大量新词以几何级数增长,时不时搞得我们眼花缭乱,一下子基因,一下子克隆,热闹得很。这当然是好事,因为每一个新词的出现都显现着社会的某种进步。

　　新词语的大批量涌现,实际上还反映了人们的诸多追求。这一

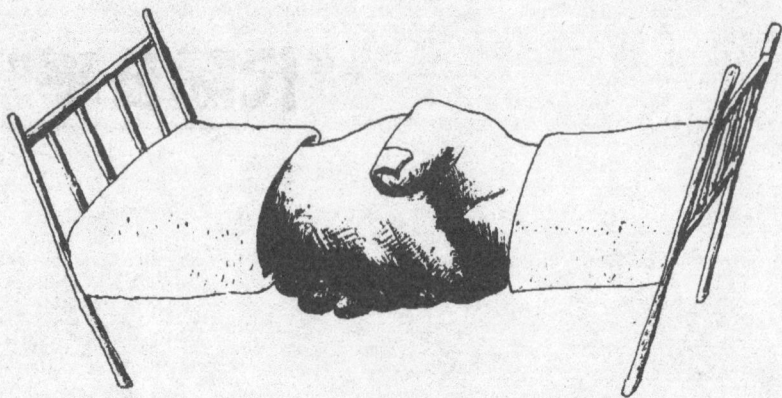

点布衣在以前读的科幻作品中常常碰到而不能理解,现在晓得了,它是作者的一种理想诉求,先进得很。

　　你觉得这个词似曾相识,却不能清楚地说出它确切的意义,这并不要紧,因为它极有可能给我们明天的经济和生活指明方向。

2003年1月19日

"三大纪律八个注意"

《北京娱乐信报》的消息说：昨天，北京市朝阳文化馆开展了"民工学习雷锋公益互助活动"，这个活动的一个亮点就是由民工演唱《民工兄弟三大纪律八个注意歌》。歌词中有："第一，小农意识要去掉，说话粗鲁让人受不了。第二，装修进了房主家，手脚不净就要犯事了……"活动创意者希望通过民工为北京的建设发展所作的贡献来表现雷锋精神。

这两天，各地都在学雷锋，但看了一些报道，觉得有新意的不多，更有一些敬老院、福利院竟然容纳不下蜂拥而来的学雷锋志愿者。想想也是，一件事情要么大家都不关心，要么大家都来关心，而需要关心的大家又都认为只有这么几家，敬老院之类的地方于是就一路行俏了。相比之下，北京朝阳区的这个创意还是有些新意的，至少它给了我们另一个新思路。

前两天报纸刊登过一组反映"公交车让座"的稿子。报道反响蛮大，因为这实在是个很老又很新的问题。说老，是因为自有公交车开始，这个问题就存在了；说新，是因为每到一些时候，总有一些人或部门想解决这问题。这次讨论同样有许多意见，给布衣印象较深的是，大家都认为要给一些特殊群体让座，但都有不同的看法，其中最尖锐的一条是有人竟指责那些身体好的老人，说他们因为坐车便宜，于是专门在上班高峰期出来轧热闹。我不想作过多的评论，只是觉得，说来说去，关键还是需要沟通和理解。因

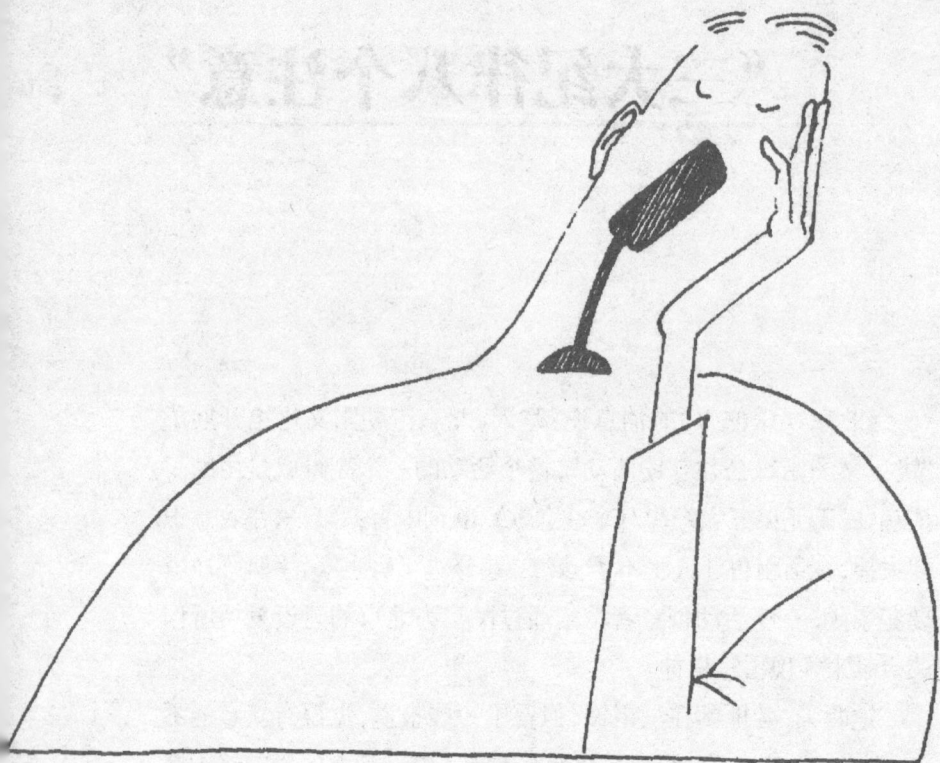

为事情不是绝对的,身体差的年轻人有时不一定非要让座给身体硬板的老年人。

再说民工。这又是个老话题,但又是个不断需要完善的新问题。还是上面那句话,理解和沟通。城里人不要以为有了城市户口就是主人啦,城里的哪一样事情少得了民工?当然民工也有个提高素质的问题,"三大纪律八个注意"就是自律的好方式。

自觉是进步之母,什么事情大家互相自觉了,这个社会就和谐了。

2004年3月6日

一条标语和48棵树

将标题中的两者联系起来的是一位市委书记。

《新华日报》的消息说，江苏宿迁市委书记仇和前几天到乡下去检查绿化工作，看到不少乡镇都挂出"欢迎领导莅临指导"之类的标语。仇和问当地一位工作人员，做这样一条标语要多少钱？工作人员告诉他要花96元。仇和就在心里算了一笔账：2元钱可以买到一棵树苗，一条标语相当于48棵树苗，栽植10年后至少可以卖到1.5万元，而挂这样一条标语没有任何实际意义。

在检查绿化工作的时候想到树苗，太正常了，布衣不认为这位书记在作秀，而恰恰是书记看不惯这种形式主义的东西。领导检查工作，好像下面的干部不一级一级地陪着，欢迎的气氛不搞得热热烈烈，就不足以显示重要性。其实，正如那位书记讲的，这种标语毫无意义，关键是把工作搞好。

布衣还想就这件事情旁及开去。这就是我们现在许多人还热衷于或自觉不自觉地干着的一些纯粹是形式主义的东西。比如锦旗，布衣单位的走廊里就挂着许多面，是一些读者为感激记者的工作送的，相信都是真心，别的地方也都习以为常，可实在是不必要的，对记者来说，为民解忧本来就是职责。至于官司打赢了，原告送到法院的锦旗，或群众送给人民政府的锦旗，布衣认为更不必要，道理一样，都是使命赋予，办好了应该，办不好反而要打屁股。还有大街小巷动不动就挂着红红绿绿写着"真抓实干"之类的标语也是一种浪费，有些人就是这样的思路，认为只要口号喊响了，标语打出了，任务也就完成了。扳起指头算算，一年到头，这方面的钱也不是个小数目，把这些钱花在干实事上该有多好，如果用来买树苗，那不知有多少棵树可种。

　　要把标语之类全部取消不切实际也没这个必要，布衣只是想借这位书记的东风表达一层简单的意思：上有所好，下必甚焉。话虽难听，但戒除形式主义的一些东西总没有登天难吧。

2003年5月6日

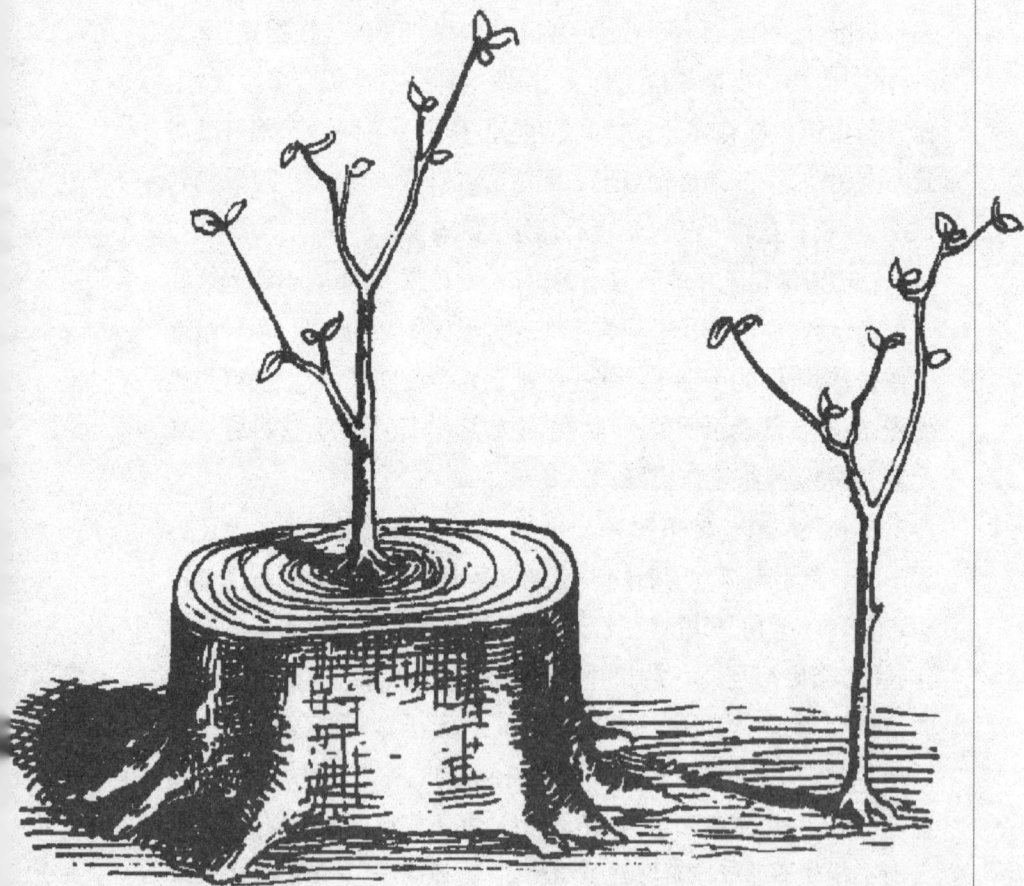

我们的鹦鹉遍天下

鹦鹉正在成为我们的朋友，因为它正被某些地方的某些人重用，这个重用已不仅仅是将它当作调剂品，而是充当了我们工作和生活中的某种重要角色。这个说法源于两则刚刚看到的新闻。

先是说南美的厄瓜多尔最大城市瓜亚基尔市的市长尼伯特，由于不堪记者对他的穷追猛打，就买了一只鹦鹉，干什么呢？培养它"答记者问"。如果记者再提出尖锐问题的时候，这只鹦鹉会在尼的示意下说"无可奉告"、"你的问题太无聊，不值得一答"等等。

紧接着的是澳大利亚一家叫"海盗天堂"的连锁店，他们找到了处理顾客投诉的新办法：雇用一只6岁的鹦鹉来接打电话。这只叫彼得的鹦鹉会说36句客套话，其中包括"对不起，保证再也不会发生这种事了"、"我们如何赔你呢"、"我们会给你一些饭店优惠券的"等等。顾客调查显示，多数投诉者同彼得"谈"过后感到"相当满意"。

两则鹦鹉的消息都很有意思，但我觉得有意思的不仅仅是启用了鹦鹉，更关注这种做法的背后，也就是说，他们为什么都不约而同想到了鹦鹉？

简单地说，不堪其扰是共同的前提。现今的记者可以说是无孔不入的，什么问题都想得出，什么问题都敢问，特别是那些善于挖别人隐私的高手。这样的结果虽说是新闻竞争的必然结果，但同样给采访对象带来无穷的烦恼。我看过一则漫画，大意是一对年轻夫

妇刚生下的婴儿,就拿根棍子在垃圾箱里翻东翻西,旁边的一位老人赞叹说"这孩子长大了一定是当记者的料"。夸张是夸张了点,也有些刻薄,却是形象生动得很。面对这样的记者,尼伯特市长的这种做法实在聪明,起码他可以在鹦鹉的掩护下不会经常下不了台。同样的道理,澳大利亚的那家饭店由于受人欢迎,生意好得不得了,但正是这个原因,一些顾客就会对一些十分细小的琐事吹毛求疵,谁叫它是名牌呢。而饭店对投诉电话是自动答复,让那些有投诉欲的人很不满意,他们希望有人听他们的牢骚。鹦鹉接听投诉电话于是应运而生。

　　当然，共同需求鹦鹉的前提下不排除炒作的嫌疑。用鹦鹉来答记者问，说白了也是一种应付。而且，当鹦鹉出现在现场时，答记者问的气氛就会完全改变，如果记者问到了他因工作的失误或者是生活中出现的某些问题，这些问题公众又极想知道，这个时候鹦鹉上场解围，虽然能搪塞，但其实质却是"王顾左右而言他"，严格说来，并没有尽到一个国家公务人员的职责。饭店的鹦鹉，用意就更加明显，当鹦鹉在总机的接转下煞有介事地接听投诉时，挑三拣四并准备大发牢骚的顾客心里立刻有了一种怨气的缓冲，等到唠叨地投诉完，鹦鹉答上一句"对不起，我们的食物让你不舒服了"，一般说来，怨气都会立刻冰消雪融的，谁还会和一只聪明的鹦鹉过不去呢？更妙的是，这些有怨气的顾客还会经常选择这家饭店，道理很简单，因为在这里用餐可以得到别的地方无法得到的乐趣。

　　话说回来，我们的鹦鹉遍天下，还是有限制的，就前一桩说，这种事情在南美可以，我们这儿绝对不行，因为它会成为某些官员敷衍老百姓的手段。从后一件看，我们有实力的饭店酒家倒可以一试，而且生意肯定会好许多，当然，首要前提是不违反消费者权益，不然请十只鹦鹉也是没有用的。

2004年6月29日

宝贝and废物

　　一个人的废物另一个看来就是宝贝,相同原理,一个人的宝贝另一个看来也可以是废物的。

　　吃不到葡萄就说葡萄酸。前两天,被一种舆论牵引着走进了连卡佛。虽然有心理准备,还是有些吃惊。一件衬衫几千元,一条短裤几百元,一个布包1万元,几万元的东西好像小菜一碟。我的疑问是:穿上这些东西究竟是什么感觉?一定是胸也挺了,腰也细了,脸上的雀斑也没有了。数出大把的钱,已婚的小资女性骄傲地说,一个胸罩上千元,还能提高性生活的质量。

　　买的人把它当宝贝,想想也是有道理的,不然有些人为什么会挖空心思造出数十万元一张的"性爱床"?我看到报纸上登着的促销照片是,几个模特或坐或卧在床上,做着各种暧昧动作招徕过往行人,既有些莫名其妙,也有些滑稽搞笑。厂家的宣传说是这种床能帮人做各种动作,有人就笑了,说什么床不能做动作呢?

　　本人冬烘一个,也不太喜欢逛商店,因此对雨后春笋般的新东东只有张大嘴惊叹的份。但书店除外,新华书店里最近来了什么书,我都会时不时地跑去浏览一番,在口袋并不殷实的情况下,经常会抱回一大摞,弄得有人常常会侧目以待,这家伙不会有什么病吧,几百块钱,就这么一堆重重的纸?有这个想法的人其实并不少,只是碍于人家要说没文化而不言罢了,她或他心底里是瞧不起买书人的,读那些破书干什么,又不来钱?他们家豪华的书柜

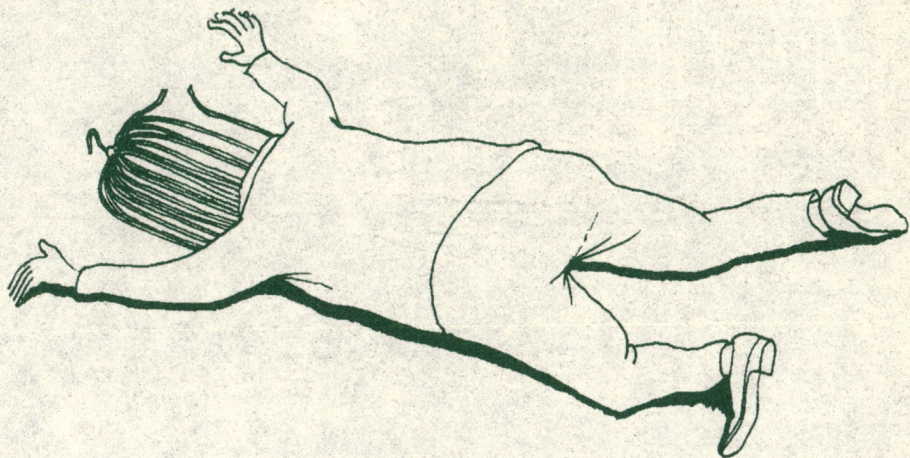

上也有书,不过那是和家俱店里陈设一样的书,只有一个封面,里面是空的。

前两天同学聚会,一位同学劝酒很有本事,嘴里不断有顺口溜冒出,闹哄哄中只记牢两句口号:酒是水啊,钱是纸啊。是的,这也是一种思维的转换,一件东西,正儿八经地把它当作东西的时候就真是东西,它就会压迫人,有时简直让人喘不过气;而不把它当作东西的时候就真不是东西,我们反而会很快乐。想想看,当酒是水时,还有什么不能喝的呢?当钱是纸时,还会那么看重吗?

前言不搭后语地说到这里,似乎应该跟着标题归纳一下中心思想了:那么贵的物品,买的人自然当成宝贝,比如几万块的包,比如数十万的"性爱床",比如几千块钱一套的书,但有人将宝贝看成宝贝,就允许有人将宝贝看作废物,有人将废物视作废物,也允许有人将废物当作宝贝,个中的转换,全在于——,不说了,说多了反而漏嘴,权且用破折号代替,谁愿意怎么想就怎么想。

2004年2月

转品

表层是一个词,里子却是另外一种义,或者此词非彼词,此义非彼意,凭借上下文,或"负"到"正",或"正"至"负",逆转反袭,论旨转换,褒贬全由心境。

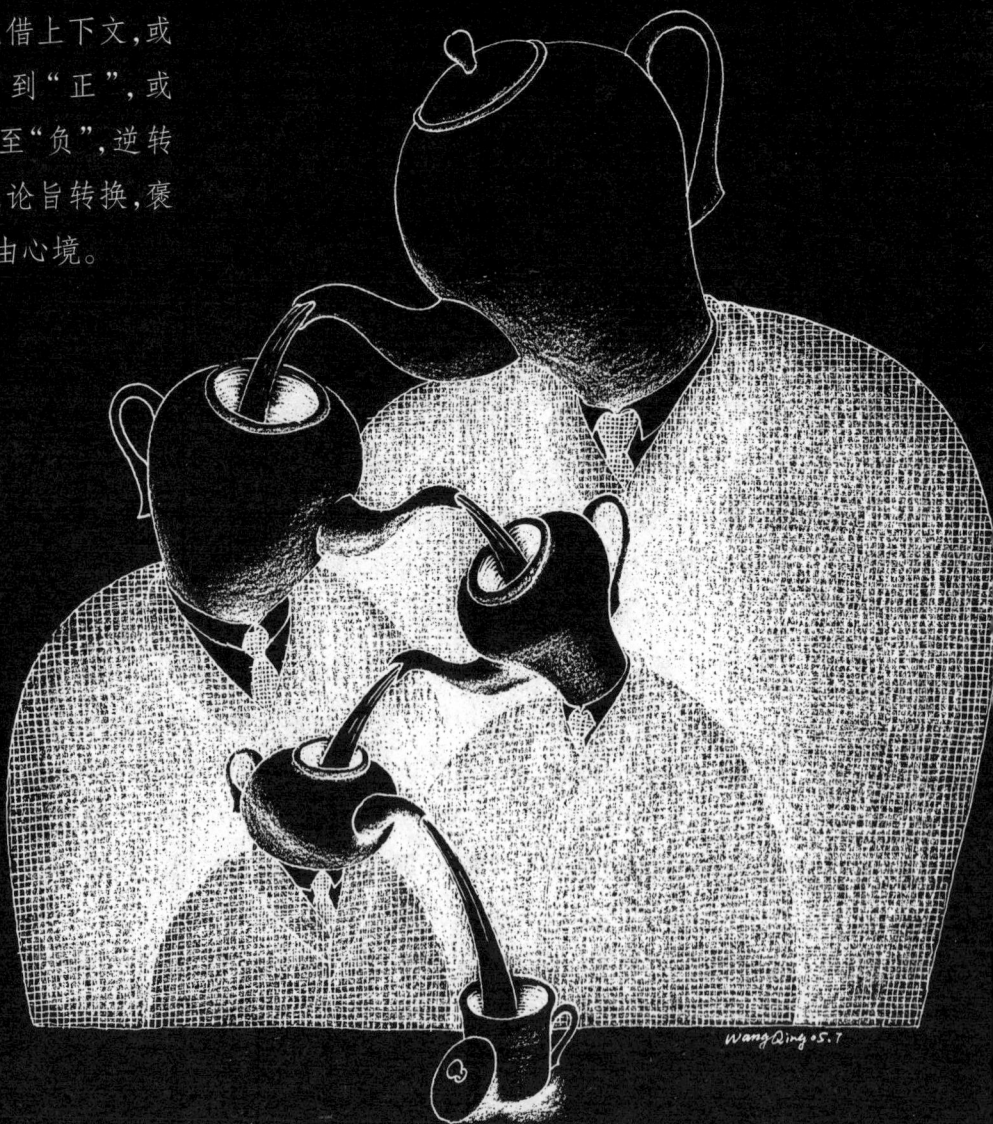

WangQing·5.7

"把老公寄存起来"

理论理论

无形的复杂

"熊猫爱情长廊"？

蹩脚的魅力

肚子大了

就当它是一种娱乐

兵马俑的主题

夹脚的皮鞋

"棺模"

黑框顾问

很棒的"英语跟屁虫奖"

"把老公寄存起来"

首先声明我也是一位老公。标题是我这几年来一直迫切想表达的一种意思，而且我周围的许多老公们都想让我表达这种意思。当然，这个意思最先表达的应该是那个比较著名的作家余秋雨。大约他陪马兰逛街太多了才生出这个"发明"。

这样，"把老公寄存起来"的话题就明白无误了，因为这是众多的丈夫和比较众多的准丈夫一定要履行而且不得不履行的义务，不容讨价还价。

我一个同学的夫人是这样夸奖她先生的：我们先生，每次逛街都陪着，十多年来表现一直很好，而且他从不乱出主意。这位老公笑笑说，他每次都把陪她逛街当作练脚力。难怪这段时间，晚饭后散步，我们夫妻绕着广场走两圈就气喘吁吁，而他们俩却轻松得很，还说我们平时不锻炼。上一次我们单位举行登山比赛，因为奖项比较丰厚，且又分男女老中青组，于是大家都跃跃欲试，而且赛前我们都有过仔细的测算，认为谁谁肯定能拿，谁谁可能会得，结果却让人大吃一惊，大约有一半的得奖者出人意料，其中有两位瘦瘦的女士拿了大奖，她们竟然都穿着高跟鞋，问为什么能如履平川，她们轻描淡写地说，平时常逛商店，一逛就是好几个小时，这点小山算得了什么？

如果光这样看，那我这篇文章就不必要写了。开头我就说了，我最烦逛街，我如果要买东西，也是直来直去简单得很，不管夫人

怎么埋怨,因为我这个态度,她也就不指望我会陪她,这绝不是感情问题,实在是一没有兴趣,二没有功夫。为什么现代人都喜欢快餐,就是因为时间的价值太高了,陪太太逛街比给她3000块钱更难。于是当看到余秋雨那个发明时,当时就写了文章肯定。虽然有人将逛街当作一种休闲方式,但喜欢逛街是一种喜好,不喜欢逛街也是一种自由,可惜很多人并不这么理解。

我们不妨将"寄存老公"当作一种发明,只是许多商场并没有意识到这个巨大的经济增长点,他们就是舍不得辟一块专门让老公们歇歇脚的地方。你想,当大多数老公们兴致勃勃地陪着太太们逛街时,要知道,这种行动有可能是无目的的,但大多数应该是有目的的,就是开初没有目的,但逛着逛着说不定就有目的了,太太们那个高兴啊,有钱包在身边,随时可以提取,而且太太们这时往往可以撒撒娇、比比阔什么的。商家不乐坏才怪。可惜得很。

如果可以将大量的老公们予以寄存的话,并逐渐形成风气,那么,真正的新的休闲时代就来临了。

2004年3月3日

理论理论

　　我想表达这样两层意思：一是动宾结构，前一个"理论"是动词属性，后一个"理论"是名词，合起来是说"理论一下那些个所谓的理论"，或者表示"和那些理论理论一下"（类似讨个说法）；二作哀叹无奈意，即"理论啊理论"，后面可加叹号或省略号。两层意思均系上半年不断被"理论"折磨所致，此所谓"愤怒出文章"。

　　今年以来，为了接轨，我做了几样和"理论"有关的事情。先是考驾驶理论。车没有摸过一下，但理论关必须过的。一些规章制度算不上严格的理论，那些难懂的机械原理才折磨人，一点感觉也没有，死记标准答案，考过没几天，竟一点也记不起来。再是计算机考试。平时也在用，但就是不知道还有这么多的理论，因为刚刚考过，还有点印象。举例说明一下。什么叫"文件"？一套的答案是：记录在存储介质上的一组相关信息的集合；另一套的解释则为：记录在磁盘上的一组相关信息的集合。还有一个频率最高的动作"打开文档"是这样表述的：把文档的内容从硬盘调入内存并显示出来；巧的是，这也有另一个标准答案：将指定的文档从外存中读入并显示出来。我不知道"存储介质"是不是就是"磁盘"，"从硬盘调入内存"和"从外存中读入"是不是一个意思，如果是，为什么偏要两样表述？大部分人毕竟不是专业的啊。如果不是，那题目就不应该这样出。这种理论本来就抽象，打架的理论更让人犯迷糊。还有职称外语考试，也是一种必备的理论，前些天已经写了篇《狗日的外语》，文章写了一半，一位编辑说你这样骂我们不敢发的，恶气只得咽下。

像我这样对理论感冒却又无可奈何的肯定不在少数。比如几成众矢之的的职称问题，前段时间，就被上海交大讲师晏才宏的死再次掀起了议论的高潮：这么好的老师，早就应该是教授了，为什么还是讲师？是他自己不要吗？肯定不是，一定是有什么他无力搬开的东西挡在他评教授的路上。这个东西也许就是沉重的"理论"。还有一个被公认的事实是："考试经济"已经成为目前市场经济队伍中的重要一支，且有越来越红火的趋势，单就职称而言，可以卖多少理论书啊，一版再版三版至N次版；可以组织多少场考试

啊,一次不过二次重来三次纯属正常,初级要考中级要考高级更要考,如果这行取消了,不知要有多少人失业。然而,要理论有什么用,理论能换钱吗?它又不是我们幸福的源泉!但它恰恰是,真能换钱。支撑理论不断兴旺的基础是:有许多单位的准入要看职称,而且还将工资待遇甚至退休也和职称挂起钩来,利益就是最大的驱动力。

前两天又看了一回《诸葛亮挥泪斩马谡》。那个马谡啊,自幼熟读兵书,加上他又立了军令状,一贯神算的孔明也大意了一回,犹豫徘徊间就失掉了街亭。人们的一向看法是,是马谡脱离实际的理论害了他,的确是,这个中心思想直到今天也没变。

或曰:理论错了吗?是理论的错误吗?都不是,理论和实践一直是谁也离不开谁。这里也丝毫没有贬低理论的意思,理论之树常青,我对理论始终有一种敬畏的心情。还要向理论说的是,没有一种理论是完美无缺的,也不要因为自己不是十全十美而不必要地感到烦恼。只是我们中的许多人仍然被越来越多的理论折磨着,因折磨而生发出骂,骂不成变叹,于是就催发了一个问题:既然这么重要,有没有痛并快乐着的理论?

2005年6月13日

无形的复杂

如果不是看到下面这条消息，我是不会写这篇文章的。这个消息说日前美国印第安州珀杜大学一帮学工程的学生发明了一种异常复杂的装置，使得更换手电筒电池和打开手电筒这一简单操作，步骤达到了125步，他们因此获得了年度"鲁布戈德伯格机械奖"，这项奖为纪念漫画家鲁布戈德伯格而设，在他的作品中，一些非常简单的工作常由古怪的复杂机械完成。消息的发布者是新华社，不得不信。

我很想看到这一简单动作是如何被设计成125个步骤的，可惜没有详细介绍，估计这也是专利，不是随便可以展示人的。于是在接下来的几天里，不断地想，绞尽脑汁，也不过十几步，看来，在有限常识里，笨伯我一般很难超出50步。于是想到了其他。

其实，把简单弄成复杂，在许多方面，我们并不亚于那帮学生。比如说吃，通常有一鱼三吃四吃，但在许多鱼的故乡，鱼就有可能被做成几十种上百种的吃法。由鱼推开去，许多的动物都可以这样被复杂地吃。前两天看到一则图片，几只鸡在不停地很痛苦地跺脚。为什么呢？原来它脚掌心的厚肉被活生生地剜掉了。为什么被剜呢？原来这个地方有一道菜叫"活剜掌心"，一盘菜起码要十几只鸡的脚掌心。这样的作派不胜枚举，且常常翻新。尽管有人在抨击这是道德上的作死，但许多人还是照吃不误，有时还自诩为智慧。

　　那还只是表面的复杂，有形的。更多的是无形的复杂。蒋经国之子章孝严申请改姓为蒋时说：为了名字中的这个"i"，I（我）已经奋斗了很多年。章的英文拼写是chang，蒋则是chiang。这些天，原黑龙江绥化市委书记马德卖官案再一次被媒体爆炒，我除了关注马德外，更关注他的前任，原绥化地委书记赵洪彦，赵系由省委组织部下派干部，"深谙组织人事运作程序与规则"，但正是他利用自己对规则的熟悉，开始改变了规则，这个"改变规则"，就是将原本公开的选人原则弄成按照自己意志行事的原则，在这样的"原则"下，他就可以卖官，而且又要将自己意志的贯彻变得像模像样，卖得很民主很公开。可怕的是，他们既然能将程序弄复杂，这个权力金钱交换系统，也肯定在绥化下面的县市被复制着。曾经先后向赵和马行贿的原绥棱县委书记李刚，在两年的时间里竟然收受索要131名下级官员的贿款。正常的组织人事规则被一个个小诸侯用自己的地方逻辑全盘改写了。

最典型的要数我们身边了。许多人都有这样的体会，我们这里的人际关系太复杂了，复杂到你难以想像。有些人当面对你笑嬉嬉，背后逮着机会就说你坏话。勾心斗角，暗剑中伤，无中生有，嫉贤妒能，人人自危，朝不保夕，有朋友狠狠地说，用上所有的成语也不过分。上层的A和C是一派，B和D是一股，E及F则是倚墙，那么，中层的G们日子就不会太好过，谁都不敢得罪的结果是恰恰要得罪！在这样的地方工作，小老百姓还有什么舒心日子可过？不知道哪一天早上起来就得罪了哪位神仙。从这个角度说，换电池125个步骤，复杂是复杂，毕竟可以掌握，无形的复杂就难了，许多人都被碰得头破血流。

那么，这种复杂的根源在哪里呢？从哲学上讲，既然简单被弄成了复杂，根源也不会简单。我想用一个场景来解释，不知合不合适：在两个相交圆里，两只猫各自在自己的圆里相安无事，因为相交部分是一只老鼠，虽然有任务，但可以不管；当老鼠变成一条鱼时，两只猫就怒目相争，接下来就会斗得你死我活。为了什么？简单得很，利呗。

2005年5月30日

"熊猫爱情长廊"?

诗意的计划来自昨天的《天府早报》：一群自称是"生态旅游公司"的人在四川白水河国家级自然保护区神神秘秘地四处调查，说是要投资3亿元，在这片熊猫频繁活动的地方打造一条长达120多公里的"熊猫爱情长廊"，让游人在专门修建的"瞭望台"上，通过望远镜、摄像探头等"偷窥"大熊猫的"绝对隐私"。

大家都关心国宝的生存。国宝之所以成为国宝是因为资源稀少，而这个大熊猫的繁殖能力更是力不从心。前段时间有两则消息被人关注：一是说国宝一点儿"性趣"也没有，急坏了大熊猫繁育保护中心的研究人员，一些脑子灵光的同志就想出了给国宝看"黄色录像"的招，用音、画刺激熊猫的性欲。当然这是它们同类的生活片。另一消息则活灵活现描述了某只国宝性趣十足地完成了性过程，隐约记得记者的笔触始终饱含兴奋。缘何兴奋？因为这样的场景太少了，尤其是国宝。

说了一大段国宝的"性"事，并不是无聊，实在是和前面的话题紧密相联的。想想看，既然大熊猫如此难繁殖，人们就会更关注它们的性事。如果有一条旅游线路能"偷窥"大熊猫的"绝对隐私"，岂非一大美事？这大约就是计划炮制者的理论依据。

不过，布衣对这个计划基本上持怀疑态度。因为它涉及，一些地方是保护区，既然被保护了，便不允许进入；另外，技术上操作也存在问题，即使设置了"瞭望台"，也不一定就能通过望远镜看见在深山中生活的大熊猫,何况它们的"绝对隐私"?哪有那么巧啊,人家做事会让你看到,如果频率很高则还有看到的可能,可惜不是这样啊。

国宝们在保护区内生活得好好的,干嘛要去惊动它们?既然要花大价钱去保护,赚钱能不能不打它们的主意?

鉴于这件事的可能性太小,布衣对这件事于是有了两种猜测:要么是带着某种目的的炒作,尽管目的暂且不为人知;要么是某媒体的嗅觉太灵,把几个闲人的闲扯当作新闻发了。

2003年7月7日

蹄膀的魅力

　　"家有筵席,必有酥蹄",饱满酱红的蹄膀在周庄的许多店铺里流光溢彩,诱着游人。我不敢说游人到周庄是奔着蹄膀去的,但我到周庄吃了蹄膀后却深深记牢了沈万三,虽然我吃的蹄膀和沈万三八杆子打不着。

　　刚刚看过一部电视剧叫《聚宝盆》,说的就是沈万三的事。那沈万三的经商水平真是了得,古今中外商人的聪明劲都在他身上得到了体现,做什么发什么,不想发都不行,可我看了大部分的剧情,和这个万三蹄膀都不太有联系,或者是很牵强。倒是有人透露了这样的"玄机":"以为万三蹄是文化的话,赶快去吃;以为万三蹄不是文化,更要赶快去吃!"这就有些明白了,原来这个"万三蹄"也是旅游产品,尽管它比较畅销,据说每年要卖100万只呢!

　　将蹄膀和大明首富沈万三联系起来,不能不说是周庄人的聪明,因为毕竟它和大富翁搭得上边,因为几乎全国的旅游景点都在这样开发资源,有了沈万三,当然要用好用足,就是没有沈万三那样重量级的,也要想尽办法去挖掘,这个时候全凭想像力了。虽然曹雪芹很落魄,但他仍然可以天天喝"曹雪芹家酒";虽然武大郎并不怎么帅,但相邻的两个县就是要争"武大郎故乡";虽然"夜郎自大"从来都是贬义,但"夜郎国"的归属一定要抢得。刚刚又看到一条消息:清明节期间,河北清河、山西太原、河南濮阳三城市都在争"张氏"的发源地。你想啊,全世界姓张的人都已经上亿,每年都会

有大量的张氏后人来寻祖的,如果能争来发源地,带来的效益你能估算得出吗?以前为什么不争?以前不敢争也不必要争,现在不同了,因为"寻根问祖"是虚,"招商引资"是实。

一般的游人到了景点赏足风光后,一定会去找寻有纪念意义的东西,而且是越有地方特色越受人欢迎,这大概就是"万三蹄"们赖以生存并发展的心理基础,于是那些景点几乎是绞尽脑汁来制造"万三蹄"类的东西来招徕游人,这其中有上等货,但更多的是琳琅满目的下等货,只要逛逛景点的商店就有这种感觉,毫无创意,有些甚至风马牛不相及。

因此,要使蹄膀们的魅力永存,不动些脑子是不行的,而且,光吃蹄膀,胃口再好也会起腻。

2004年3月

肚子大了

　　P城这个不大的山城,这两天被一个"桃色"新闻搅得沸沸扬扬。主要新闻事实是:一初中女生生了一对龙凤胎。

　　城南片流传着这样的版本:女孩14岁,但人长得蛮高大,样子也漂亮,很讨人喜欢。她特别爱慕英俊的体育老师,那老师师范毕业刚分配来不久,一来二去,就做下这等荒唐事,据说那男的家长还蛮欢喜女孩的,孩子也准备自己养起来。你看看,竟然有这种出气的家长。

　　城北片流传着这样的版本:女生是二中的,怀孕后一直看不出肚皮,她自己也不清楚,只是跟同学说过,这月经怎么好几个月不来了,那些小女孩子谁都不懂这种事,肚皮渐渐大起来,就拼命扎裤腰带,上体育课、出操跑步照常进行,那天在上课时,肚皮痛得不行,满地打滚,同学老师手忙脚乱把她弄到医务室,校医一看方才露了馅。听说那是一对龙凤胎呢,两个加起来有十多斤。两个早锻炼的老头说,唉,现在的年轻人啊,不要说中学生谈恋爱,小学生都不得了,那天报纸上讲,有个10岁的女孩子,相好的同学木佬佬呢。

　　城西片则流传着这样的版本:这个女生发育得蛮早,成绩一点都不好,却是个恋爱高手,弄得那个班的男生心里活络络,班主任头痛得很。这种事体也是有遗传基因的,那女生的娘就是个风流情种,17岁恋爱,18岁结婚生的她。据说那双胞胎的"爸爸"也只有15岁,最近因为在商店里用假币,被派出所抓到了,一审,他就招了这事,说是没想到会生孩子,真是作孽啊。

新闻越传越大,最后某领导重视了,指示教委和派出所联合调查"双胞胎"事件。这事还挺复杂的,每个被调查的人都说得有鼻子有眼,但就是无影无踪。最后,调查组来了个大拉网,将镇上的初中女生一一询问,结果出来了:某校有个女生过生日,和几个男孩在饭店庆祝,大概是男生想灌女生的酒,女生不想喝,就说,再喝我肚子就大了。那老板是个好事者,别的没听见,就听到了"肚子大了"四个字,于是,一传十,十传百,版本越来越多,就有了"初中女生生龙凤胎"的新闻。

2001年5月

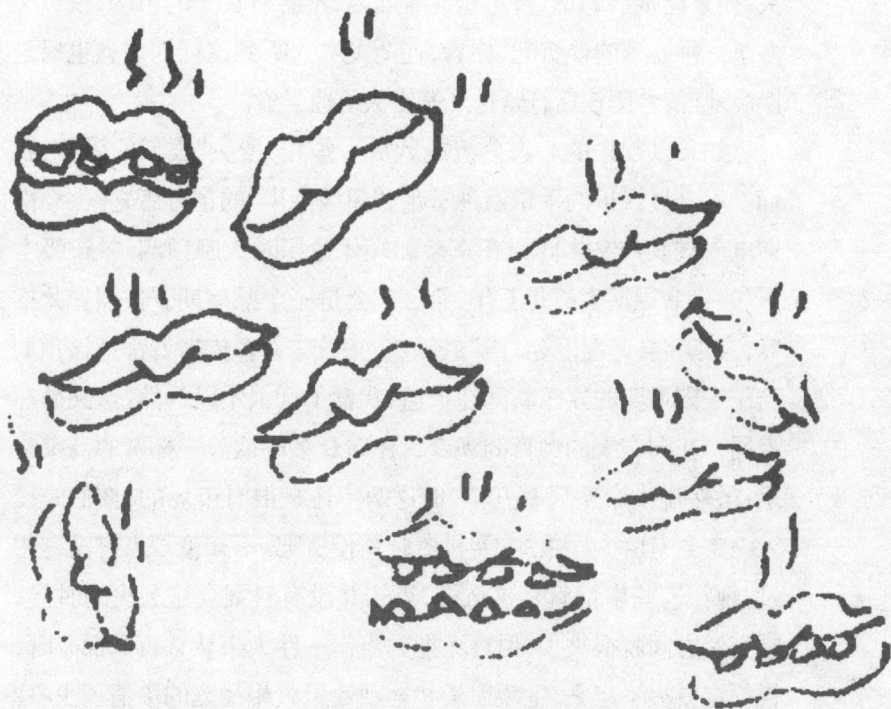

就当它是一种娱乐

当"胡戈馒头"在苏州的两家自助餐厅免费给客人品尝时,我真是佩服它的始作俑者——苏州某传播公司的策划总监,这位总监向记者说了他的动因:看完《一个馒头引发的血案》,我们就想,为什么不能有真的馒头呢?于是他们在本月20号就向国家工商总局商标局提出"胡戈"商标的申请注册。我估摸着,这个牌子的馒头,如果能批准的话,肯定是徒有虚名,不会有真正的市场,权当又多了一种娱乐的谈资吧,你看,连胡戈本人听到这样的消息也只是淡淡地说:希望该店赶紧送几笼馒头给他尝尝。

如果以娱乐的心态分析或欣赏一些和"馒头"类似的事件,我们就不会被娱乐的手牵着鼻子走。"超级女声"的创办者之一、湖南广电局局长魏文彬昨天在京参加媒体论坛时大胆预测:"'超级女声'的生命周期大概是五年,第三年会是一个鼎盛期。"按照如此推算,今年将会是"超级女声"最鼎盛的一年。许多传播者都把该预测当作一则重要的娱乐新闻在报道,我看了则很不以为然,这又是在设局,在向广大的纯真的观众,在向众多的欲分一杯羹的商家暗示:虽然说生命期只有五年,但这两年还是很有市场的,你们的投入一定会有巨大回报的,要投资赶紧投资吧。不知策划者有没有想过,现在有些事情就是这么怪,当初并没有料到会这么火的时候,它突然之间就很火了,但真正把它当作一件大事认认真真操办时,说不定就火不起来,主观愿望和客观效果大相径庭的事情还少吗?

当全国人民都很热衷"超女"的时候，我们家却非常平静，我甚至没有完整看过一场，虽然被笑为老土（因为我很迟才知道诸如"玉米"、"PK"之类的意思），但我还是逢人便宣传或推荐那是一种非常好的娱乐方式。当然，我很敬佩它的策划人。

如果以娱乐的心态看一些突然间冒出来的娱乐新闻，就会显得很理性。去年12月中旬，当我读了《三联生活周刊》的《相声界的草根英雄——郭德纲访谈》大型报道后，先是惊诧，后是感慨，一个典型又要诞生了。果真，此后的媒体是全方位轰炸，将郭德纲抬到了天上。我看了几段他的演出录像，感觉在当前相声不景气的时候斜刺里杀出了这样一位草根，有些新鲜，但我深知，任何人也经不起这样的"捧"，担心的事仍然在发生，郭日前通过经纪人宣布，要闭关两个月，在此期间不再接受任何媒体的采访，因为已经有人开始从"歌德"到"倒德"了，说他有不少问题：经济问题，公费报销自家装修费；操守问题，违反行规三次"跳门"；诚信问题，不可能会600段相声。我相信，随着"倒德"的深入，他肯定还有许多"问题"被揭出。这是不是又是一场娱乐？我很想把它当作娱乐，不管怎么说，郭德纲还是给不少人带来了快乐。

不管是外地的本地的娱乐或类似娱乐的新闻，不管是陈凯歌还是胡戈，不管是李宇春还是宋祖德，也许因为职业的缘故，我基本都带着一种本能的警惕，绝对不是怀疑一切，只是不想太累，太较真，我们的工作和生活已经不轻松了，多点娱乐，多点娱乐的形式，有什么不好呢？我就这样娱乐，行吗？就当它（他她）是娱乐，行吗？

2006年2月28日

兵马俑的主题

　　西安给我留下的印象只有两点比较深刻，一是导游渲染得神乎其神却令我大失所望的羊肉泡馍，但后来我的同事竟为此赚了稿费；二即兵马俑。我们边参观边讨论，争论得最激烈也最没有结果的就是那秦始皇为什么要建兵马俑。

　　有的说，秦始皇用意在于宣扬军威，以显示他政权的巩固和强大；有的讲，看看那些呆滞的愁眉苦脸的兵俑就可知道秦军森严的等级，阶级压迫是多么残酷啊；有的则不以为然，说这是以军阵的形式表现秦统一中国的宏伟场面。乱七八糟的还有许多不同看法。我当时也讲不准，只说要研究一下秦始皇的生平再作回答。

　　虽然喜欢异向思维，但并不想把兵马俑的主题弄得太复杂，单从秦始皇13岁就开始修建陵墓及派人寻长生不老药这两件事讲，这个主题也即他的用意其实是很简单的，那就是秦始皇怕死，到阴间更怕，用活人陪葬他觉得一点用处也没有，他还没烂，陪葬的人早已成枯骨，还不如弄些石头兵马保护自己更安全些。

　　当然，这个主题也可能偏颇，但我认为没什么关系，让后人越猜不透说明秦始皇的水平越高。

　　延伸开去，倒要审视一下我们现在流行的主题观，好像做什么事都要有目的一样，主题成堆，把人们的思维用主题固定起来，最大的悲哀就是反而失去了主题。比如主题公园，主题是什么，休闲？学习？娱乐？健康？或者是团结？富裕？文明？向上？你是没法说清这个主题的,我觉得只要人们在公园里愉快,比什么都强。要那说不清的主题干什么?秦始皇建兵马俑的主题就那么简单。

你在桥上看风景,却成了别人的风景。再过若干年,那地底下的兵马俑可能还会散发出不同的信息,也许跟主题有关,也许压根就没关系,但这并不影响我再一次参观兵马俑的兴趣。

2001年10月

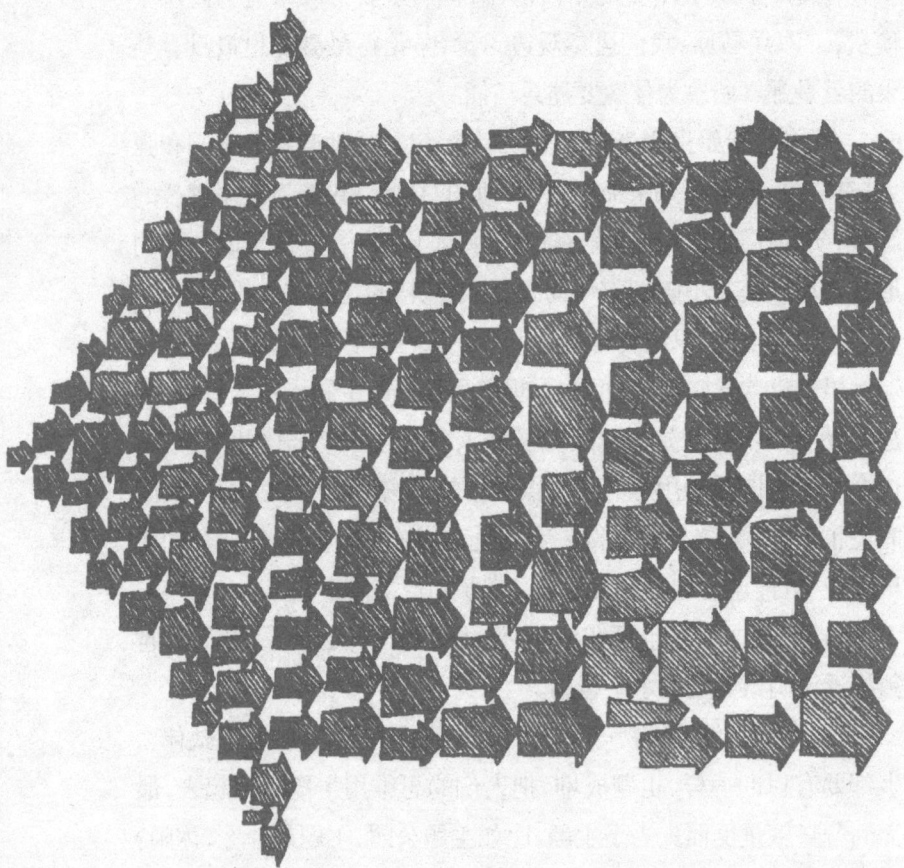

夹脚的皮鞋

　　乐先生这些天非常非常的痛苦，他的左脚踝骨被一双新的皮鞋夹破了皮，走路明显不对称。

　　因天气渐冷，乐先生脱下了夏天的皮鞋，兴冲冲地满心欢喜地换上了一双有点儿高帮的新皮鞋。周一早上，起床迟了几分钟，赶紧打的到了单位，因走的路不多，脚也没什么感觉，甚至还有些舒服。不想晚上下班回家，走了一段长长的路后，左脚渐渐地痛起来了，凭直觉，肯定是新鞋子在作怪。回家一看，果然，皮都夹破了。乐太太见此情景说，明天出门脚上贴个创可贴吧。

　　第二天出门，虽然脚上多了块创可贴，但仍然痛。按他平时走路的习惯，一般都是要走二十分钟左右的，可今天刚走两分钟就受不了，只好再打的。

　　一般人的习惯，这样夹脚的鞋子肯定是不会再穿了，可是这双鞋子不一样啊。这双鞋子来之不易啊。这是双从意大利买回来的，可是正宗的意大利货噢。

　　到意大利买双鞋也是挺正常的，但对乐先生来说的确不容易。首先是出国的机会好不容易才轮到，那可是万里之遥的国度，不是西湖边想去就去的。出国要拍照，好几张，要填表，好几份，办签证，好几趟，有关部门跑来跑去，一系列的事情足以让你头昏脑胀。就是机场进出海关都特别特别地烦，出要排长队，谁叫咱中国人富起来了呢，满世界都是中国人的大嗓门。可恨那个罗马海关，已经是

夜半深更了,还要证件查来查去,照片对来对去,最后还要什么邀请函,一阵忙乱,好不容易才踏上意大利的土地。

意大利的人文及风情自然要细细地考察了,好不容易来一趟。另外看得最多的就是皮鞋了。皮鞋的国度果然到处都是皮鞋,乐先生虽是意大利盲,但原先就打算了的,一定要买双正宗的意大利皮鞋,结果是在导游的带领下,东转转,西串串,手里几张欧元都快捏出水来了,还是下不了手,导游看出乐先生的心思,挺同情的。于是很善解人意地把乐先生一伙带到了一家减价商店。在那里,乐先生一行可是如鱼得水,人人眼睛都放出光芒,几番试脚,最终选定了那双鞋。不料想,满心的欢喜,穿起来却是夹脚。你说,这样来历的鞋乐先生能随意放弃吗?

这样来历的鞋自然是不能随便丢掉的,纵然它是那么的夹脚,只有硬挺着。几块创可贴都贴完了,脚还是痛。没有办法,再贴。乐太太笑笑说,创可贴又不贵,就再忍忍吧。于是再贴,再贴。

两周后,由于乐先生意志的坚忍不拔,那只被新鞋夹破了皮的脚踝骨上终于长出了可以和皮鞋帮子抗衡的新皮(也许是老茧),乐先生很高兴,终于挺过来了,现在的脚穿在新鞋里很是舒服,真的很养脚啊。见此,乐太太也很高兴,到底是意大利的名牌啊。

对于好不容易取得的胜利,乐先生自然是万分感慨,他认为是坚持和节约的结果。不想,一位朋友听了他的感受后却哈哈大笑:真幼稚,这又不是什么新发现,我们大家都这样的,我们能随便丢弃和我们脚早夕相伴患难与共的鞋子吗?

2005年10月4日

"棺模"

　　衣模、车模、房模,现今生活的丰富多彩催生了各式各样的模特,但"棺模"还是头一回听说。

　　什么是"棺模"呢?就是棺材与美女的组合。"棺模"干什么呢?当然是像车模一样卖棺材。这个创意来自意大利人马泰亚奇,他新近推出的2004年"美女伴棺材"月历,为冷冰冰的棺材注入软玉温香的美感。月历上的模特儿姿态撩人,在棺材前面搔首弄姿,相当吸引人。其中,3月和4月女郎是一名金发美女,她站在116型号棺材前露出娇美的体态;9月和10月女郎是一名黑发美女,身上仅围着美国国旗,以诱惑姿态宣传110型号棺材。据说,这些月历在美国很好卖,圣诞节临近,销售情况将更加理想。

　　棺材也是商品,从销售商品的角度看,这个创意无非是想使棺材卖得好些。单个的棺材仅仅是个存在的元素,即使这个元素再完美,它仍然显得单调,何况是不怎么看好的棺材。无论怎样精美,棺材总离不开死亡、冰冷。然而,换一个思路也许情况就会完全不同,在毫无生气的棺材旁,摆上个鲜活生动的美女,不仅会吸引人们的眼球,还会使产品(棺材)的黑色之气、不祥之气立即消除。当死亡也成为美好,死亡也就不那么可怕了。

　　经济环境往往随着经济的迅速发展而内涵丰富。比如20年来,建筑、家具、服装、发型和生活方式都发生了很大的变化,通过这些变化,我们可以看出偏好的变化是多么的迅速,这偏好的变化就是经济环境的一部分,而这些变化大部分是由广告和技术造成的。马氏深谙此理,他就是试图通过美女与棺材的组合,力图消弥棺材身上的那种死亡之气。除了特殊的民俗习惯,要想改变棺材不受欢迎的命运,广告是一种理想的载体。如果将它挂在墙上,每天不断的欣赏,尽管是美女在吸引眼球,但棺材也就不那么恐惧了。这其实还是一种暗示:人家美国人都这么喜欢我的产品,世界上其他地方的人还有什么理由不喜欢呢?你也没有资格不喜欢!喜欢这样的棺材还是一种档次呢。

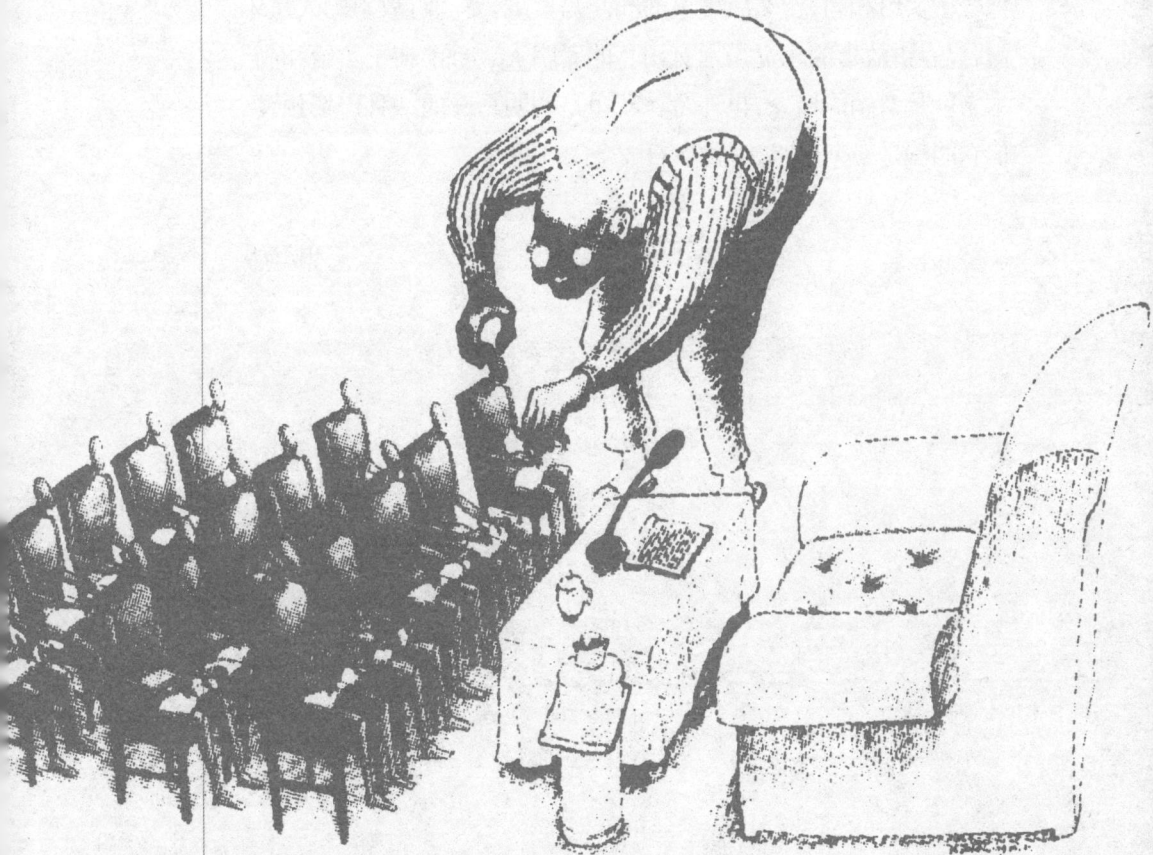

　　前两年我评过这样的笑话式新闻:某孝子,在清明为其父上坟时,为使老父不寂寞,于是在烧祭品时,特意加了几个"漂亮的小姐",老母亲看见了,非常不乐意,认为老头子在阴间不该如此花心。这样的新闻虽是在讽刺荒诞和迷信,但却有一种信息在披露:是否可以给单调或冷峻来点儿色彩?于是,不怎么好卖的车吧,旁边偎个活色生香的美女,人们往往趋之若鹜;一块普通的绸缎,要是披在了亮亮的美女身上,就会价值不菲。当然,这些都是商家的老套路了,但有时你不得不承认,套路往往还是老的辣。

　　我们对将"梳子卖给和尚"之类的故事已经耳熟能详,但很少有人会认真想一想故事的真假,和尚怎么会买梳子呢?谁亲眼见过?把梳子卖给和尚,要么故事里的和尚是傻瓜,要么听故事的人是笨蛋,只有讲故事的永远是别有用心的聪明人。也许"梳子卖给和尚"本来就是营销的概念,也许"官模"也是聪明马氏的一种市场预设。但它的确是一个思路,一种点石成金的好思路。

2004年3月

黑框顾问

我常读的两本杂志,最近的一件同类事情使我有些不快。一本是江西出版的半月刊的微型小说类杂志,叫《××小说选刊》的,作家管桦8月17日已经去世,但10月出版的杂志上仍然挂着他加黑框的名字;另一本是上海出版的也是半月刊的法制类杂志,叫《××与法制》,法学家(不知道准确不准确,姑且这样称呼,大凡顾问都是蛮有名的,不管它健康与否)刘英也已在9月去世,但10月版上仍然有他(或她?)的大名。

全国公开发行的杂志,林林总总的大约有数千种,再加上那些内部刊号的,大多都"聘"有顾问或名誉顾问的,千篇一律的现象总有它的原因,简单点说就是借本行业的知名人物可以造造势,至于那些顾问是否真的"顾"了又"问"了,这是很值得怀疑的,而事实上也有许多的顾问其实是做了冤大头,被借了光,又没得到丁点儿好处,这是违法(名誉权)又不合情理(应该有劳动所得)的。

这样说来,上面例举的两本杂志大概也是出于一样的动机,但可惜的是,人家已经去世了,再挂上一个加黑框的名字是什么意思?是悼念吗?如果当期杂志来不及,那加上个黑框还情有可原,但一连好几个月就有些让人怀疑了;是杂志周期长要提前好几个月发排吗?事实上也有这样的情况,但现在是电脑技术十分快捷的时代,技术已不成什么问题,再说文中的内容都是蛮新鲜及时的,如果真的要改,这类往往排在封二或文内首页的顾问名字,改一下还是来得及的;是因为那顾问已经收取了整年的有关费用,而一定要挂到年底吗?这一点我实在是没有把握,看来可能性还是有的,如果真是这样的话,那按市场规律,我(包括顾问的家人)都是没话好说的,人家可是出了钱的。

也许还有别的什么原因,也许别的理由也可以是冠冕堂皇的。我不知道上述两家杂志要将那逝去的顾问挂到什么时候,但我要说,人既已死,再这样加黑框,并不是悼念,而是对顾问大大的不尊重,而且让人感到有许多的嫌疑。如果"挂黑框理论"(权且称其为理论)能成立的话,那我们的文化界可就热闹了,我不能保证有胆大创新者会将"孔丘"加上黑框,但将鲁迅等人加上黑框的事则是完全可能出现的。

2003年11月

很棒的"英语跟屁虫奖"

世界上又一项新奇的奖项、令人刮目相看的奖项产生了。新华社昨天的消息说,法国的英语跟屁虫学会近日将年度"英语跟屁虫"大奖授予了法国电信公司总裁,因为他使用英语来命名公司产品。报道说,自1999年以来,这个学会每年都颁发"英语跟屁虫"奖,获奖者都是"全心全意维护英语在法国的优势地位,导致法语受到损害"的"法国知名人士"。由13人组成的评审委员会包括捍卫法语协会等多个团体的代表。

我并不把它当作无聊的奖项,我把它的评比看作是一种捍卫法语地位的智慧手段,这是一个很棒的并不亚于诺贝尔奖的可以推动法语进步的奖项。

先说这个跟屁虫学会,这样的名称是再贴切不过了。对自己国家的语言不感兴趣,或者说将别国的语言学得很好,这样的人是很多很多的,不仅法国有,就是被学的英国也有,英国肯定有人将法语学得比自己的英语棒得多的人,这一点也不奇怪,奇怪的是不分皂白的从众现象,将大量的财力、人力和精力花在学别国语言上,而且又是将自己的母语学得一团糟的现象。我想,誓死捍卫法语地位的那帮子有识之士就站出来维护了,这样的势头不遏止怎么行呢?肯定是不行的!想个什么法子呢?你总不能下文件干预吧,人家可是对英语棒的人会提供大额奖学金的噢,也不能说英语有什么什么不好吧,否则英国政府跟你急。于是,跟屁虫学会就这样诞生

了，现在看来，这个学会的作用可以四两拨千斤。

　　再说这个"英语跟屁虫奖"。我们是不能从被冤枉的角度看这个奖的，电信公司总裁仅仅是因为用英语来命名产品，可能是造了一个什么新玩意儿，也可能是用英语国家的技术，也许是想用这个产品打开英语国家的销路，总之他是在不经意间用了英语做名称，不想却获了年度大奖，尽管这位总裁不会到颁奖现场。这个总裁真是幸运啊，要是搁我们这儿，要获奖，门都没有，因为我们身边每天都在用英语来命名产品，而且是以此为时髦，尽管这个产品和英语一点儿也不搭界，说白了吧，用英语做名称好卖！

　　千万不要把法国英语跟屁虫学会的那帮子人看得那么狭隘。

他们总不至于那么没文化,一定要死守法语的地位,一定要说英语好的人是跟屁虫。我想,他们实在是看不惯那种法语都没学好或不认真学却起劲地弄英语的现象,肯定不是针对某个人。学会了另一种语言,无疑能开阔眼界,就是不学人家的先进技术,老人家也老早就讲过的,它是一种革命斗争的武器,迟早会用得上的。但如果将自己的东西弄得乱七八糟,学别人的东西恐怕也不会好到哪里去。

前段时间,成都某部门为了迎接国家规范语言文字的检查组,很是热闹,工作规划非常之具体和细致,有领导小组,设正副组长,下设办公室,设正副主任,再设工作人员若干,有照片,有文字,有标语,件件确凿,一切的一切都说明,这个单位在贯彻落实规范母语方面做得很有成就,他们对汉语的规范和运用是多么的重视啊。而事实是,我们现在除了机械的语文考试还有一些让人难做的题目外,学汉语的气氛远远没有英语浓,英语流利汉语结巴的学生甚至成人并不是少数,要命的是有些人还常常以此为荣。

法语博大精深,英语也是博大精深,汉语更是博大精深。她们各自的繁荣并不是以入侵甚至消灭其他语言为前提和基础的,她们可以互补,她们更可以相成。每一种语言,只要没有消亡,总有存在和流传的理由。我很赞赏中国人民大学和武汉大学成立国学院,因为现在我们有成千上万的留洋中学生、大学生、研究生、博士生,却没有多少可以称得上国学大师的汉学家了。因此,"英语跟屁虫奖"一定能触动一下我们对汉语多少有些麻木的神经。

2005年11月28日

抑扬

否定之否定,肯定之否定,否定之肯定,肯定之否定。抑此扬彼,扬彼抑此。或明朗,或暧昧。非警示,亦非巧言令色,却是善意提醒。

讨厌厚报时代

因为职业的关系,我每天到办公室要干的第一件事就是读报。不读报行不行呢,肯定不行!因为只要一天不读报你就不明了同城的其他报纸在干什么,不明了其他报纸干什么,那你还做什么报纸!因此,我必须每天读报。每天读报大约不是我一个人,在我们这个城里,起码有几十万,有什么好稀奇的。问题是,我每天必须要看的报纸论版数算至少在300版以上,多的时候甚至超过500版。痛苦啊。于是我就有了标题中的想法。

报纸为什么越来越厚?一句话,新闻竞争的结果。几年前,我们这座城市里的报纸还都不太厚,大前年还是16版居多,前年就是32版了,去年有很多出了48版,今年这个时候,有许多已经是64版了,多的时候达80版。在广州、上海、北京,报纸早已进入厚报时代了,多的时候据说一天达几百版。在发达国家,厚报那是常事,人家平日版就上百版,《纽约时报》就出过960版。对办报纸的人来说,谁都知道,报纸加厚就是增加成本,谁愿意增加成本呢?但在这个新闻竞争日趋激烈的时代,人家厚了,你不厚,你就死路一条。于是只好咬咬牙,加厚吧。

有人说,报纸的产品是读者。这似乎不太好理解,为什么这么说呢?因为广告客户在认购报纸版面这个特殊产品时,他依据的一个重要部分就是读者有多少。只有30万读者的报纸肯定没有50万读者的报纸牛气,因为牛气,于是它的版面广告价格就高,换句话

说就是,报纸是将读者当作产品卖给广告客户的。报纸加厚,一个
显著目的就是增加读者,吸引广告,而有了广告,实力增强,才会更
好地办好报纸。从这个角度说,报纸越来越厚,是现代新闻竞争的
必然结果。

　　然而,新闻的资源是有限的,白热化的竞争,必然带来某些不
良的后果。各家报纸都使出浑身解数取悦读者,于是许多事实都会
走样。上海的老教授在海南被杀,马上就有报道说是院士,还立即
跟"神五"联系起来,结果呢,"院士"、"神五"都是想当然;长沙县委
书记因为在高尔夫球场出车祸,第二天就有两种说法,一种说是去

消遣的,另一种说是公务谈判,前一种说法虽然暧昧,但似乎更深入人心,他们利用的就是老百姓对腐败的痛恨,然而这种说法却和事实不相符,和事实不相符,那还叫什么报纸?可以这样说,每年都可以评出影响极大的"假新闻",这些假新闻的出笼,有许多原因,但和将报纸做厚有着极大的关系。我曾听到某家报纸的一位部主任这样训斥他的部下:每天都是偷鸡摸狗、杀人放火,男的强奸女的,有没有女的强奸男的?这大约就是他的新闻理念。可以预料的是,在这样的理念支配下,策划出来的新闻,难保有一天不会走样。港台娱记发明的"鹅毛理论"就是:既然我们已经发现了一片鹅毛,那"迷雾"后面为什么不可能掩藏着一只肥鹅呢?当然,这也和厚报有关系,整天就那么些事,如果不去将"肥鹅"深挖细研,怎么会有那么多版呢?厚报注定了要有"肥鹅"的。

报纸越来越厚,还有一个重要原因就是,现在的报纸谁都想雄霸天下。市报想独占一个市里的半壁江山,最好能达到八成,还想在省里大有作为;省报想独占整个省里的市场,最好能走向全国;全国的就不用说了,好像这个老大非他莫属。有这样的"大树理论"指引,各家有实力的报纸,什么新闻都要做,什么新闻都敢做,大包大揽,意思是只要读者买了他的报纸,就什么都有了,报纸怎么能不厚呢?

如果不出什么意外,现在或今后的一段相当长的时间里,我们的报纸只会越来越厚。我个人的想法是无法阻碍越来越厚的报纸的,但必须杞人忧天,因为在信息时代,人们可以找出不喜欢报纸的一万个理由。

哦,对了,我们报纸的热线这段时间不断接到读者的抱怨,抱怨什么呢?他们说,本来信报箱里刚好放得下两份报纸,现在不行了,一份报纸就把信报箱给塞满了。

2003年12月5日

金钱是一种思想形式

　　资本有着自己的意志和不可抗拒的话语权力,任何在资本面前自认为可以获得绝对自由的想法都难免自欺欺人,因为金钱是一种思想形式。几个月前的一天,有人问我这些话怎么理解,我说,大概是平常说的金钱具有无穷的威力吧。

　　查了一下,斯宾格勒在《西方的没落》中就曾这样一针见血:金钱是一种思想形式。难怪这么拗!

　　抽象是抽象,其实主干句并不难解。金钱是形式,真的,大多数时候,金钱只是一种形式而已。唤起我这个印象的是多年前看过的电视《聊斋》中的一个镜头:某人爱钱爱到了极点,最后他的腿上全部长满了铜钱。当我看到那条"铜钱腿"时,浑身起满了鸡皮疙瘩。以后只要想起这个镜头,就会有那种被深深刺激的感觉。不是我不喜欢钱,实在是那样的爱法让人受不了。那么再回过头来看被加上限定词"思想"的形式。谁有思想?动物有吗?有,不过我们不太能体会得到,而且要有也只是低级的思想。那具有思想的只能是人了,这就好理解了,于是我们完全可以这样讲:金钱是人类的一种思想形式,而且是最最重要的思想形式。

　　在我看来,思想形式的体现基本为两类:一类是人们每日努力工作而获取生活所需品的薪金,能力有大小,薪金有多少,再通过税赋杠杆,社会就是这样在正常运转着;另一类就是人们不断谴责的、制度制约的、法律惩罚的另类金钱获取方式。贪官、奸商等等均

在此列,全世界都一样,古今也都一样。今天我们对金钱的态度应
该是有些理智了,在底线之内,不再会因为谁说到钱、谁只认钱而
嗤之以鼻,那样会太幼稚。

昨天在的士上,听到某交通广播男主持在播报路况:现在某某
路口很堵,什么原因呢?因为这个路口边上是一所小学,家长送孩
子上学的车特别多。说到这里,主持人突然随口甩出一句:现在的

伢儿啊都是领导。真的是很经典的一句话,幼稚园送,小学送,初中还送,高中也送,甚至大学都在送,我们的家长在干什么呢?为什么会这样不辞劳苦地接送呢?为什么孩子军训家长抹泪呢?也有相同情况的另一种反映:老早老早就退休的CEO们却宁愿带着儿子跑步去上学。这样说来,金钱是思想的一种形式,应该有一个基本的前提,那就是人们认知金钱的方式。金钱本身只是一种形式,当有钱时,伢儿就有可能变领导,但也完全可以不会变领导;当没钱时,伢儿也可能变领导,但变领导的机率相对小些。我们的家长如果对这个问题稍微作点研究,那些其实自己完全能顺利安全到达学校的伢儿就不会像领导了。

金钱能够左右人们思想的其实是一种意念,一种过程,那么反过来,人的思想真的会对现实起作用吗?去年美国有部叫《我们他妈的到底知道什么?》的电影有一个颇有意思的实验想拿来说一下。一位被采访者声称在美国的"犯罪首都"华盛顿特区曾经发生这样一件事:一大帮自认为通灵的人齐聚该市,希望用集体祈祷的办法降低犯罪率,结果真的见效了,犯罪率降低了25%。不过这位被采访者一句话泄漏了天机——原来当地警察一开始对此实验持怀疑态度,后来被实验者的热忱所打动,开始积极配合他们。试想,警察如果参与了这个实验,犯罪率能不下降吗?也就是说,集体祈祷并不能降低犯罪率,只是一种臆想而已。反过来说的用意,实在是想金钱也不能左右人们的思想就好了,或者减小影响力,但仍然有些难度。

金钱是一种思想形式,一个很佶屈聱牙的命题,可能更有其他深奥的理论,有限的篇幅里我如此解释,你是不是还稀里糊涂?如果这样,那只好算我也没理解,白说了。

2005年10月16日

石头·窄门及其他

一直牵动每个人神经的1600元个人所得税起征点引来了无数的话题。说到税收，我想把两个旅途中听来的外国古代故事拿来说说。

一件是关于俄罗斯圣彼得堡建城时的。1703年，当彼得大帝作出要在涅瓦河河口建一座城市的决定时，人们都惊呆了。在波罗的海附近荒凉的沼泽地带建一座城市，这在当时是难以想像的。然而，彼得大帝决心已下，并亲自领导艰巨的城市修建工作。波罗的海附近是沼泽地，那里没有能提供木材的森林，也没有能提供石料的采石场，筑城的木材和石料都必须从远处运来。起初，工程以木材和土方为主，渐渐地，石料成了主角。从1710年开始，被强迫迁入该城的居民每个人必须提供100块石头，其他每个进城的人也必须带入一些石头。

三个世纪过去了，这个传奇的城市虽然几易其名，但作为俄罗斯欧洲部分象征的圣彼得堡依然存在，不仅存在，而且越来越美丽。不能不说，这样的传奇是和石头有关的，不仅有关，石头简直是真正的英雄。但这个作为税收形式存在的石头一定给当时的强迫迁居者带去了不少的苦难。100块石头，虽然没说它体积大小，但从彼得大帝的雄心和当时的地理条件看，应该不会小的，否则无法建成面朝大海的城市。进城的人被硬性要求带石头，可以看成是买路钱，这可是真正的买路钱啊，但石头填平沼泽，双方受益。

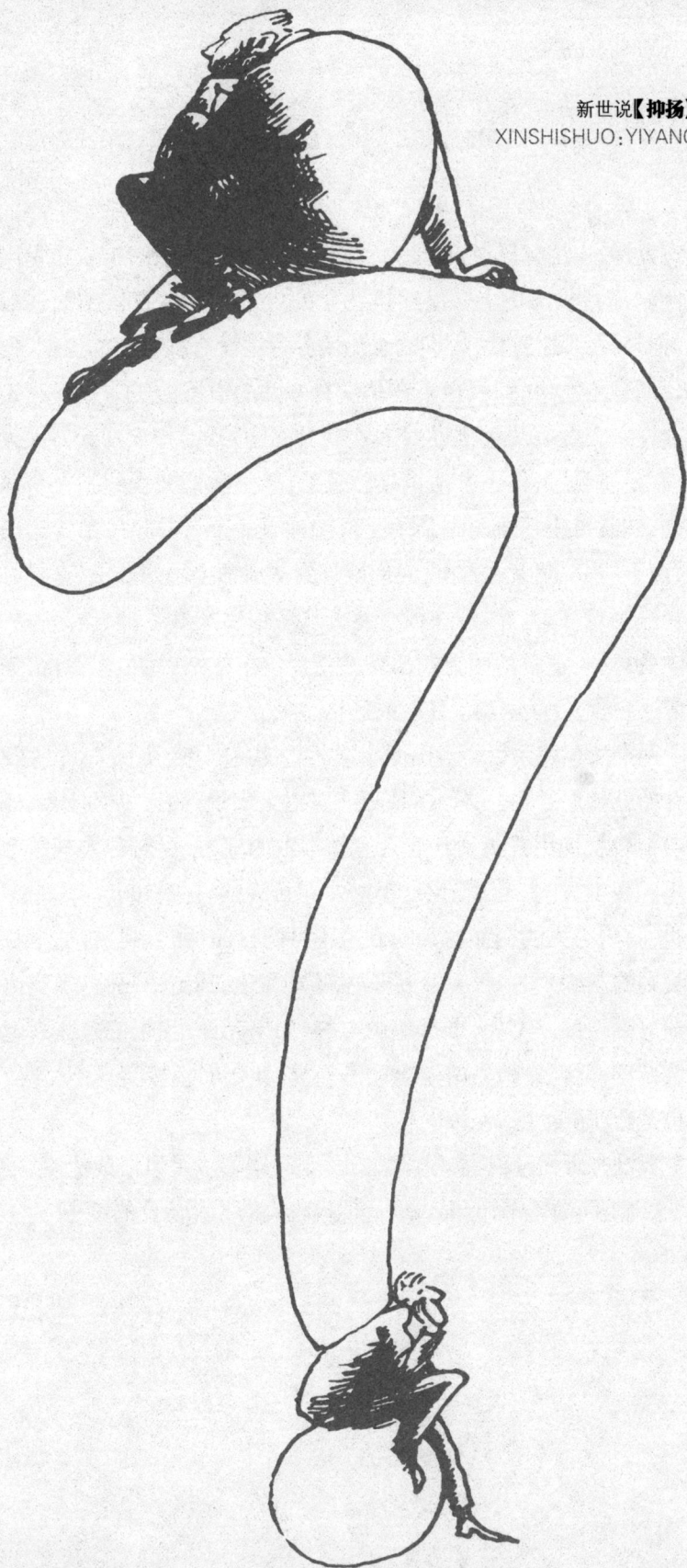

另外一个是阿姆斯特丹的窄门。导游见我们对那里窗大门小的建筑发愣,连忙解释说,那是为了躲避税收。为什么呢?据说这是因为阿姆斯特丹历史上曾以建筑物门的大小作为税收依据而造成的。你想,在那个时代,人们的思想境界远远没有到自觉的程度,何况物质也不富裕,交税也实在是没有办法的事情。好了,你现在定了这样一个规矩,那我们大家都把门开得窄窄的,把窗户开得大大的。税是避开了,但不方便也接着来了,于是我们又看到了一个怪怪的东西,每座建筑的每个单元顶部都有一个可以起吊重物的吊架,由于门窄,搬家不方便,人们就想到从房顶上吊的办法,真是办法总比困难多。当然,现在很少有人从房顶吊家具了,但作为一种古老的风格,这种房顶上的吊架在新建筑中依然保留。你看看,为了躲避税收,竟然影响了建筑的风格。

两个故事联系后会看出两个很明显的共同点。其一,这个税收一开始就体现了不公平。100块石头对富人来说,简直不算什么,他可以很轻松地用钱买到并雇人运到指定的地方,但对穷人就是个沉重的负担,连衣食都无着,哪里去弄石头,而且是100块?那个窄门也一样,穷人的门和富人的门是不可同日而语的。其二,这个税收规则的漏洞太多。石头可大可小,不能量化,靠觉悟吗?这个觉悟的最好体现就是窄门,谁都想少交些。如果允许,我相信有些人就不会开门,就像摩梭姑娘走婚的房一样,让男的直接爬窗不行吗?这也是合理避税啊。

我没有研究过税收,宁愿把这两个故事看成是风俗或传说,不过,这也是两面镜子,两面可以让现代税收借鉴和研究的镜子。

2005年11月28日

"护生"的终极意义

　　我虽然没有美术细胞，但对漫画还是情有独钟的，个中原因恐怕是漫画的讽刺、调侃功能和我喜欢的杂文随笔相通之故。近日读了《历史上的漫画》，更惊叹于这种功能的持久性。

　　这里单说一说丰子恺的《护生画集》。

　　丰子恺一生著作成书一百又几十种，其中最为奇特和珍贵的当数《护生画集》(凡六集)。此书创作过程长达46年，而出版前后更是长达50年。他和他的老师李叔同在1927年商定，为弘扬善行，由丰绘画，李配诗，创作劝人爱惜生命、戒除杀机的"护生画"。丰一发而不可收，并遵师嘱"(弘一)五十岁时作五十幅为第一集，至百岁时作第六集一百幅"。此后历经磨难，至丰逝世后方才出齐。

　　我更关注的是画的内容。比如，画一盒刚打开的罐头，题名为《开棺》，题诗为："恶臭陈秽，何云美味；掩鼻伤心，为之坠泪；智者善思，能毋悲愧。"我吃罐头可从来没有过这样的想法。比如，第六集中有这样一幅名《首尾就烹》的画：画的是有人烹一条鳝鱼，见那鳝鱼在开水中弓起身子，十分奇怪，取出剖开一看，原来是腹中有小鳝鱼子。物类之甘心忍痛而护惜其子也如此。再比如，第三集中有一幅叫《剪冬青的联想》，画中将剪冬青树比做砍人头一样令人难以接受，以此来告诫人们要让生物自由地生长。

　　也许有人说这有些矫情，不杀生，不吃动植物，人岂不都要饿死?我却不这么看。护生实在是要人们去除残忍心，如果拘泥于字

面,那么,你开水也不能喝,饭也不能吃,因为用放大镜一照,一滴水中有无数的微生物和细菌,你烧开水、煮饭时都把它们煮杀了,也就是说,开水和饭都是荤的。从生物的角度看,我们强大的人类和地球上所有的动植物都是平等的,因此,护生,乃是追求一种人与动植物和谐相处的环境。

以前我在看龚自珍的《病梅馆记》时,只注重作者的以物喻人,认为不能像对梅那样地对人,这当然没错,但我们如此折腾梅就对了吗?若梅有知(其实从植物的角度看应该有的),那些病梅又是何等的痛苦啊。丰子恺就是站在梅的角度为广大的梅们作的呼喊,正是因为他关注了人们常常忽略的护生现象,也正是因为人和物的相通相知,他的画才发人深省,至今不衰。

对于《护生画集》这样教诲或讽刺意义都比较强的作品来说,我也希望它速朽,速朽了,社会才显得文明进步。但实在悲观得很,丰画所贬对象,现在仍然大量存在。这样的场景仍然强烈地刺激着我:北海某酒楼有一道"点杀活猴"的菜,客人点中哪只猴子就杀哪只,久而久之,笼中的猴子渐渐明白了被点中猴子的命运,于是每次客人在笼边一出现,整个猴群就如见到天敌一般,当客人点中一只后,其他猴子则一拥而上将倒霉蛋推出铁笼,而被点中的猴子则大声哀叫,泪流不止。假如丰先生在世,他会怎样处理这个画面?我真的想像不出。

2002年10月7日

国税所长抗税

　　这也许是个特例。新华社昨天的消息说:身为海南省临高县新盈镇国税所所长的戴正坚,在光天化日之下为抗交税款蛮横行凶,将执法女税务员罗惠梅打伤致残。此案在两年之后被查处,戴正坚最近被撤掉所长职务。

　　两年前,戴因私购买一块宅基地,办好土地手续后,农税员罗惠梅请他纳税。戴说他买的土地不属于纳税范围,罗察看该宗土地交易档案,却发现完全属于纳税范围。戴仍不死心,轻声对罗说:"我们都是税务人员,我的税你就给免了吧,我会给你好处的。"罗则说:"不行,我的职责是征税,我没有减免税收的权力。"于是就发生了开头说的事情。

　　就事论事想说两点:第一,税是有空子可以钻的,就看你怎样钻。在戴某人看来,属于纳税范围的,可以将它弄成不属于纳税范围,但前提是要有人配合,没有人配合,这样子的事情就做不成;第二,管税是可以有好处的,你免了我的税,我也不会让你吃亏,但也要有个前提,这个前提是贪心不贪心,为利益所动,肯定经不起诱惑,何况"我们都是税务人员",同行之间尽可能不要去得罪。

　　国税所长竟然暴力抗税,布衣认为不能仅仅追究一下就完事的。虽然属于个人素质问题,但为什么搁了两年才处理?他不就是一个小小的国税所长吗?

　　开头就说了,这也许是个特例,但和其他行业联系起来可能就

不是特例了。什么意思呢?就是在别的行业特别是有权有势的行业仍然存在类似现象,最典型的是知法犯法,而且还有一种新现象,就是少数违法者往往千方百计地冠冕堂皇地钻法律的空子,许多已经发生的案子里都找得到这种痕迹。

布衣有个小小的建议:那个地方的税务系统(其实可大大扩大范围)不妨将"国税所长暴力抗税"作为典型教材,首先自己警示,其次告诫别人。

2003年6月30日

县长辞职

39岁的重庆彭水县原副县长蒋成谷这几天成为人们关注的人物。为啥?他因为代管的领域连续出现了重大的安全事故而引咎辞职。

一个农民的儿子34岁当上了副县长,一直分管农业。去年初,因另一分管安全生产的副县长出门学习,组织上要他代管安全。然而只三个月时间,该县连续出现两次重大的交通安全事故,38人死亡。今年元旦前一天,蒋副县长向组织提出辞去职务。引咎辞职的官员,在重庆他是第一位。据说,在全国也是第一位。据报道,蒋是一位非常勤恳踏实的县长,当地口碑极好。

看到这条消息,布衣觉得有许多话要讲,可又不知从何说起。从报道的内容看,事故发生后,蒋除了积极地应对补救外,他的心里一直非常沉重。布衣认为,沉重是应该的,毕竟是38条鲜活的人命,毕竟是分管领导,总不能将采取的积极措施全部当成成绩来报吧,总不能轻描淡写地总结一番后就万事大吉吧,总不能以后事情照样出,官照样当或照样升吧。为什么?责任重如泰山啊。

事故的发生都是偶然的,但这个偶然又是必然的必然,与蒋副县长的运气(只几个月时间)实在是无关的。彭水的两次事故,一次是因为车辆转向系统失灵,一次是因为驾驶员的左眼竟然完全失明。按说,这里都可查到相关的责任,分管县长而且是代管,事无巨细,是管不好的,但确确实实又有脱不了的干系。如果没有责任,设它个县长干什么?但在目前,要做出这样的决定,却是需要十二分的勇气和极高境界的。

蒋副县长"自毁前程"目前确实是个新闻,还是个大新闻,然而布衣确信,用不了多久,我们一定会见到更多领域内更多的引咎辞职。引咎辞职,咎由何来?咎因己来,咎就应自取,这应该成为一种铁的制度。

2003年3月10日

"与盖茨见面"

不是布衣与盖茨见面,也不是某则新闻报道的内容,而是广东顺德新兴起的旅游中有人提出的一个要求。

《羊城晚报》昨天的消息说,在顺德,以往旅行社定下线路,游客被"牵着鼻子走"的现象正逐渐改变,自行选定游览重点、旅游时间的个性化旅游日渐兴起。今年春节,顺德人既有"日本美容游",又有"澳洲高尔夫游",还有"北京订做旗袍游",甚至还有人专程准备飞去美国见一见比尔·盖茨,听他谈谈企业管理心得。

个性化旅游肯定是今后旅游发展的大趋势之一。这种方式虽以经济为基础,但既可实现自己的心愿,又可休养身心,一石数鸟。布衣估计,如果旅行社操作得当,见盖茨并不是什么难事,因为他本人也会对中国人的这个要求感到新鲜,只要他乐意,甚至都可收取一些费用(有好些名人接受采访都要收钱的),市场经济就是追求双赢策略嘛。

想起前两天的一则新闻,说是温州的一些知名企业都可以参观旅游,这方面产生的效益据说要占温州旅游的十分之一强。想想也真是,每天跑来跑去旅游的人群中有相当一部分是希望得到各种各样知识的,能产生效益的知名企业当然就是求知的一个重要方面啦,如果不是十分保密的产品,看看就能生钱,而且扩大知名度,何乐而不为呢?难怪每年暑假的北大、清华游会吸引那么多的中小学生。

　　限于经济能力,到过的地方仍然有限得很,纵然如此,布衣还是赞成这种个性化的旅游,如果让布衣一类做新闻的感受一下全国或者全球最先进的媒体,肯定会胜读十年书的,这个愿望和顺德的个性化旅游道理其实是一样的。

　　与盖茨见面只是个性旅游方式之一种,不可多仿,但只要肯动脑筋,旅游的商机也是无限的。

2003年2月7日

"与鸟同乐"

　　我们这座城市最近发生的两件鸟事很是吸引了我：一件是某报举行的"鸟语大会"出现火爆场面，能说会道的鹩哥、八哥和鹦鹉，叫声悦耳婉转、动人心弦的百灵、画眉、黄莺和绣眼，鸟儿们给人们带来了无限的欢乐；另一件是美丽的西湖边安装上了1000个人工鸟巢，这个新东西实际上是个引鸟器，它会发出"鸟声"，将大山雀、灰喜鹊等引入人工鸟巢栖息繁衍。

　　沉醉在鸟语世界里的人们一定乐此不疲而流连忘返。鸟声，笑声，鼓掌声，声声入耳；鸟事，人事，爱鸟事，事事开心。它们不仅说"您好、再见"，还会背诵"春眠不觉晓，处处闻啼鸟"，会表达"谢谢你给我的爱"，甚至会"how are you"。时尚的鸟儿，多情的鸟儿，儒雅的鸟儿，乖巧的鸟儿，热情的鸟儿，春天，让心情在鸟语世界里游走，我们会全身心地放松，与鸟同乐，就是与大自然同乐。

　　在前一则新闻里，我注意到鸟儿专家们"训鸟秘籍"中最主要的一条是：训鸟的诀窍关键在教育的方式。说要从幼鸟开始，年龄越大训练难度越大；还说要"因鸟施教"；还告诫要注意环境教学，不要让鸟在学习期间听到不该听的东西。难怪成都的塔子公园，曾经出现"给鸟儿办培训班"之类的新闻，原因是那些正在生长发育期的鸟儿跟一些不文明的市民学了骂人的脏话。

　　后一条新闻传递的信息则是非常的清晰：我们的生活需要鸟类，但并不只是点缀，用它来开心逗乐解闷。人工鸟巢非常像各地在如饥似渴进行着的"招商引资",而它却是真正的"筑巢引凤"。不仅如此,鸟类只是人类与自然和谐发展之一种,还有许许多多的其他动物、植物,都需要和平相处,而善待是最起码的先决条件。

鸟语小世界,人生大舞台。筑巢引鸟,种花邀蝶,植柳邀蝉,贮水邀萍。其实,我们需要的远远不止这些。

2004年4月24日

登记的难题

　　刚刚实施的《婚姻登记条例》让众多准备结婚的新人和准备离婚的旧人一阵激动。因为新规定再也不要那劳什子的单位证明,体检证明也不是硬性需要。方便是方便,问题还是出现了。

　　先说离的问题。离婚虽不见得是个坏事情,但也不是什么大张旗鼓可以宣扬的好事情。新条例让想要冲出围城的人痛苦可以立即解除。问题也正是由此派生而来:正因为离的方便,会拆散好多一时冲动的夫妇,按以前的做法,民政部门或者法院都要先做思想工作,让双方冷静一番,宁拆寺庙千座,不拆婚姻一对,实在无可救药的才准许发证,这个磨人的过程还真挽救了不少的婚姻。据民政部门的人说,如今这个过程没有了,几天功夫,离的比率就大幅度上升,一对小夫妻上午怒气冲冲,下午仍然怒气冲冲,于是就毫不犹豫分开了。

　　再说结的问题。结婚的问题主要出在体检上。对那些失去一大笔体检费的医院的叹息,布衣一点也不同情,但对越来越讲究生活、生命质量的今天,取消体检这个程序有点儿不明白,尊重隐私也要以健康关怀为前提。这个问题在条例实施没几天后就有了焦点:四川艾滋疑似女患者周小燕申请结婚使医院陷入了两难境地。按新条例,她不需要体检,既然不需要体检,只要周具备合理合法的条件,登记机关就应该发证;但既然已经体检出毛病,医院就有义务告知其男友,否则就会触犯法律。据四川省人大有关人士说,周的婚事,已经涉及《母婴保健法》、《传染病防治法》、《婚姻法》、《四川省预防控制性病艾滋病条例》四部法律法规,复杂得很。

没有十全十美的东西,没有问题反而不正常。对于离,相信大部分人不会拿自己的婚姻开玩笑,正因为太方便了,反而会更慎重,只是需要时间,这也符合辩证法。对于结,虽然"下位法"(《婚姻登记条例》)和"上位法"(《母婴保健法》、《传染病防治法》等)有冲突,但相信周姑娘不久就会有结果的。

2003年10月13日

新年贺卡

　　布衣新年给友人寄贺卡时都写了这么一句话:身体健康,全家平安。友人笑说,俗,俗到了家,但特别需要这个俗。

　　是的,没有一个朋友能够比得上健康,没有一个敌人能够比得上病魔,现在我们比任何时候都感觉到健康和平安的重要。

　　从个人家庭角度说,一个人的健康和平安事关家的兴衰。如果60岁以前用身体换一切悠着点,60岁以后用一切换身体则完全用不着;《都市快报》发起的"欢乐岁末亲情警示"是:少喝酒,多吃菜,够不着站起来,实在不行就耍赖。不是个人主义,因为健康是本钱,自己的身体都不知道爱护,谁还爱惜你呢?

　　从国家民族角度看,天下粮仓富足,国泰民安强健。重庆天然气井喷,234名遇难者和6.4万名灾民让全国人民牵系挂怀;SARS依然让人惊心惶惶,幸好我们已筑起足能抵御防范的铜墙;一次次矿难让人不安,因为死难者也是我们的兄弟姐妹,血肉相连,休戚相关。

　　再放眼世界,所有的人民都在祈求健康和平。2003年,太多的灾难让人不堪承受。美国"哥伦比亚"号航天飞机返回地面时解体并坠毁,我们同样为7名宇航员悲伤;伊朗东南部大地震,4万多人在凌晨瞬间失去生命,3万多人受伤,我们义不容辞援助,我们没有袖手旁观。对于巴以,对于印巴,对于伊拉克,我们时时都为减少和阻止血腥而奔忙。我们谴责暴力,我们打击恐怖,我们要让那些无辜孩子求助的眼光里找得到希望的天堂。

因寒冷而打颤,最能体会温暖的阳光。"身体健康,全家平安",我们维护健康,我们营造平安,贺卡不仅为友人,也祝愿所有的读者。

2004年1月1日

为牺牲的动物立碑

　　新华社昨天的消息说,我国SARS疫苗研究得到了世界卫生组织的充分肯定,年底前进入临床试验。而昨天《新京报》透露的相关研究细节则让人感动:中国医学科学院实验动物研究所常务副所长秦川教授在接受采访时,向记者介绍了研制SARS灭活疫苗的具体细节。实验是在两只恒河猴身上进行的。据介绍,用于试验的这种猴子学名叫恒河猴,都是在昆明一个专门基地培养的。秦川说,为了加快疫苗研制工作,这些猴子不得不为此作出牺牲,他们"在研究所院内立了一块慰灵碑来纪念它们。"

　　不管过去多少时候,我们经历过的这场SARS仍然会让许多人心有余悸。人们只有一个愿望:抗SARS的疫苗能早些研制出来。殊不知,这又是一场人类和自然的攻坚战,在这场战役取得完全胜利之前,我们会对那些日夜奋战的科研人员无比崇敬,但实事求是地说,没有多少人会关心为实验而"牺牲"的猴子们,我也是刚刚知道是猴子而不是白鼠。从秦川教授的言语中,我们还可以肯定,为SARS疫苗而死的猴子不会是少数几只,它们为了人类能早日战胜SARS,注定要前仆后继。

　　其实,为我们人类作出牺牲的远远不止那些猴子。可以毫不夸张地说,近代很多科学实验的背后,动物都是第一批替代人类"牺牲"的。而如何处置实验后废弃的动物则体现了一种人文色彩。媒体曾报道说,在一些科研所,实验后的小白鼠就被实验人员顺手摔

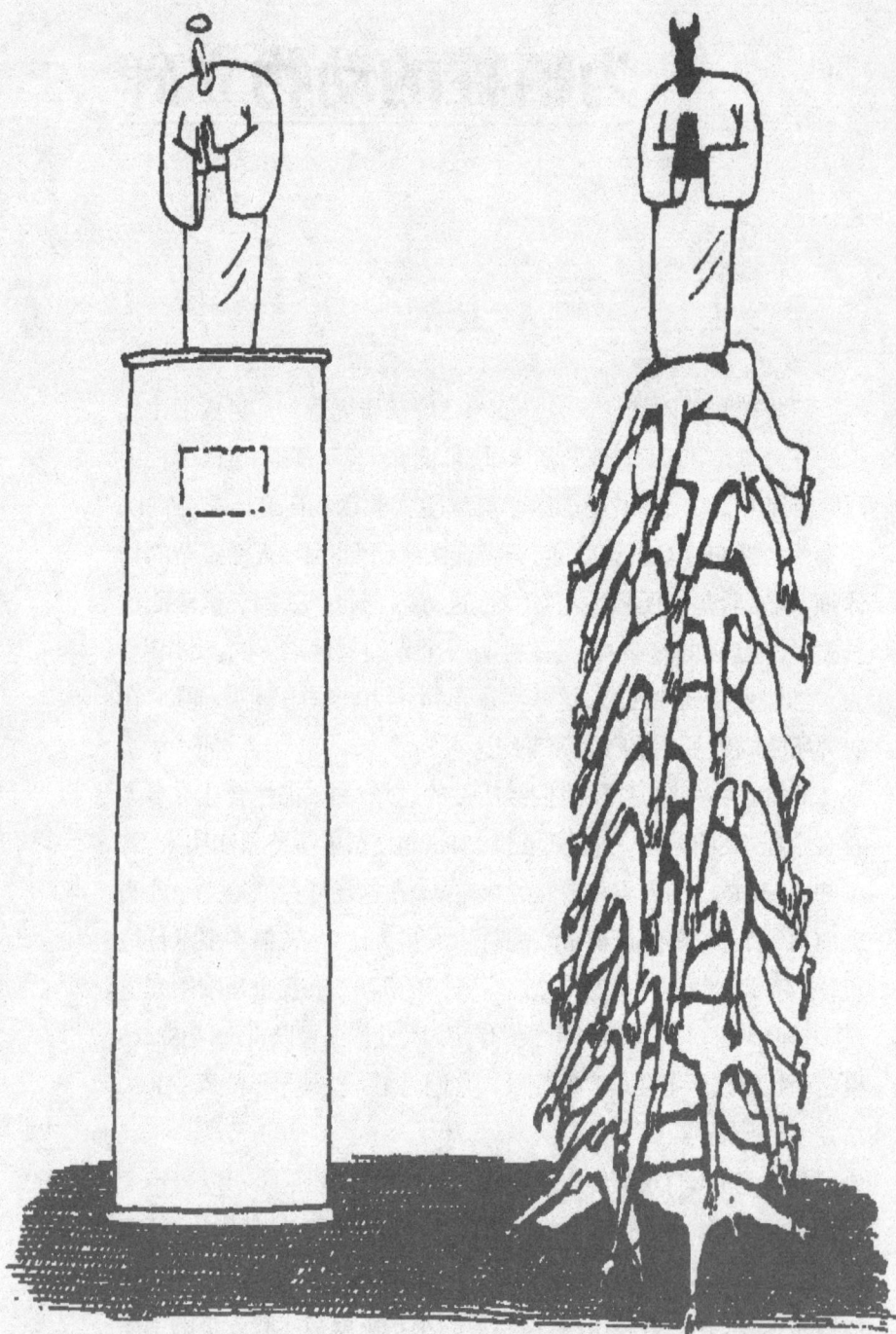

在地上摔死,或者捏着尾巴在桌子角上敲脑袋死,手段非常随意也非常残酷。我无法揣测那些科研人员如此处死实验后动物的感受,也许有怜悯,也许怕麻烦,但这种"过河拆桥"是不能怪实验人员的,因为没有一种处理实验后动物的规定来约束,那只能是怎么方便怎么来,怎么节约怎么干。而且,如果不是媒体披露,很少有除科研人员以外的其他人知道,也许正是这个原因,一般人对那些为我们"牺牲"的动物也就无所谓了。

然而,人是离不开动物的。工作动物(如警犬、耕牛)和娱乐动物(如马戏团、动物园内的动物)与人类的关系非常密切,它们因其特殊的身体机能在人们的生活中扮演着特殊的角色。在英国,一些地方建立了工作动物"退休"制度,并在余生会享受良好的福利待遇。此外,"安乐死"的制度也为一些身处痛苦之中的工作动物带来了佳音。在国外一些医学院的校园内,也有纪念碑似的"慰灵塔",用来纪念死去的实验动物。每天早晨,在这个塔前,经常会出现一束小野花,那是某个学生或研究学者对于动物的怀念和凭吊。

为在SARS疫苗中死去的猴子建"慰灵碑",谨以纪念为生命科学试验献身的实验动物,只是一种良好的开始,只是人类对动物人文关怀的一个方面,由此引发开去的是,我们要从娃娃开始进行善待动物的教育,而且这种教育不应间断,从幼儿园、小学、中学到大学。清华大学学生用硫酸烧伤熊的案例,说明对大学生进行这类教育的迫切性。幸好,我国有关部门也已经在为猪牛狗马的福利立法,让它们有免受痛苦、伤害和疾病的自由,免受恐惧和不安的自由,免受饥饿的自由,免受身体热度不适的自由,还有表达所有自然行为的自由。

把人以外的动物列入道德关怀的范围之内,像尊重人那样尊重在心智能力上和人居于同等层次上的动物,实在是一种社会进步。

2003年11月26日

气象预报的悖论

　　现代社会的人们已经很会看天的颜色行事了。经济学家说,气象经济开始渗透到我们生产和生活的各个方面,而预报是否准确则成了把握各种机遇的主要风向标。围绕准确,各种矛盾也就随之而来。

　　昨天,杭州的《每日商报》报道了这样一件事:市民王先生春节期间打了15次121,有2次很不准确,导致他家晾晒的被子都被雨淋湿。王先生认为,121实行有偿服务,错误信息造成了损失,被服务对象应该获赔。气象部门则反驳说,气象预报的不确定性人所共知,这是常识,无需赔偿。气象部门还强调,如此低廉的收费标准(每3分钟0.6元),被服务对象还要赔偿似乎不合情理。

　　按相关要求,目前气象预报的准确率达80%以上,也就是说,可以有20%的误差。号称能够24小时对天气进行精确预报的英国气象部门,其准确率也只有83%,据说美国能达到88%。依据这个比例,王先生打121的准确率则达到了87%,即杭州气象部门的预报准确率已经超过了国际相关标准,够好的了,那两次下雨,实在是因为王先生运气不太好,不能怪气象部门的。想赔偿,省省吧。

　　然而,我们却不能因为这个比较高的准确率而沾沾自喜。第一,虽然不确定性似乎成了常识,但有时麻烦恰恰出在常识上。如果能在预报中加上几句常识性的提醒,比如"仅供参考"等等,王先生一样的信息拨打者就可能不会投诉。当果冻不断噎死孩子时,一些产家就在外塑料包装上注明了"请勿让3岁以下小孩以及老人一口吞食"字样警示。如果将信息当成一种出售的产品,那么按质量法规定:因产品存在缺陷造成人身缺陷、产品以外的其他财产损害的,生产者应当承担赔偿责任。因为,预报的不准确毕竟给人家造成了损失。第二,廉价的收费不能成为不赔偿的理由。如果这个理由能成立,那么,几乎所有的保险也都可以敷衍了事,不然一张千余元的机票干嘛要赔数十万美元?再说,就是不收费,因为你的差错同样也要负担相应的责任,这也是基本常识。

对于气象预报的准确率,我个人的经验是,可信可不信。不是怀疑这个准确率,因为我一不晒盐,二不卖伞,工作性质决定了对

一般的天气根本不关注，只关心那些大台风之类的剧烈天气，因为现代气象对台风的测报已经是百分之一百，这是我信的理由；有时甚至忽发奇想：假设气象员整天什么事都不做，净在家里睡大觉，而天气预报呢，一律报作"不下雨"，那么这时候的准确率是多少呢？就我国大部分地方而言，一年中的降水天多在百余天左右，其准确率也达到百分之七十几，这就是我不信的根据。

如果像我一样对待气象预报，则不太会出现像王先生那样的情况，因为我深知现在的天气有多么的不测，月晕而风、础润而雨，有时已经很"不灵"：说下雨，它却晴了，不是天没有下雨，而是有的地方下，有的地方没下，下雨地方的人没有投诉，天晴地方的人却有了意见，因为他们有可能等着这场雨浇灌呢；说天晴，它却下雨了，不是天没有晴，而是白天仍然下雨，一直到了夜里十多点钟才晴，等待天晴的人于是就有意见了，因为他们正是听了天要晴，出门才没有带伞，但直到下班回家仍然下着大雨。这大约就是气象预报的悖论所在，虽然使尽了"阴到多云、有时有小雨"等模糊的语言，还是常出尴尬。

因此，我们不应讳言目前科学条件下气象预报仍然和公众要求有相当距离的事实，因为公众对获取公众信息的自我保护意识在日益增强。

2004年2月17日

素质是这样炼成的？

　　这是个关于教育的老话题，重提是因为又听到了孩子作业负担重和题目难做的事。

　　朋友L的孩子读小学二年级，上的是花钱比较结棍的重点小学，平时住校，双休日回家，总要带上一大叠各式各样的综合试卷。做做也就罢了，还要掐着时间，也就是说做一张试卷一定要在规定的时间里完成，超时就算不及格。可时间是不那么好掐的，因为中间有难题啊，比如X-2=Y-3，等等，这些题目会让孩子费思量，不仅孩子弄不太清楚，就是他这个大学毕业生也坠五里雾中。做完几张卷子后，孩子终于有些愤怒，撕毁卷子，踢翻垃圾桶。L说，他很难受，也很难堪。

　　朋友C的孩子刚上小学一年级，两件事让他焦头烂额：一个是孩子的作业每天要检查和签字；另外每天要背一段《论语》，他说，这都是老师的要求啊，《论语》他以前也没有背过，现在要每天和孩子一起背，孔夫子的话好难理解，他得先理解啊。

　　孩子的作业为什么那么重？这恐怕和"作业多，学习就好"的思维有关系。一个老师几道题，几个老师就是十几道题，某个老师多了几题，其他老师就感觉吃了亏，因此，哪一所学校哪一个年级的作业都少不了，晚上回去不让你弄到十来点不罢休，节假日更是成了作业日。于是，"花钱雇做作业"的怪事发生了，小小年纪从两眼到"四眼"也不奇怪了。如此大的作业量对小学生的生理、心

理产生了消极的影响。上海市的一项调查表明：小学一年级睡眠不足的学生为44.4％，二年级为44.2％，三年级为48.5％，四年级为52.9％，五年级为58.7％，有1/3的小学生感到学习负担很重，学习很累。而新华社昨天的消息说，10岁以下孩子的睡眠每晚应该在10至11小时。

孩子的作业为什么那么难？帮孩子辅导作业，我相信许多大人都是有恐惧心理的，一不小心就会在孩子面前变得很弱智。不去说那些令人生畏的奥赛了，只说著名作家王蒙对孩子作业之难的感叹。他帮孙子做的是语文中的阅读题，你想想，这么有名又有功力的作家，做语文题，而且还是阅读题，应该是小菜一碟，不想孙子拿回的作业本上却被老师打了好几个红叉。这个老王只好感慨万千了，因为这个阅读题目的材料是他自己的作品啊，自己的作品怎么都理解得不正确呢！人家把最复杂的问题用简单的语言说清楚，可这些题目却把简单的事说得天花乱坠。真的难为那些出题目的老师和让他们出题目的学校了，他们也是无奈吧，他们要时时刻刻排名啊，他们也要年年去"接轨"啊，小学和重点初中接轨，初中和重点高中接轨，高中呢，当然是为了和高考接轨，现在已不是拼大学的升学率了，而是拼重点大学的升学率！拼有几个全市全省全国的尖子！

作业的数与量怎样的比例才是科学？作业的结构应该怎样调整？如何走出"作业多，学习累，效果差"的怪圈？如何让孩子快乐地自主地学习？这些问号都需要我们一一拉直。事实已经充分证明，题海和难题决不是素质教育。

2005年11月14日

温暖的"莉莎条款"

　　整整8年,36岁的悉尼女销售经理莉莎·班菲尔德一直在同各种困难障碍作斗争,目标只有一个:获得女人天生的权利,成为一个母亲。

　　她被医生诊断患了子宫颈癌,9次求助于试管婴儿技术,花过好几千美元在美国雇请代孕妈妈,都不幸失败。正在她继续努力的时候,障碍又一次降临。澳大利亚政府这个时候颁布了一项法令:从2003年3月27日起的一年内禁止出口也禁止运输本国妇女的任何卵子出境,这意味着莉莎不能到美国或别的国家去雇代孕妈妈了。然而,莉莎的诚心感动了澳大利亚政府,8天后,澳大利亚专门为她通过了一个修正案,该条款特准莉莎可以不受3月27日条款的禁令约束。这个条款,澳大利亚的人都爱将其称为"莉莎条款"。

　　是的,为一个人而修改一项法律,这在法律的历史上恐怕不多见。我在标题中加上了定语"温暖的"三字,实在是有许多的感慨。

　　就制定法律的本意来说,既然制定了,就不管什么人都要一视同仁,这是法律的公平所在。澳政府在卵子的管理上制定这样一条法律,想必是这种事情已经比较普遍,有必要用法律来规范或约束,否则以后会有许多的麻烦。但正是因为法律是人制定的,它在无情的同时也充满了人性的关怀,这种人性关怀在这里就发展到了极致,这有点像我们古代影视中的某个镜头:某人要被处决,正当午时三刻要行刑时,忽然传来圣旨被赦免。但这又有本质的不同,圣

旨毕竟是个人意志,而法律条款的修改则体现了人民的意志,如果这个时候莉莎也同时阻隔在了这一条款上,公平是公平了,但跟其他运用卵子的人可能是完全两回事。

莉莎条款的意义其实远不只此。要让一部法律显示其绝对的公正,那是唯心主义的想法,因为事物的千变万化注定了它没有百分之百的普适性。有关法律条款中量刑的上限和下限,排除司法中的不公正,其实就是一种人性的关怀。前两天,我看到上海有个非常新鲜的司法例子。青岛的一位姑娘嫁到了上海,不想今年的上海奇热无比,这让在海滨城市生活惯了的她非常非常的不适应,这种不适应于是就影响了两人的婚姻关系,不久前她就以天气的原因提出离婚,让人最终欣慰的是,我们的法官判准离。报道说,因气候不适应而判离婚的,这在上海是首例。我看在全国恐怕也是首例。然而,这样的判决不仅具有十足的人情味,在两性婚姻上还具有非常实际深刻的实践意义,它告诫人们,地域的不同也会影响人们婚姻关系稳定的,人们在选择伴侣时必须考虑这个因素。

莉莎和因天气原因离婚的青岛姑娘都是个例,但正是这些个案有时往往会影响到全局,甚至决定整部法律的出台。轰动一时的孙志刚之死使得收容遣送法规迅速结束了它的历史使命就是最好的明证。随着社会的不断变化和进步,少数法律法规已经开始不适应司法实践,这个时候如果硬要套用,不说它不能显现法律的公正,有时甚至会因之产生悲剧。而经常制造悲剧的法律法规如果不修改,它就注定要被历史所淘汰。

我还想说的是,因人而异修改法律,它只能在遵从民意的基础上实行,否则就会被钱权嫁接,而被钱权染指的法律,只会让老百姓的心浸入冷宫。

2003年10月21日

"金榜"之意在于"金"

　　这两天有一则"举人村"要办"金榜节"的消息颇引人注目。说是北京门头沟区斋堂镇灵水村,1300年间出过22位举人、2位进士,被人誉为"举人村"。这个村里也因此建起了中国科举博物馆。据称,8月8日,"中国'金榜'文化节"在此举行。全国31个省市自治区的62位、港澳台6位高考状元,身骑高头大马,胸佩红花绶带,接受与会领导的检阅。状元们的大名将被造册铭记,刻石碑传。珍藏在中国科举博物馆内。

　　这样的节一定是非常热闹的,状元们在人们敲锣打鼓的迎接下,特别是那种装束,一定是古代状元考取时的重现。韩国的文理状元甚至也在邀请之例,这就体现了"金榜节"具有重要的世界意义。特别是那些状元们的大名将永垂不朽(石碑上肯定会流芳百世),永久珍藏,很具吸引力。

　　然而,我把这些热闹的场景仅仅看作表面现象,很想探究一下现象的背后。

　　活动的策划者显然混淆了科举和高考两个不同的概念。虽然都是一种人才的选拔制度,但却有着本质的区别。现在普通高校的升学率已经达到百分之六七十,在大力提倡素质教育的今天,范进中举类的故事,只有借鉴意义,没有任何的相似点。而且,也不能把现在的高考看作是科举制度的延伸,八股式的科举老早就被证明是束缚人性的绳索,而高考的目的很明确,是为了提高整个民族素

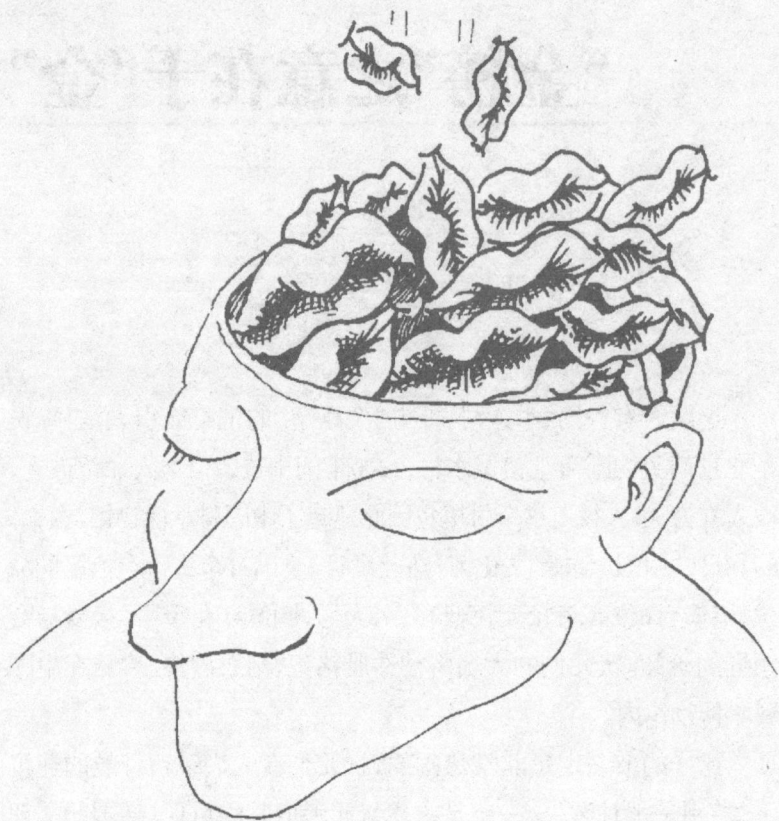

质的一种有效方法。状元并不是必然,其实是一种偶然,在同一水平层次上,谁都有可能得第一,以前广泛讨论过的"第十名现象"是很耐人寻味的。

从文化角度说,建一座中国科举博物馆,完全必要,建在举人村,也未尝不可。问题也在这里,将现在的高考状元等同于古代的状元,且大张旗鼓地树碑立传,实在是醉翁之意不在酒,明显是一种商业炒作。其用意有二:一是吸引众多的商家参与。你想啊,我把全国乃至世界的状元都请来了,商家能坐失这个良机?于是钱就会源源不断流进;二是为了宣传这个"举人村"。既然搞了这么个村,既然搞了个博物馆(不知道是民间还是官方的),那总得为它造造势吧,最好的办法就是以什么的名义,将那些新鲜出笼的状元弄来。把影响搞大了,甚至还可搞个"高考心理暗示基地"什么的,这样就不愁望子成龙望女成凤的家长带着孩子来"朝拜"啦,每年要参加高考的学生有300多万呢?哪怕来个十分之一。

另外,目前有些人对民族文化也真是到了"金金计较"的程度。一部《雍正王朝》走红,屏幕上就一片"皇"飞,要是给点真实的东西还好,问题是戏说成风,以至我不得不常常告诫读中学的儿子:电视上的历史不要完全当真。正因为目前的有利可图,一些行业就大"傍"所谓的民族文化。不客气地说,"举人村"、"状元文化"之类的就是这样的产物。为什么这样武断呢?我自己就有这样的经历。几年前,我曾经采访过杭州市桐庐县一个叫深澳的村,这个村里有保存得相当完好的明清古建筑好几十座,当地也想开发,取个什么由头呢?我们在采访中得知,这个村明清以来出过42位举人和进士。我当时就向陪同的镇长献计道:在国道边设个指示牌"中国举人第一村",然后修个像样的牌坊,再将那些古建筑标上赵进士、钱举人宅第什么的,就不愁游客不来。不瞒诸位,如果他们采纳我的建议,我也想在开业时弄一些状元来助助兴,全国的都请来我不敢保证,请一部分还是有把握的,再不济,我也会建议他们将本省各个县的高考状元请来的。可惜得很,因为各种原因,一直没能搞起"中国举人第一村"。现在,灵水村走在了先,深澳要搞也只能挂"中国举人第二村"了。

有意思的是:举办者本来雄心勃勃想请的60多位状元,结果只来了6位捧场。看来,有些霉味很足的东西,即使将它放在太阳底下暴晒,也是极难去掉令人窒息的味道的,尽管冠以"中国"抑或"文化节"。

2003年9月20日

机智是一种生活态度

——兼作后记

　　曾将《思考是一种快感》作为《鱼找自行车》的后记,在那本书里,我着重关注的是思考,思考是快乐的,我思故我在。这里想借题再说一下思考的另一层面,机智。

　　在大学里,我花过很长的时间研究过相声,虽然最后毕业论文做的是修辞,但对相声一直关爱,尽管现在相声很不景气。我关注的自然是相声的幽默及它的机智以及它产生的社会效果。此后,接连读过从《世说新语》一直到《笑林广记》等众多的关于机智类的书,深为古人的机智折服,尽管自己一直没有学会机智,但一直关注机智。

　　机智首先是一种政治。许由听到让他去做官,他赶紧到水边去洗耳朵,因为他不爱听让他做官的话,意思当然很明显,他不走做官这条路的。那个严光也是,光武帝多次上门求贤,他均严辞不就,还"眠不应",共卧时竟把脚搁在皇帝的肚皮上,不知是不是有意,我看故意的成分多些。这个严光,哪里是在睡觉,简直就是在考验皇帝。皇帝后来追得紧了,他干脆隐姓埋名,跑到我家乡的富春江边钓鱼去了。因此,我打小就很崇拜严光,他是真士隐,不像陶渊明,官做不上了,才去采菊,才去种豆,也不像诸葛亮,请了三次,终归是想去的。这样的人太少了,太少了,不过也有,我尊敬的陈寅恪先生也是这方面的典型。1953年,中国科学院成立后,中央请他到北京去，做中科院哲学社会科学部历史第二所所长，郭沫若还特意写了邀请信，但他拒绝了。后来又派陈的学生去请，他把那个学生骂了一通，骂他主要是不满意那个学生的思想态度，而且跟那学生还有一天的谈话。在陆健东先生《陈寅恪的最后二十年》的书中，有这个谈话内容。陈说，我认为研究学术，最主要的是要有自由的意志和独立的精神，要叫我思想不自由，不能走自己独立的道路，我毋宁死，我就是我的思想，你要叫我到历史所去可以，但是有两点：第一点，历史所不要讲马克思主义，第二点，要叫毛刘两公给我写一封信，允许我这么做。其实，陈寅恪的真实想法里包含着一种政治机智，他用这种机智保持了他独立的自由的思想。

机智还是一种生活。江南有一句谚语类的名言是这样说的：女儿与死鱼，是不可久留，留一天落一天行市。当看到杭州万松书院热闹的相亲场面时，心想这句话真是太经典了。这个相亲会，不是一般人的相亲会，而是老爸老妈的相亲会，老爸老妈为嫁不出的女儿娶不进的儿子在相亲，真的很有意思。爱情的通道为什么堵塞？女儿为什么嫁不出去（大部分是女的）？撇开各式各样的原因，有一点是不言而明的，那就是如那句话所说的，女儿与死鱼是一样的货色，多放一天都不行，虽然这些女儿很优秀，有许多还是什么"海龟"，硕士、博士，但现实就是这样的残酷无情，这些很优秀的女儿正跟菜市场里午后阳光下摊主急等着处理贱卖的死鱼一样，行情不怎么好。所以我经常拿这种现象开玩笑说，相亲会其实是高级配种站，目的性太明确了，这种现象如果长久存在，实在是我们社会的一种悲哀。

机智也是一种满足后的智慧。罗马皇帝奥勒留在他的哲学著作《沉思录》里这样写道：不要像一个摇桨的奴隶那样忙个不停，也不要像苦力那样为了得到人们的怜悯或注意而做事情。他虽然说得那样轻巧，但我认为话中包含了许多的机智。他一再告诫人们不要一下子就想好自己的一生，那样只能徒增烦恼，也不要想未来还没有发生的事情,过去和将来都不重要,惟一重要的是现在。这个皇帝说的虽然有消极成分,但在日益讲究人文的今天也不无积极意义,如果只是考虑现在,那问题就简单了,当你日渐沉迷于忧愁之中时,你应该及时地制止自己。如果用这些话比照我们的现实,那我们就会轻松许多,这并不是没有革命意志,也并不是没有远大的革命理想,而是一种实实在在应有的生活态度。尤其是当我们深陷别人的指责时, 更要有一种这样的心态。奥勒留给我们的忠告是,当别人诅咒一泓清澈的泉水时,他的脏话绝不会对这泓清泉有丝毫的沾污;如果他竟然把泥土扔进清泉,清泉也会迅速将之冲散,而不会受到污染。你看看,这就是一种满足后的机智,因为人的一生太短暂了,"我们不妨想一想当年的风云人物如今到哪里去了,他们都像一缕轻烟似地消失了,他们已经变成了尘土,变成了一个故事,甚至还够不上一个故事";因为"欧罗巴和亚细亚只是宇宙的一个小小角落,海洋只是宇宙的一滴水珠,亚陀斯山只是宇宙的一粒沙尘,现在的时光只是永恒的一瞬间"。说起这个短暂和永恒,我还想起了一部电影中的一个情节。有一部叫《海蒂》的美国电影,那个小女孩海蒂好像是童星秀兰邓波儿演的,她问她的祖父,什么是永恒啊?祖父答道:永恒就是小鸟每一千年来一次阿尔卑斯山,用它的喙舔一下,当阿尔卑斯山被小鸟舔平以后,永恒刚过去一秒。是的,如果我们明白了这个永恒,我们就会感恩,就会感觉每一缕阳光,每一粒粮食,都是大自然的恩赐,而不会有过多的抱怨。

机智又是一种挣扎着的无奈。以前我写过一篇叫《袁世凯读报》的杂文,说的是袁世凯当时读到的那份叫《顺天时报》的报纸,报纸上字字句句都是拥袁之作,反袁、讨袁及护国军节节胜利的消息一点也没有。而事实是,这份报纸只出版一份,是那些御用文人将上海出版的《顺天时报》删改、节选、重新制版印刷,专供刚登上皇帝宝座的袁世凯御览的。那些御用文人真是够机智的,但这是一种无可奈何鸵鸟式的机智。而这样的事竟然不是绝无仅有的。最近我看

到一则史料说，高尔基的心脏和肺部本来就有病，1936年5月又患了流行性感冒，厉害得很，于是从6月6日开始，苏联的各家报纸都开始刊载高尔基的医疗公告，为了不让每天必读《真理报》的高尔基知道自己的病情，《真理报》特意为他印制了一份没有刊登高尔基医疗公告的特刊。不管出于什么目的，都是好意，尽管是一种无奈的机智。但如果将这种机智用放大镜放大了看，竟也会看出许多的有趣，因为这样的事并没有绝迹，只不过形式不一样罢了，所谓"上有政策，下有对策"就是这样的翻版，但板子不能全打在"下有对策"上，如果我们的用人机制、考核机制没有实质性的完善，尽管高压，"下有对策"仍然会以各种面目出现。

如果要继续将机智分类，还可以说很多，但我觉得，不管有多少类型的机智，在我们这个机智具有悠久历史的国度里，现今比任何时候都需要机智，住房、教育、就业、健康，压力、烦躁、抑郁，任何一个细节都会将人压垮、变疯，因此，人们需要释放，而机智就是一种很好的释放方式。因此，无论什么时候，机智都是一种讨人喜欢的东西，机智应该成为现代人的一种生活态度。比如对待自然规律的死，我们的老祖宗就很想得开，毛主席曾经说过：我赞成庄子的办法，人死了以后，鼓盆而呼，庆祝辩证法的胜利。

话题转到书名上。《新世说》是将这几年的散作用一根世相的绳子串起来，散珠成串。以世说为形，以机智为意，只是一种技巧而已，和刘义庆的《世说新语》有关系也没有关系。有关系的第一层意思是，《新世说》中的九章，我借用了他老人家三十六门中的六个标题词语，它们是：识鉴第七，规箴第十，术解第二十，任诞第二十三，排调第二十五，轻诋第二十六，我认为这六个词的词面意义可以串起《新世说》大部分的篇章。另三章夹杂、转品、抑扬则用的是新修辞手法的名称，特别是夹杂和转品，我认为是一种新的方式，夹杂类只有今天才会出现；有关系的第二层意思为，《新世说》三字是取《世说新语》中的三字，本来想直接用《世说新语》，一怕盛名担当不起，二亦畏人言掠美，又想用《今世说》，一查有清人王晫用过，他还是那时候杭州有名的布衣文人呢，再想用《续世说新语》，又是唐人王方庆用过，《续世说》也不行，宋人孔平仲用过，后来索性懒得查了，管他呢，用了《新世说》再说。没有关系的第一点意思是，我只是借用了刘义庆的几个字句，不敢和"记言则玄远冷峻，记行则高简瑰奇"的笔记小说的伟大先驱相比；没有关系的第二点是，他基本上是记人记行，我基本上是议人议事，我的笔记体，只是我认为我的写作语言和结构安排上比较自由随意，歪说、正说、反说、臆说、不着边际地说，想怎么说就怎么说。另外，去年出的《41℃胡话》打的是"实验杂文"，为归纳我这几年的写作内容，也想使书卖得好些，于是冠之为"笔记杂文"，这也应该和刘义庆的《世说新语》无关的。

　　还有一点要说明的是,刘义庆所处的时代和我所处的时代是完全不同的,因此所针贬的对象是不一样的,态度也不一样,总起来说,《新世说》非常之善意,它没有"恶毒攻击",它只是我的嬉笑谐侃,绵里藏针而已。不是清谈,是出于一种责任的表达。比如《术解》类的《墓碑上取款》、《发现了找钱网站》等都极为善意;《轻诋》类的《无聊的"思想猴"》、《小说八章》等也只是带有些许调侃味。这些年的写作,自己感觉是越来越理性了,见到那么多的人和事,不会像以前那样突然地横眉冷对了,也不会急急忙忙地奋笔疾书。就像有学者说的,要根本解决当前中国的自杀问题,并不仅仅是控制农药生产所能做到的,更不是发展精神医学就可以完成的,而必须要有更长远的考虑,也就是说,我们必须建立一种能够安顿人心的现代政治。许多问题虽然积重难返,但我仍然有信心,一条河再宽总能看得见彼岸,憋上一口气总有游过去的希望。

　　小书所有稿子都在《工人日报》、《中国经济时报》、《杂文月刊》、《杂文选刊》、《杂文报》、《南方周末》、《南方都市报》、《杭州日报》、《每日商报》、《青年时报》、《现代快报》、《大河报》、《联合日报》、《晶报》等报章发表过,有一部分的短章发在我在《沈阳今报》的"布衣发言"专栏上,有多篇作品被2003—2005年度的中国年度最佳杂文集收录。小书基本都是急就章,这也许与从事的职业有关,不足之处敬请多多包涵。

　　感谢徐迅雷先生百忙之中替小书作序,他的序使《新世说》增加了不少的思想深度。感谢《杂文月刊》的王青先生的插图,他的许多插图都非常具有创造性,也是一种世说。感谢浙江省作协夏季风兄的总体设计,这是继《41℃胡话》后的又一次创新。感谢浙江大学出版社的徐有智总编辑,他对本书的出版倾注了许多的心血,感谢责任编辑黄宝忠博士对本书出版所做的努力。

2006年5月28日,问为斋。

图书在版编目(CIP)数据

新世说 / 陆春祥著. —杭州：浙江大学出版社，
2006.8
ISBN 7-308-04843-8

Ⅰ.新…　Ⅱ.陆…　Ⅲ.杂文—作品集—中国—当代
Ⅳ.I267.1

中国版本图书馆 CIP 数据核字(2006)第 085237 号

新世说

陆春祥　著

	浙江大学出版社出版发行 地址：杭州市天目山路 148 号 邮编：310028 网址：www.zjupress.com
	新华书店经销 杭州富春印务有限公司印刷
	开本：787×1092　1/16 字数：254 千 印张：20 印数：0001—5000 2006 年 8 月第 1 版 2006 年 8 月第 1 次印刷
责任编辑　黄宝忠 装帧设计　夏季风工作室	ISBN 7-308-04843-8/I·175 定价：28.00 元